L'ARAIGNÉE D'ÉMERAUDE

Robert Holdstock est né dans le Kent (Grande-Bretagne) en 1948, a travaillé dans la recherche médicale avant de se consacrer à l'écriture en 1975 et vit aujourd'hui à Londres. Il est l'auteur de nombreux romans, publiés sous son nom ou sous pseudonymes (Richard Kirk, Robert Black, Ken Blake, Robert Faulcon). À la fois chantre de la celtitude et spécialiste des mythes européens, il est surtout connu pour deux cycles de *fantasy* : *La Forêt des Mythagos*, mêlant *fantasy* et fantastique contemporain, qui fut récompensé par les prix les plus prestigieux en Grande-Bretagne, aux États-Unis et en France (British Science-Fiction Prize, 1984, World Fantasy Award, 1985 et grand prix de l'Imaginaire, 2003) et *Le Codex de Merlin* qui a reçu, en France, le grand prix de l'Imaginaire, 2004.

Angus Wells est né en 1943. Il est l'auteur de nombreux romans de *fantasy* parus en Angleterre, notamment les trilogies *Godwars* et *Kingdoms* et le coauteur de *La Saga de Raven*.

Robert Holdstock
& Angus Wells

L'ARAIGNÉE D'ÉMERAUDE

La Saga de Raven II

*Traduit de l'anglais
par Pat Marshall*

ROMAN

Éditions du Seuil

COLLECTION DIRIGÉE PAR FABRICE COLIN

La première édition de cet ouvrage
a paru aux éditions Albin Michel en 1988

TEXTE INTÉGRAL

TITRE ORIGINAL
A Time of ghosts

ISBN 2-02-086096-1
ISBN 2-02-086098-8, n° général
(ISBN 2-226-03230-4, 1re publication)

Avant-propos

L'univers de la *fantasy* était très différent dans les années soixante-dix de ce qu'il est aujourd'hui. Stephen Donaldson avait posé un jalon très important avec *Les Chroniques de Thomas Covenant*, mais la série « Conan le Barbare » de Robert E. Howard était encore très populaire, ainsi bien sûr que l'œuvre de Michael Moorcock, d'*Elric* à *Hawkmoon*.

Je venais à peine de terminer une trilogie de *fantasy* celtique pour Angus Wells, mon éditeur chez Sphere Books. Angus envisageait alors d'abandonner le monde de la publication pour écrire des westerns. Mais il s'était aperçu que les héroïnes barbares du type Conan étaient quasi inexistantes en *fantasy* – elles se limitaient en fait à Red Sonja et Xena.

Aussi Angus m'a-t-il proposé de nous associer pour écrire une série de romans mettant justement en scène ce genre de *Maîtresse du Chaos*.

Raven fut ainsi créée dans mon jardin, près d'une rivière, pendant l'un de ces après-midi d'été indolents, dont deux excellentes bouteilles de beaujolais nous avaient aidés à nous extirper. Elle a vu le jour tout habillée (c'est-à-dire, très court vêtue), ses cheveux dorés flottant jusqu'à la taille. Je me souviens encore de la description que m'en fit Angus, suivant peu à peu le fil de son imagination, pour conclure : « Et nous l'appellerons Raven ! »

Lorsque je lui ai gentiment signalé que les « ravens » étaient des oiseaux aux plumes noires, il a souri, et m'a répondu dans un hochement de tête : « Voyons, Rob ! Elle tient son nom des corbeaux aux plumes d'or de Kharwhan ! »

Et tout cela spontanément, sans même y réfléchir ! Nous avions donc Kharwhan, région centrale de nos histoires, et des corbeaux au plumage d'or.

J'ai inventé les personnages de Spellbinder et Ombre de lune au cours de ce même après-midi, et, à nous deux, nous sommes arrivés au monstrueux personnage de Belthis.

Plus tard dans la semaine, nous avons créé l'univers de Raven. Nous-mêmes étions surpris de voir avec quelle rapidité nous venaient des idées pour l'histoire ou les personnages tandis que nous concevions les quatre provinces qui composent son monde.

J'évoque tout ceci parce que lorsque l'on écrit de la *fantasy*, il faut bien sûr une histoire ayant une morale, mais également, et surtout, *s'amuser* à la créer. Je m'apprêtais à l'époque à m'engager dans *La Forêt des Mythagos*, bien que l'idée fût alors encore à son stade embryonnaire. Mes fictions, dans leur approche de la mythologie et du folklore, allaient bientôt devenir beaucoup plus sombres, plus obsédantes. Mais ces deux années passées avec Angus à écrire les aventures de Raven, *Maîtresse du Chaos*, ont été un vrai bonheur. Ces romans ne sont qu'aventure : des aventures écrites de bon cœur, pleines d'énergie, pittoresques mais sans puérilité. Nous aimons à croire que nous avons aidé les femmes à trouver leur place sur la carte de la *fantasy* en créant une héroïne… eh bien, au grand cœur, déterminée, truculente mais sans billevesée !

Elle aurait certainement été de taille à affronter Conan. Et j'avoue que sa « joie de vivre » était fondamentalement un écho du plaisir pur que prenaient alors dans leur vie et dans leur écriture ces deux jeunes hommes qui, aidés du beaujolais, ont offert à Raven et ses compagnons une existence vigoureuse et dynamique.

Un été…

Il y a si longtemps…

Mais nous avons oublié d'utiliser les corbeaux aux plumes d'or !

Robert Holdstock,
Londres, décembre 2005.

Pour Jim Fitzpatrick
et Alan Stivell,
en souvenir d'un temps
où une lame d'acier
évoquait autre chose
qu'un rasage de près.

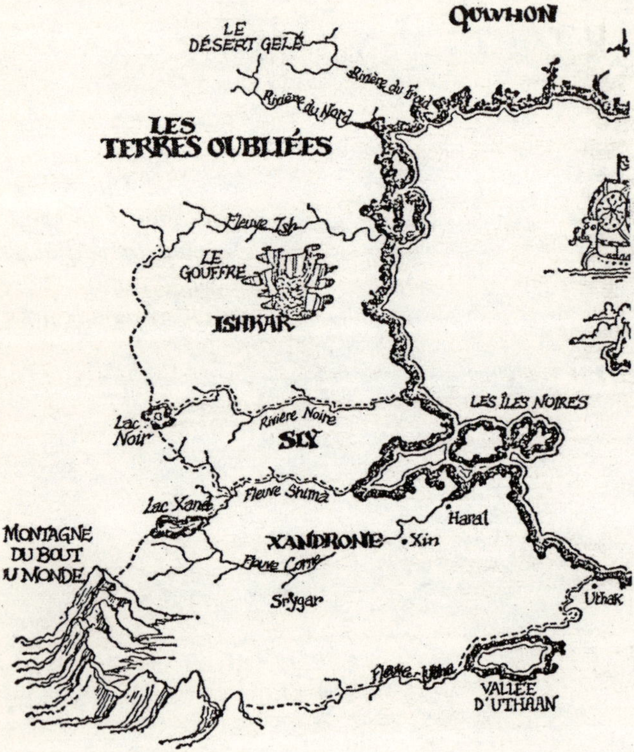

QUWHON
LE DÉSERT GELÉ
Rivière du Froid
Rivière du Nord
LES TERRES OUBLIÉES
Fleuve Ish
LE GOUFFRE
ISHKAR
LES ÎLES NOIRES
Lac Noir
Rivière Noire
SLY
Fleuve Shima
Lac Xanë
Haral
MONTAGNE DU BOUT U MONDE
XANDRONE
Xin
Fleuve Corne
Srygar
Uthak
Fleuve Utha
VALLÉE D'UTHAAN

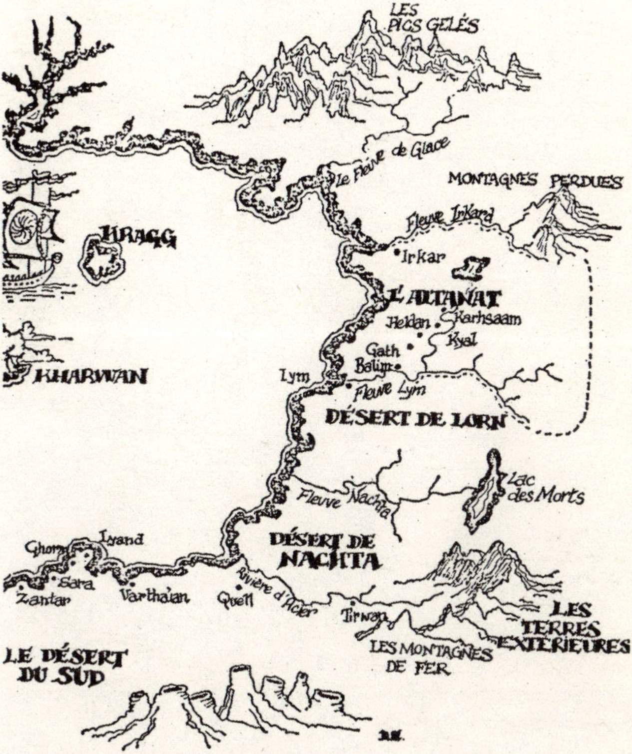

LES PICS GELÉS
Le Fleuve de Glace
MONTAGNES PERDUES
KRAGG
Fleuve Irkard
Irkar
L'ALTANAT
Heldan
Karhsaam
Kyal
Gath
Balim
KHARWAN
Lym
Fleuve Lym
DÉSERT DE LORN
Lac des Morts
Fleuve Nachta
Ghorn
Lyand
DÉSERT DE NACHTA
Sara
Zantar
Varthaïan
Rivière d'Acier
Quell
Tirwan
LES TERRES EXTÉRIEURES
LES MONTAGNES DE FER
LE DÉSERT DU SUD

Prologue

Ils le conduisirent à un campement, une ville de peau et d'os à demi enfouie sous les sables et le vent. Les tentes s'agrippaient aux sables en perpétuel mouvement comme si elles redoutaient que la moindre brise, en tourbillonnant sur les étendues cuites au soleil, ne les arrache à leur emprise fragile sur le sol. Faite de peausseries grossières tendues sur des armatures d'ossements et de bois glanés dans les terres fertiles aux confins du désert, ni les demeures ni les lieux de réunion des nomades ne promettaient beaucoup de réconfort au vieillard qui chevauchait en leur compagnie.

Des chiens squelettiques vinrent folâtrer autour des pattes des chevaux quand les guerriers, harassés et suants, débouchèrent de la piste du désert ; des femmes, vêtues de robes d'un noir uni, levèrent les yeux de leurs meules de pierre et de grossiers métiers à tisser. Un enfant, nu et tanné par le soleil et les vents, contemplait cet étranger assis – affaissé, plutôt – sur la selle du cheval qu'un des guerriers lui avait prêté.

On le conduisit dans une vaste tente au plafond bas et, sous la toile qui claquait au vent, heureux de retrouver enfin un endroit frais, l'étranger sourit pour la première fois depuis qu'il avait été recueilli par cette tribu nomade. De ses yeux, on ne voyait que des fentes ; il était âgé et sa chevelure blanche, épaisse et saine comme celle d'un jeune homme, tombait sur ses épaules. Son corps était frêle, ses vêtements de drap, en haillons, et sa courte veste de fourrure ne pouvaient en dissimuler la maigreur aux regards inquisiteurs des guerriers du désert. Certes, il avait l'air ravi de trouver un peu de fraîcheur ; cependant, il n'avait guère semblé souffrir de la chaleur malgré ses vêtements d'hiver.

Il plaça en travers de ses genoux l'épée qu'il portait et en dissimula les parties les plus précieuses en repliant discrètement son manteau par-dessus. Il s'était accroché à l'arme avec toute la ferveur d'un homme qui se cramponne à la vie. Nul n'avait eu l'idée d'essayer de la lui prendre – nul n'aurait osé le faire.

Un homme revêtu d'une robe de chef pénétra dans l'ombre accueillante de la tente et s'accroupit avec les autres, face à l'étranger. Un bol reposait entre les nomades et leur hôte. Le chef plongea ses doigts dans le cristal limpide de son eau puis passa le récipient au vieil homme. L'étranger s'en empara avec gratitude, y but doucement et se permit enfin un sourire.

– Es-tu l'homme dont nous avons entendu dire tant de choses ? demanda le seigneur de la guerre. Celui qui a chevauché aux côtés de Raven ?

Le vieil homme reposa soigneusement le bol devant lui, attentif à ne pas renverser la moindre goutte de l'eau qui y restait. Il sourit comme d'un secret qui n'appartenait qu'à lui et ses doigts tremblèrent quand il les passa sur ses lèvres pour les sécher. Sa main gauche était bandée.

– Avez-vous quelque chose à manger ? s'enquit-il.

On lui apporta de minces lambeaux de viande croquante, des fruits verts mais secs, de petites noix qui, sous la dent, se réduisaient en poussière. Il mangea avec avidité, sans s'arrêter tant qu'il n'eut pas tout fini. Ses doigts frôlèrent les plats d'argile comme s'ils étaient déçus, mais l'homme ne réclama rien d'autre.

L'un des guerriers vêtus d'une robe blanche, un des plus jeunes, se pencha en avant, une flamme d'intérêt brûlant dans ses prunelles sombres.

– Raven. Parle-nous de Raven.

Le vieil homme sourit à nouveau. Il tourna ses yeux jaunis par l'âge pour considérer celui qui venait de parler.

– Quelque chose pour me réchauffer le cœur, du feu liquide pour emporter ma douleur.

On lui donna un flacon de pierre qu'il déboucha avec maladresse avant de le porter à ses lèvres. Il s'étouffa avec la liqueur, qui coula au long de son menton, mais il claqua des lèvres en connaisseur après une infime gorgée.

Puis il tendit la main vers le sable frais sur lequel tous étaient assis, dessina le tracé d'un œil qu'il traversa d'une épée grossièrement rendue.

Il leva les yeux brusquement. Le vent du désert déferlait dans la tente, charriant un tourbillon de sable et d'air torride. Quelqu'un tendit le bras pour refermer le panneau de peau. Dehors, un chien hurlait misérablement et deux enfants riaient ; trop jeunes pour connaître la douleur, la soif, le désert éternel et insatiable qui les menaçait.

Finalement, le vieil homme parla.

– Comment pourrais-je vous parler d'une légende ? dit-il doucement. Comment pourrais-je vous en parler sans la diminuer dans vos esprits ?

Il se tourna pour considérer le jeune homme à ses côtés, puis ramena ses yeux sur le chef, qui fronça les sourcils sous ce regard.

– Oui, j'ai chevauché aux côtés de Raven. Et cela depuis l'amertume du jour où elle a rejeté les chaînes de l'esclavage, jusqu'à… jusqu'au dernier jour, le jour de la dernière bataille.

Il leva son membre couvert de pansements, retira les haillons crasseux comme un gant pour montrer sa main, tranchée à mi-paume.

– C'est un Loup des Mers qui m'a frappé, un homme auprès duquel j'avais mené cent batailles. Dans les derniers jours, même l'amitié cédait sous les assauts du Chaos.

Il resta silencieux, prêtant l'oreille aux hurlements du vent et au bruyant froissement des tentes. Le jeune guerrier s'agita dans le silence, mal à l'aise, et finit par le rompre.

– Cette épée que tu portes… Était-ce la sienne ?

Le vieil homme découvrit l'arme posée en travers de ses cuisses. Il caressa du bout de ses doigts valides le fourreau ouvragé, remonta ensuite jusqu'à la garde incrustée d'or. Il palpa un instant l'énorme joyau vert qui était serti, superbe, dans le pommeau.

– Oui. Elle l'a portée de nombreuses années. Ah ! le tranchant de cette lame a renvoyé bien des existences aux vents. Il arrêta de parler, mais son silence fut, cette fois, de courte durée. Je pourrais vous raconter mille histoires sur Raven, sur ceux qui ont fait route à ses côtés, sur ceux qui sont morts pour elle, des hommes, des femmes provenant de toutes les nations, de toutes les tribus possibles. Mais Raven ! Comment vous la faire connaître ? Avez-vous jamais cherché à décrire un rêve ? Créée par le Chaos, distinguée par le monde et reprise par le Chaos… Elle dort quelque part, peut-être dans les hautes montagnes du nord, ici, peut-être, sous les sables qui tourbillonnent autour de cette assemblée. Peut-être dort-elle au cœur des vents ? Je l'ignore. Tout cela s'est passé… Tout cela s'est passé il y a trop longtemps.

Il garda le silence, perdu un instant dans ses souvenirs, et ceux qui l'observaient sentirent la vague de tristesse qui engloutissait leur hôte. Puis la tête chenue se redressa, le regard intense se fixa sur eux, la bouche s'entrouvrit sur un sourire, un sourire de triomphe, un sourire où se lisait le souvenir d'anciens plaisirs…

– Mais, un instant, l'espace d'un battement de cœur, de deux, peut-être, ses cheveux ont brillé d'un éclat plus vif que le soleil sur le fer d'une lame et son épée a frappé plus froid que les solitudes glacées ne le pourront jamais faire.

« On l'appelait la maîtresse du Chaos ; c'est pour accomplir l'œuvre de ceux qui se dissimulaient derrière un rideau de brume, des ombres d'hommes qui habitaient les ombres du monde, qu'elle est venue au monde. Mais elle était femme, elle était guerrière et elle était fière. Ah oui ! par les sables, elle était fière ! Elle en vint à accepter ces forces étranges qui l'avaient modelées et sa propre importance pour le monde, son rôle qui la rendait supérieure à toutes les forces primordiales. Mais d'abord, avant tout, elle était une guerrière, et une femme, et elle ne put jamais oublier ces choses qu'aiment les guerriers et qu'aiment les femmes…

« Écoutez. Je vais vous raconter une histoire des premiers temps de Raven : apprenez comment une ombre de la lune se joignit à sa troupe. »

1

> En entraînant un homme à combattre avec une épée, on ne crée qu'un soldat, un parmi des milliers. En entraînant un homme à combattre avec ce qu'il préfère, on crée un spécialiste.
>
> *Les Livres de Kharwhan*

L'homme dans l'arène en ruine fut frappé d'un coup mortel.

Il se retourna, alors, et traversa le sable jaune en courant. Trop lentement : un second coup l'atteignit en pleine nuque et son adversaire en armure éclata d'un rire triomphal.

– Deux coups ! Et voici le troisième !

Dans ce lieu si vide, l'acier sonnait bruyamment au contact de l'acier. Cette note soutenue sembla irriter les charognards qui tournaient au-dessus des combattants, et les oiseaux noirs lancèrent des clameurs rauques en signe de protestation.

Pour la troisième fois, le plus petit des deux hommes mourut, mais cette fois, tout en tentant de s'enfuir, il esquiva et bondit ; la lame droite de la longue épée passa sous lui en sifflant et il porta un coup en retour. Abattant son arme de toutes ses forces contre l'épaule de son vigoureux adversaire, il trancha dans son cou et sa gorge, qui furent pratiquement traversés de part en part avant que l'illusion ne se brise.

– Un coup pour moi ! s'exclama le guerrier tué à trois reprises.

Son adversaire recula de deux pas et sourit. C'était un grand gaillard, large, lourd, dont la carrure tendait les anneaux de métal sombre de son armure. Son pectoral d'acier bruni avait été martelé et poli jusqu'à être aussi lisse que de la glace, puis gravé de runes de protection dans un langage archaïque. Ses jambes, épaisses et noueuses comme des troncs d'arbres, étaient nues à l'exception de lanières en cuir souple d'Yr qu'il portait liées au-dessus des genoux. Ses yeux verts brillaient de contentement. Il rejeta la tête en arrière, éclata de rire, puis se retourna vers les gradins de pierre éboulés qui les entouraient. Ses cheveux jaune paille tombaient dans son dos, trempés de sueur et couverts de poussière.

– En voici un dont l'ardeur au combat me plaît assez, lança-t-il, et l'écho de sa voix donna l'illusion que ses paroles demeuraient suspendues dans la chaleur de l'atmosphère, entre les sièges de pierre fendue et la gueule noire du tunnel, entre le sable de l'arène et le bleu profond du ciel.

– Il n'y a aucune honte à détaler, ahana le plus petit des deux combattants, satisfait d'avoir enfin porté un coup, aucune si cela permet de donner un nouvel équilibre au combat.

Le guerrier blond laissa retomber la pointe de son épée. Il plissa les yeux et scruta son adversaire d'un air pensif durant quelques secondes. Puis son sourire revint et il parut de nouveau s'adresser aux ruines qui les encerclaient.

– Moi, Argor, je ne m'exprimerais pas différemment. Ses paroles sont aussi sensées que les miennes. Pensez-vous vraiment que plus d'entraînement soit nécessaire ?

C'est une voix de femme qui lui répondit, sortie de l'ombre des murailles qui ceinturaient l'endroit.

– Oui, Argor, tous les hommes ont besoin d'entraînement. Et lui, pas plus qu'un autre, n'aurait pu atteindre l'âge de trente ans s'il n'avait appris à fuir ni, surtout, à reconnaître le moment où il faut le faire, mais ce qu'il y a à apprendre ne se limite pas à cela.

Argor secoua sa crinière blonde en maugréant.

– Je te prierais de ne pas me donner de leçons, surtout quand c'est de moi que tu les tiens, Raven.

Il se retourna vers son adversaire :

– Comment te nomme-t-on, mon ami ?

– Silver.

Argor fut surpris.

– Silver, « argent » ? Le nom convient bien à un homme qui combat à l'épée.

Il détailla soigneusement Silver. C'était un homme râblé, solide d'apparence, au visage mince, et dont les cheveux raides, d'un noir de jais, étaient coupés pour lui arriver aux épaules. Son front était ceint d'un bandeau d'étoffe verte destiné à protéger ses yeux de la sueur et à retenir sa chevelure. Son armure, qui lui découvrait les bras, était faite d'un cuir noir et taché. Ce n'était pas de ces cuirs qu'on tanne en Yr, pas plus qu'un cuir de Xand ; sans rigidité ni faiblesse, c'était un cuir flexible, plissé aux endroits où il moulait étroitement le corps du guerrier. Il portait un court kilt noir de tissu doux et des bottes qui lui montaient aux genoux, retournées pour révéler leur doublure de fourrure trempée de sueur. Son épée, courte et large, dont la garde de bois noir était ouvragée de bronze, lui avait apporté une aide appréciable au cours de cette première joute d'entraînement, et Argor en respectait les prouesses. Tous ces signes indiquaient que Silver était natif des territoires du Nord-

Ouest, ce royaume où s'affrontaient des factions rivales et des tribus perpétuellement en guerre.

– Eh bien, Silver, proposa Argor, reprenons notre joute à l'épée. Tu en viendras à savoir utiliser cent armes que tu n'as même jamais vues. Des haches et des javelines. Des bolas de Xand, des étoiles de jet comme celles que Raven utilise avec plus de talent encore que moi. Il y a une centaine de types différents d'armes blanches avec lesquels tu devras te familiariser : les cimeterres de Xandrone qui chantent comme le vent en fauchant les têtes, les sabres de Kahrsaam, de Tirwand, et ceux de Quwhon, dont l'acier noir disparaît dans l'obscurité et qu'il faut apprendre à reconnaître au son. Mais, pour l'heure, afin de célébrer le terme de ton bref esclavage, c'est à l'épée que nous allons nous affronter !

Le visage de Silver, buriné par le vent et tanné par le soleil, grimaça un sourire ; le guerrier agita son épée de façon menaçante. Puis, une curieuse expression passa sur ses traits et il abandonna sa posture de combat, se redressa et posa sa paume en travers de sa cuirasse : il réclamait une pause.

Il examina Argor, ses larges épaules et ses jambes robustes, l'armure de métal poli qui corsetait sa poitrine et son abdomen, les riches joyaux qui ornaient sa ceinture, et le fourreau qui y pendait.

Comme une vision de cauchemar, l'arène délabrée luisait et scintillait à travers le corps d'Argor. Chaque détail de la structure en ruine était visible, tel un fantôme, un fantasme, sous les traits translucides du guerrier mercenaire, dont le corps véritable reposait, au nord, dans la cité de Kahrsaam où on avait pour l'heure loué les services de sa lame. Un spectre d'homme dans un fantôme de ville. Silver lança un coup d'œil circulaire sur ces impressionnants vestiges d'un peuple autrefois puissant, désormais enfoui depuis longtemps sous la masse des sables au sud de Vartha'an. Il imaginait la foule innombrable des spectateurs qui s'étaient assis sur la pierre froide des bancs, et le tonnerre de leurs acclamations s'élevait de ces gradins qui s'étageaient jusqu'au ciel. Il se figurait les gardes casqués en faction au long de la ligne sombre des hauts remparts, à surveiller la gueule noire des tunnels. C'est de là que sortaient les esclaves et les bêtes que l'on tenait enchaînés dans des fosses au cœur du désert, et, rendus à la vie pour un bref instant, ils allaient au-devant d'une mort atroce.

Le temps avait fait ses griffes sur les statues des dieux qu'adorait ce peuple. Certaines s'étaient écroulées et le sable avait en partie recouvert le marbre roux veiné de cristal vert et translucide dans lequel elles étaient sculptées. Pourtant, le plus grand nombre se dressait encore fièrement face aux remparts délimitant le quadrilatère du cirque, au pied des gradins bondés de spectateurs vers lesquels elles tendaient les mains. Des doigts implorants avaient dû racler leurs chevilles de pierre, tandis que le sable buvait le sang au bas des piédestaux et que des hommes et des femmes mouraient dans la fournaise de la saison des jeux. Les dieux avaient fait la sourde oreille alors, et ils persistaient à tourner leurs yeux vides vers une clientèle de fidèles désormais disparue.

Silver contemplait ces statues à travers le spectre frémissant d'Argor et, troublé, il ne put tenir :

– Raven ! appela-t-il, exaspéré.

– Qu'y a-t-il donc encore ? répondit la voix de la jeune femme. Que veux-tu, Silver ? Tu ne peux pas t'entraîner en silence ?

– Si, répliqua Silver, en gardant l'œil sur le guerrier spectral qui se tenait devant lui. Si. Je serais capable de le faire face à cent gladiateurs du cirque d'Yr. Je pourrais m'entraîner en silence si mon propre frère, ma sœur, ou ma mère levaient l'épée contre moi. Mais, par les Crânes de Thach, Raven, comment veux-tu que je me concentre face à un fantôme ?

Un éclat de rire retentit. Celui d'une femme et aussi celui, plus grave, d'un homme, qui paraissaient sortir de chaque recoin de l'arène. Silver leva les yeux et balaya du regard les murs en ruine. Il crut voir quelque chose bouger dans la fraîcheur d'un encorbellement plus sombre.

– Si tu ne peux pas te battre contre un fantôme, lança la voix de Raven, alors contre qui pourras-tu te battre ?

– En effet ! s'exclama le spectre d'Argor, et Silver vit l'épée de l'homme s'élever puis s'abattre sur lui avec une grande violence.

Il para le coup. Quand les deux lames s'entrechoquèrent, des étincelles bleues jaillirent dans un fracas de métal crissant contre un silex brut.

– Bien contré, guerrier. Jolie parade !

Silver se redressa avec un sourire. Au même instant, il comprit que la lame d'Argor était fichée au creux de son estomac. Le fantôme arborait un large sourire.

La flatterie est une arme redoutable !

Silver garda les yeux baissés tandis qu'Argor retirait le fer spectral. Il voyait nettement la main au travers de l'épée, et les doigts d'Argor à travers la garde ouvragée d'or.

– Ce n'est qu'une blessure superficielle, ricana enfin l'homme des tribus du Nord et il porta une botte au mercenaire.

À l'endroit où se heurtèrent l'acier et le sortilège, une flammèche bleutée grésilla.

Silver recula en essuyant la sueur de son visage. Au-dessus de lui, très haut, aux places qu'occupaient jadis un roi ou un empereur pour suivre les joutes mortelles, il aperçut des cheveux dorés, la silhouette imprécise d'une femme qui observait comment sa nouvelle recrue se comportait dans cette mise à l'épreuve. Auprès d'elle se tenait une forme noire, encapuchonnée dans l'ombre, et Silver frissonna en songeant aux pouvoirs que détenait cet homme.

Le spectre d'Argor n'était pas affecté par la chaleur. Son corps reposait dans la lointaine Kahrsaam, où il faisait suffisamment frais pour que son esprit, convoqué en dépit des colossales distances séparant les deux contrées, se réjouisse de l'exercice.

– La chaleur est en train d'affaiblir notre ami, plaisanta Argor.

Raven, dont la voix provenait de partout à la fois, rit et répondit :

– Je ne crois pas.

Quand il reporta ses yeux sur Silver, Argor vit que celui-ci l'avait atteint en pleine poitrine et qu'il arborait un large sourire.

– Par les Cornes de Xin, voilà un plaisant tour !

– Que penses-tu de la manière dont Silver manie l'épée ? s'enquit Raven.

Argor cligna jovialement de l'œil à l'adresse de l'homme venu du Nord avant de crier en réponse :

– Jamais il ne m'a été demandé de jauger plus vaillant guerrier. Il combattra pour toi de belle façon, Raven.

– Il y a encore de la naïveté dans sa façon de se battre, tu le sais bien, Argor. Mais tu as raison, il combattra fort bien pour moi. Mieux que tu ne le penses. Silver, montre donc ton curieux pouvoir à ce cajoleur de vaches.

– Un pouvoir, tiens, tiens !

Intrigué, Argor choisit d'ignorer la pique de Raven, qui faisait allusion à un petit péché de jeunesse du Xandronien, pour faire face à Silver. Les deux hommes se mirent en position de duel.

La lame spectrale d'Argor se dressa comme un éclair. Silver recula, tout en agitant son bras droit, tandis qu'il frappait Argor en tenant son épée dans la main gauche.

Argor fut stupéfait : la lame de Silver l'avait traversé de part en part et la prise de l'arme en fausse garde n'y était pour rien. Interdit, les yeux écarquillés, il contempla le Nordique, qui souriait, et cette main droite qui, comme l'argent évoqué par le nom du guerrier, étincelait avec l'éclat d'une rapière.

La démonstration se poursuivit, et les yeux d'Argor s'arrondirent encore. L'homme des tribus du Nord leva ses deux poings dont la peau se modifia pour acquérir des reflets métalliques intenses dont il dirigea la réverbération dans les pupilles d'Argor. Incapable de les soutenir, celui-ci plissa les yeux, puis les ferma. Le visage de Silver, sous les cheveux noirs et graisseux, avait lui aussi pris cette teinte métallique étincelante, si bien qu'un feu éblouissant semblait irradier de tout son corps.

– Par la Déesse Mère ! s'exclama Argor. Quelle est cette magie ?

– Ce n'est pas de la magie, assura Silver.

– Alors, comment as-tu fait ?

L'éclat métallique s'évanouit sur le visage du guerrier. Il leva les yeux vers la silhouette de Raven, à demi dissimulée dans l'ombre.

– Dois-je lui dire ?

– Certainement, répondit la femme. Argor est un associé auquel j'accorde mon entière confiance, même s'il a choisi de ne pas chevaucher à mes côtés.

– Je suis né à moins de quatre klis de la tour d'Obsidienne, expliqua alors Silver à un Argor fasciné. La tour marque un ancien gué du fleuve Ish. On prétend que tous ceux qui naissent à moins de dix klis de la tour possèdent d'étranges facultés ou se transforment de curieuse manière. La plupart de ces enfants meurent très tôt, mais je… j'ai découvert que ma mutation présentait un avantage, puisqu'elle n'apparaît que lorsque je le souhaite.

Argor réfléchit intensément durant quelques instants avant de claquer sa paume sur l'épaule de Silver – ou du moins l'aurait-il fait s'il avait eu la moindre substance.

– Je répète toujours à mes nouvelles recrues que l'arme la plus puissante et la plus indispensable qu'ils possèdent, c'est leur main. Dans ton cas, Silver, tu n'en as besoin d'aucune autre !

Élevant la voix, il poursuivit :

– Par les tétons de la Reine Noire, Raven, encore quelques gaillards de cette trempe, et nous régnerons ensemble sur les terres autour du Cœur du Monde !

La voix de l'homme qui se tenait aux côtés de Raven était profonde et pleine de gravité.

– Ce sont de telles ambitions, Argor, que Raven cherche à éradiquer. Et tu ferais mieux de ne pas en plaisanter.

Argor toussota pour s'excuser, secoua sa crinière blonde et jeta un coup d'œil embarrassé vers Silver.

– Oui, tu as raison, Spellbinder. Je dois tenir mes ambitions en laisse.

L'écho de la voix de Spellbinder résonna dans l'air sec du cirque.

– La chaleur nous affecte tous. Je vais rompre le charme et te renvoyer chez toi.

Argor opina du chef.

– Le moment est idéal, en effet, Spellbinder. Notre ami, ici présent, en a assez et moi-même, je me sens mal à l'aise. Brise le sort, que je puisse réintégrer mon corps et vérifier que tout va bien.

– La prochaine fois, ami Argor, dit Spellbinder, je disposerai d'un sortilège plus élaboré qui t'amènera ici en chair et en os. C'est un charme délicat à localiser, mais je le maîtriserai tôt ou tard. Ainsi vont les choses.

– En attendant, c'est moi qui m'en vais, rétorqua Argor avec un sourire.

– Il vaudrait bien mieux qu'il soit ici en personne, acquiesça Silver bruyamment, en brandissant la large lame de son épée au-dessus de sa tête. Si je pouvais combattre un homme bien présent, je me battrais comme dix. Ce n'était pas vraiment une épreuve.

Argor lui assena un nouveau coup en travers de la gorge et disparut en riant.

Silver rengaina son épée et se retourna vers l'ouverture du tunnel d'où allaient déboucher Raven et l'énigmatique Spellbinder.

Quand Raven apparut dans la lumière, Silver sentit à nouveau son cœur battre la chamade comme s'il posait les yeux sur une femme pour la première fois de sa vie. Deux impulsions luttaient confusément en lui : s'il ressentait l'envie de s'agenouiller devant elle, au fond le plus ténébreux de son âme, la tentation du viol n'était pas absente.

Raven était grande, bien plus grande que les femmes des lointaines tribus du Nord. Son abondante chevelure croulait jusqu'à sa taille, en grandes boucles dorées, en longues mèches dont la jaune cascade scintillait sur ses épaules et sa poitrine. Ses yeux étaient grands, et ils semblaient tout voir, tout savoir. Ses lèvres pleines et humides s'entrouvrirent sur un sourire de plaisir et d'amitié qui noua l'estomac de Silver. Être si proche d'une telle beauté, voilà un privilège dont il n'aurait jamais cru pouvoir tant jouir.

Raven portait une courte tunique de coton vert, froissée par le voyage, qui enserrait ses hanches et ses seins ronds comme si elle voulait suivre chacune de ses formes, chaque fière courbe, chaque fossette sensuelle de son corps. Sa peau de miel, légèrement brunie par le vent et le soleil, aidait à lui conférer un port altier qu'on ne trouvait guère que chez les patriciennes de Kahr-saam. Et pourtant, Silver savait qu'elle venait d'Ishkar. L'esclavage, la vie qu'elle avait passée dans les fers depuis sa plus tendre enfance, l'avaient marquée dans certaines de ses façons comme une femme de Lyand, la ville-État où elle avait passé son adolescence ; pourtant, aucune habitante de cette cité nonchalante ni aucune femme de l'Altanat ne pouvait se targuer d'une beauté aussi éclatante, d'un tel calme, d'une telle assurance, d'un port aussi imposant.

Elle avança vers Silver et l'embrassa délicatement sur sa joue mal rasée. Elle tira sa propre épée de son fourreau ouvragé et tendit le pommeau orné d'un joyau vert au guerrier. Silver effleura l'or et le bronze de la garde avec toute la douceur dont il aurait souhaité explorer le corps de celle qui lui présentait l'arme. Quand il eut finalement baisé le joyau, Raven rengaina son épée et sourit.

– Beau travail, mon ami. Beau travail, en vérité. C'est pour les guerriers qui sont à mes côtés qu'il te fallait convaincre Argor de ta valeur à ma cause. Pour ma part, je n'avais pas besoin de telles preuves.

– Merci, Raven. Je te servirai bien. Le bras qui tient mon épée est vif comme la flèche, mon cri de guerre est plus sonore que le tonnerre, ma…

Elle posa doucement un doigt sur les lèvres de l'homme, pour le faire taire, sans pourtant formuler aucun reproche. Il plongea une seconde ses yeux dans ceux de la jeune femme, puis lui mordilla prestement le doigt. Surprise, elle poussa un petit cri.

– Où est Spellbinder ? s'enquit Silver.

– Il prête l'oreille aux voix, répondit Raven, mystérieusement. Viens m'aider à mettre mes bottes.

Ils regagnèrent le côté ombreux de l'arène et Raven retira ses bottes et d'autres pièces d'équipement d'une niche de la muraille où elle les avait déposées avant l'épreuve.

Silver la regarda boucler autour de sa taille une ceinture garnie d'étoiles de jet luisantes, des armes xandroniennes avec lesquelles elle manifestait une habileté remarquable. Elle mit en place un brassard ishkarien, et le remonta afin que le rebord au fil coupant ne dépasse pas et ne risque de lui entamer la main. Elle vit Silver qui l'observait.

– Ces armes-là doivent être utilisées de manière soudaine, en jouant sur l'effet de surprise, dit-elle, mais celle-ci est plus chère à mon cœur, ajouta-t-elle en tapotant son épée. Aide-moi à enfiler mes bottes.

Silver se pencha pour lui prêter main-forte et tirer les bottes de cuir doux qui montaient à mi-cuisse. Peut-être sentit-elle son désir, car elle éclata de rire.

– La concupiscence affaiblit l'homme, Silver.

– Je ne demande qu'une semaine, répliqua le guerrier d'une voix rapide, une semaine et je te révélerai une passion telle que nulle femme n'en a jamais connue.

Il se redressa, le sourire aux lèvres. Raven secoua la tête d'un air ravi.

– L'amour que l'on pratique dans les tribus est-il donc tellement différent de ce que nous connaissons à Lyand ?

– Infiniment ! s'exclama Silver. Aussi différent que le sel l'est du sable, aussi sincère que le forgeage de sa propre épée, aussi sensuel que la course d'accouplement du xand femelle…

Le rire de Raven explosa.

– Du xand femelle ? s'écria-t-elle, et Silver commença à rire doucement, lui aussi, sans la quitter des yeux.

– Raven !

Le cri soudain, l'inquiétude brutale de Spellbinder leur fit recouvrer leur sérieux sur-le-champ.

Silver jeta un coup d'œil vers les tunnels qui descendaient des plus hautes rangées de sièges. Une silhouette émergea des ténèbres et se tint un instant au bord de l'aride cirque, à les observer. Il annonça d'une voix sombre :

– Raven, quelque chose ne va pas, je le sens.

Il traversa l'arène. Silver se surprit à détailler cet homme de haute taille qui se dirigeait vers eux, à admirer sa carrure et son regard pénétrant, métallique, la forme caractéristique de son visage et l'immense confiance qui émanait de chacun des mouvements du guerrier.

Il portait une cuirasse de métal sombre, fort ouvragée de runes et de symboles ; ses bras bronzés étaient nus au soleil ; autour de chaque poignet était accroché un lourd bracelet d'or. Sous son pectoral, il portait une tunique écarlate qui lui descendait jusqu'à mi-cuisse, si bien qu'on apercevait les muscles bombés de ses jambes puissantes avant que des bottes parées d'os ne dissimulent aux regards la puissance physique du sorcier. Autour de sa taille était bouclé un large ceinturon de peausserie noire, d'où pendait à de minces lanières une épée à lame droite, nue comme une flamme, sous le soleil, forgée dans le métal sombre de Quwhon. Un manteau noir était accroché autour de ses épaules, fixé à la cuirasse par une large broche ornée d'un joyau vert et luisant ; les bords de cette cape ondulaient au niveau de ses mollets quand il marchait.

Ses yeux bleu pâle plongèrent profondément dans l'esprit de Silver ; ses lèvres minces, dans un visage allongé aux pommettes hautes, encadré d'une chevelure noire portée raide, s'écartèrent sur un sourire ténu.

– Excellent combat, décréta le sorcier.

Silver inclina la tête. S'il avait auparavant rencontré Raven à quelques reprises, c'était la première fois qu'il voyait le magicien dont elle lui avait tant parlé depuis qu'ils se connaissaient. Il en fut frappé de stupeur. Porter une épée en acier de Quwhon ! Silver savait combien il était difficile d'extraire les précieux minerais que renfermaient les côtes de ce pays terrifiant. Des forces obscures défendaient jalousement la substance de Quwhon et, chaque fois qu'on arrachait au pays la quantité nécessaire au forgeage d'une épée, c'était au prix d'un nombre effroyable de vies humaines.

– Quelque chose ne va pas, Spellbinder ? demanda rapidement Raven. Que se passe-t-il ?

– Je ne sais, répondit le sorcier.

Tandis qu'il parlait ainsi, une ombre noire passa sur le sable de l'arène. Silver leva les yeux vers le ciel, et le regard de Raven quitta également le monument en ruine pour monter vers l'azur.

Un grand oiseau y planait, un noir oiseau de colère, qui tourna autour des trois humains au-dessous de lui avant de fondre vers eux en poussant un cri perçant.

Immense, tel un corbeau de cauchemar, il se posa avec une subite douceur sur le bras tendu de Raven, ses serres enfermant la chair du bras de la jeune femme comme des câbles d'acier flexible. Ses ailes déployées battaient afin de supporter l'essentiel de son poids, pour que Raven puisse le soutenir. Ses grands yeux rouges fixèrent d'abord Silver, puis Spellbinder. Son bec crochu s'ouvrit ; un cri sonore et aigu s'éleva dans la chaleur de l'arène.

Spellbinder écouta avec attention. Puis l'oiseau battit vigoureusement des ailes et s'enleva au-dessus du cirque. Les cheveux dorés de Raven volèrent sous le vent soulevé par le fracas des ailes, et elle dégagea son visage de ses mèches et de ses boucles en regardant s'éloigner l'animal. Enfin, elle se retourna vers Spellbinder.

– Il apportait des nouvelles de l'Altanat.

– Oui, Raven. Ta connaissance du langage de l'oiseau progresse, dit le sorcier.

Ses yeux bleus se rétrécirent et il regarda le corbeau qui se fondait dans l'air brillant au-dessus de leurs têtes.

– Fais revenir Argor, suggéra Raven. Peut-être pourra-t-il nous apprendre ce qui se passe là-bas.

Spellbinder la regarda puis hocha la tête pour acquiescer sèchement. Il rejeta son manteau en arrière et tira son épée scintillante des liens qui la retenaient. Il posa l'arme à plat sur le sable, s'accroupit devant elle et plaqua sa paume sur la lame. Il se mit à parler dans un murmure et ses yeux se fermèrent.

Il se releva au bout de quelques instants et, ce faisant, prit une poignée de sable au-dessous de l'épée. Il la projeta en l'air et elle retomba rapidement au sol, dans un nuage qui composa la silhouette familière d'Argor.

Le visage de celui-ci était un masque d'effroi et d'incrédulité. Il foudroya Spellbinder du regard.

– Libère-moi, vite ! Il est dangereux de rester privé de contrôle !

– Que s'est-il passé, Argor ? le pressa instamment la voix de Raven.

Argor, plus transparent et spectral qu'auparavant, secoua la tête.

– Votre ami Sans Pitié, le Loup des Mers, a remonté le fleuve Lym à bord d'un vaisseau et s'est emparé de Krya, la femme de l'altan. On vient seulement de découvrir le rapt et Quez M'rystal est littéralement fou de rage. Il a déjà fait procéder au massacre de deux cents hommes et femmes originaires de Kragg qui se trouvaient dans le pays pour le commerce ou d'autres raisons. Il règne à Kahrsaam la panique la plus complète. Nul ne sait ce qu'il va faire ou qui il va encore faire exécuter. Il est en train de lever une grande armée et de rappeler tous les navires de sa flotte pour aller attaquer Kragg.

– Sans Pitié aurait fait cela ? s'exclama Raven, incapable d'accorder foi aux paroles d'Argor. Mais quel avantage peut-il retirer d'un enlèvement aussi insensé ? Il n'a quand même pas de desseins visant l'Altanat même ?

Argor secoua la tête.

– Qui sait ? Le Loup des Mers défie toute analyse et, pour ma part, je me sens peu enclin à accorder le bénéfice du doute à un pirate. Libère-moi, Spellbinder. Mon corps est là-bas, immobile, debout en pleine rue, et je crains pour lui.

Spellbinder agita les mains, index tendus, et le spectre d'Argor se dissipa.

Raven se retourna vers Spellbinder et la question dans son regard était claire.

– Gondar Sans Pitié est notre ami, même s'il use un peu trop libéralement de sa hache. Je croyais pourtant mieux le connaître.

– Tu le supposes donc lancé dans quelque stratégie de conquête ?

Raven haussa les épaules.

– Les Loups des Mers sont imprévisibles et ils ont tendance à agir sur de simples coups de tête. Mais je ne comprends pas pourquoi il se serait comporté de la sorte. Il n'a aucune querelle avec Quez M'rystal – pas plus qu'avec aucun autre royaume, d'ailleurs. Il déteste l'île des Esprits de toute son âme, mais c'est qu'elle menace ses activités maritimes. L'Altanat n'est pas une puissance maritime belliqueuse... Ou, du moins, il ne l'était pas lorsque nous y étions la dernière fois.

– Oui, répéta Spellbinder, songeur, la dernière fois... Après ce fiasco, je pense que nous aurions du mal à gagner la confiance et la compréhension de l'altan. Sans Pitié le sait bien et il est raisonnable de supposer que, s'il a des projets et des plans de conquête, il choisira de frapper là où une contre-attaque de notre part serait la plus malaisée.

Raven secoua la tête avec colère.

– Je ne peux pas te blâmer de douter d'un homme qui est notre ami, mais tu le fais contre toute vraisemblance. Sans Pitié ne convoite pas les terres de l'Altanat ; il ne convoite aucun territoire. C'est un pirate ! Ses ambitions se bornent à ce qu'on peut couler ou poursuivre avec cinquante mètres carrés de toile. Tout cela n'a aucun sens.

– Pour l'instant, nous n'en comprenons pas le sens, glissa Spellbinder, pensif, mais, quand nous saurons tout, cela s'éclairera. Je ne dirai qu'une chose : si Sans Pitié a enlevé l'altane Krya M'rystal, c'est qu'il a ses raisons et, à ses yeux, ce sont de bonnes raisons.

Raven opina. Silver gardait le silence, tout en les observant, car il ne connaissait pas les personnages dont ils s'entretenaient.

Au bout d'un moment, la jeune femme déclara :

– Il faut partir immédiatement pour Ghorm et prendre le bateau que nous avons loué. Abandonnons le raid et les esclaves.

Mais Spellbinder n'était pas d'accord.

– Non, Raven. Argor étant parti, et les autres n'étant pas prêts à combattre pour une femme, notre troupe est réduite et n'a pas la force qu'elle devrait posséder. Silver nous sera d'une grande aide, dit-il en souriant et en administrant à l'homme du Nord une amicale bourrade, mais nous avons besoin de recrues pour notre armée au moins autant que toi, Raven, tu as besoin d'entraînement au combat. Il te faut prendre Silver et les autres et attaquer la caravane de Lyand comme nous l'avons projeté. J'irai, moi, dans la cité de Lyand, où je connais des oreilles, des yeux et des nez capables de percevoir des informations d'aussi loin que Quwhon. De là, je gagnerai Ghorm, où je vous rejoindrai.

– À Lyand, il y aura du danger. Prends garde à toi.

Spellbinder eut un sourire où se lisait la détermination.

– Pour ma part, je dispose, du moins, de ma magie pour combattre les forces qui s'opposeront à moi, mais toi, Raven, tu devras pénétrer dans Ghorm avec la plus grande prudence. Nous nous y retrouverons, s'il plaît à la Déesse Mère. Mais même si nous n'y parvenions pas, ne crains rien pour moi, ni pour toi-même. Des yeux puissants et des cœurs bienveillants te gardent.

Raven tendit la main et agrippa le bras puissant de Spellbinder ; elle fronça les sourcils en croisant son regard glacé.

– Je ne comprends pas, dit-elle, pourquoi il y aurait un risque que nous ne nous revoyions pas ? Qu'y a-t-il, Spellbinder ? Qu'ont donc détecté d'autre tes sens étranges ?

Il sourit et se pencha en avant pour l'embrasser brutalement sur les lèvres, brièvement, avec chaleur.

– Bien que nous ayons passé si peu de temps ensemble, tu me connais bien, Raven, tu sens mon inquiétude avec tout le talent d'une mère qui perçoit la frustration d'un fils qui grandit.

– Alors, réponds-moi. Dis-moi ce qui s'est vraiment passé.

– En vérité, je l'ignore. Je ressens simplement…

Son regard se portait dans le lointain, comme si le magicien déployait son esprit au-delà des murs du cirque.

– Il y a une nouvelle puissance maléfique en ce monde…, qui est soudain… soudain arrivée comme de nulle part. Je l'ai sentie tandis que j'observais le duel de Silver contre notre ami Argor. Mais cette impression était très faible et manquait de certitude, et, pour confirmer mes soupçons, il faut que je me rende à Lyand. Toi, Raven, tu dois attaquer la caravane d'esclaves.

Il la regarda avec une curieuse expression, puis se pencha de nouveau vers elle et lui prit le visage dans ses longues mains fines, pour l'embrasser doucement. Elle se laissa faire de bon gré, posant ses mains sur les hanches du sorcier afin qu'il ne parte pas.

– Raven, lui dit-il, je crois que te voilà de nouveau attirée dans les mailles du Chaos pour combattre une nouvelle puissance. Il te faudra sans cesse suivre ton instinct, faire ce qui te semble s'imposer. Je ne suis là que pour te prêter assistance quand tu trébuches, que tu es perdue ou au désespoir. La route que tu dois suivre viendra de toi et des souhaits de ceux qui guident tes désirs.

Raven sourit et hocha la tête de manière presque imperceptible.

– Ces étranges marionnettistes dont je ne connais ni l'identité, ni la demeure…

Spellbinder recula et s'enveloppa de son manteau.

– Chevauche sans répit, combats sans faillir, et nous nous reverrons à Ghorm, ou alors dans le Nord. Silver…, dit-il en se retournant vers l'homme des tribus septentrionales, sache que tu combats aux côtés d'une femme dont le destin est plus grand que le monde même. Ne pose nulle question et fais-lui l'offrande de ta vie si elle l'exige, car ta vie sans elle n'a guère plus de durée ni de valeur que la vague qui déferle. Retiens bien mes paroles.

Silver leva sa main brillante comme du métal en signe d'acquiescement. Spellbinder tourna les talons et s'éloigna de l'arène.

Le temps que Silver et Raven sortent du tunnel pour rejoindre leurs montures, à la longe dans l'ombre d'une entrée en ruine, le sorcier n'était déjà plus qu'une minuscule silhouette sur l'horizon lointain, galopant en direction du nord à la vitesse du vent.

2

> Ce sont l'œil, la main et le cœur qui choisissent une arme. Au moindre doute, l'arme doit être rejetée.
>
> *Les Livres de Kharwhan*

Ce jour-là, le soleil brûlant était à son apogée et même les charognards du port se sentaient incapables de se poser sur les cadavres empilés des esclaves importés qui étaient morts durant le transfert, quand une caravane d'esclaves quitta Lyand à destination de la cité d'Yr, au sud. Métropole de brique et de mortier vautrée au cœur fertile du désert, Yr s'était enrichie dans le négoce des vêtements et des harnais, fabriqués à partir des animaux qui parcouraient en troupeaux les Steppes désertiques du Sud. La cité tirait également sa renommée de ses jeux du cirque et de ses écoles où l'on entraînait les gladiateurs.

Ces joutes de mort constituaient la destination de la caravane qui quittait la plaine littorale fertile pour s'enfoncer entre les collines basses et le sable du désert. Quinze captifs solides et aguerris, enchaînés et misérables, avançaient à pied entre les gardiens, montés sur des chevaux, qui composaient eux-mêmes une mosaïque de peuples aussi variée que leurs prisonniers. Des molosses claquaient des mâchoires et grondaient, retenus par des chaînes ; c'était de grandes bêtes, noires de poil, aux yeux rouges, qui ne demandaient qu'à tuer les pauvres hommes et femmes en haillons qui se traînaient en direction du sud.

Il y avait des hommes d'Ishkar, aux larges épaules et aux muscles rudes ; des hommes d'Haamscir, grands, aux yeux gris, fiers et pourtant assombris par leur humiliation ; des femmes de Xandrone, aux cheveux roux, aux jambes minces ; et deux vierges en pleurs, saisies sur un vaisseau de Kragg qui s'était aventuré imprudemment sans protection suffisante : les pirates avaient succombé à leur tour à la piraterie et leur fragile cargaison s'était muée en un grossier butin. Elles ne semblaient pas à leur place entre ces guerriers endurcis qui étaient leurs compagnons d'infortune.

Il y avait d'autres personnages dans la caravane et l'un d'entre eux, un homme, ne présentait les caractéristiques d'aucun des pays qui entouraient l'océan du Cœur du Monde. Il était grand, mince, une minceur trompeuse, car sa force physique était évidente. Sa peau était pâle, presque translucide ; ses cheveux étaient longs et blancs. La pâleur de cette belle chevelure ne devait rien à l'âge mais était aussi naturelle que celle de la lune. Ses yeux, plissés pour lutter contre l'ardeur solaire, n'avaient ni couleur ni pigmentation : ils présentaient ce blanc que possédait parfois l'acier, au sortir des forges de Tirwand, cet acier – baptisé « lunaire » – que l'exceptionnelle rareté du phénomène rendait précieux.

Dans la caravane se trouvait également une femme dont la peau foncée révélait son appartenance aux tribus du lointain Nord-Ouest. Ses cheveux noirs étaient coupés si court qu'ils dansaient autour de son cou en abandonnant ses épaules nues à la morsure du soleil, qui les avait couvertes de cloques. Elle portait une légère tunique de coton dont tous les parements de cuir et de gemmes avaient été arrachés depuis longtemps. On voyait sur ses épaules et aussi sur ses mollets des cicatrices prouvant infailliblement que c'était une guerrière. Elle n'était que colère et douleur : colère de sa capture, de son humiliation. Douleur de son viol, la veille. Ses poings se crispaient par à-coups, convulsivement, et ce n'était pas la morsure des chaînes qui lui faisait crocher ses doigts. La présence d'une garde d'épée en airain doré lui manquait ; ses doigts avaient mal à force de chercher son poignard à manche d'ivoire.

Le soleil et la lassitude avaient presque clos ses yeux noisette, mais elle continuait à observer le maître des esclaves – un homme du nom de Shigarra –, qui chevauchait, plein de suffisance, un peu en avant de la caravane.

Une toute petite occasion… elle n'en demandait pas plus, rien qu'une minuscule occasion de s'échapper pour revenir à Lyand et venger la souillure de son corps.

Shigarra était petit et gras, tout enveloppé de soies princières ; un bandeau lâche en coton de Lyand enserrait ses cheveux blonds et ras. Il aurait pu être natif de Xandrone ou de Kahrsaam. Ce n'était pas un eunuque, chose inhabituelle pour un maître des esclaves.

Les autres gardiens avaient des origines plus évidentes ; la plupart venaient du Sud, bien qu'un mulâtre – enlevé à Sly, sans doute alors qu'il n'était encore qu'un enfant – chevauchât à leurs côtés et utilisât son fouet à trois mèches avec un plaisir presque puéril. Pour la plupart, ils étaient habillés de vêtements noirs moulants et portaient des bottes montantes sur leurs jambes musclées, de larges écharpes autour de leurs amples panses, au-dessus du fourreau de leurs armes. Tous, à l'exception du maître, possédaient des épées droites à lame étroite, typiques du Vartha'an, encore accrochées, à ce moment, au pommeau de leur selle. Leurs yeux mi-clos trahissaient l'usure de ces hommes qui semblaient haïr leur vie. Mais c'était la seule existence qu'ils connaîtraient ou qu'on leur offrirait jamais. S'ils la rejetaient, ils risquaient de se retrouver du mauvais côté d'une chaîne à vingt maillons, à destination des fosses du cirque d'Yr.

Tandis que la caravane poursuivait avec une lente obstination sa route vers le sud et franchissait le moutonnement des collines, les hommes s'enfonçant parfois jusqu'à la cheville dans le sable mou, elle était suivie par des regards féroces et déterminés.

En tête de colonne, Shigarra passa entre de gros rochers et jeta un coup d'œil circulaire comme s'il sentait des yeux braqués sur lui, mais il ne vit rien. Les chariots chargés de ferronnerie cahotaient et brinquebalaient derrière lui, les plaintes et les gémissements des esclaves montaient dans la chaleur de l'air. Il s'arrêta entre les rochers pour boire à longs traits l'eau fraîche de sa gourde, puis s'essuya les lèvres sur la soie magnifique de sa robe. Il rit en songeant à la commission qu'il allait percevoir sur cette livraison de choix : treize guerriers et deux vierges. C'était bien les meilleurs esclaves qu'il eût réunis depuis plus d'un an.

Il l'ignorait encore, mais, quelque part dans les rochers autour de lui, une flèche était ajustée, le bois souple d'un arc était bandé, la corde était ramenée en arrière ; un œil visait en suivant la tige de la flèche, et la cible était le cou gras de Shigarra.

Mais Shigarra reprit brusquement sa route, et la tension imprimée à l'arc se relâcha.

De même qu'un charognard sait reconnaître le dernier souffle d'un animal sur les rochers qu'il survole, Karmana sentit que le secours était proche. De même qu'un xand flaire l'eau alors que plus de dix klis le séparent du point d'eau, Karmana, grâce à ses instincts hérités des tribus du Nord, sentit les guerriers tapis entre les rochers que longeait la caravane. Ils la suivaient sans se faire remarquer, en guettant leur heure.

La jeune femme sourit, rejeta en arrière d'un coup de tête sa chevelure noire trempée de sueur, afin de dégager son champ visuel. Son sourire trahissait autant de plaisir que de résignation. Il était très vraisemblable que les hommes invisibles qui attendaient le moment favorable pour les assaillir seraient des bandits ou des barbares, qu'ils considéreraient les esclaves comme des choses à tuer ou d'où tirer leur plaisir, quand ils trieraient les diverses marchandises des chariots. Mais il subsistait un espoir que leurs libérateurs se révèlent des individus plus enclins à la pitié… Un mince espoir, bien lointain… mais la possibilité demeurait.

Les molosses utilisés pour garder les esclaves sentirent également les hommes en embuscade. Ils glapirent et hurlèrent, tirèrent sur leurs laisses de métal, battirent l'air de leurs pattes jusqu'à ce que les hommes qui en avaient la charge, impatientés, les forcent à avancer. Les chiens avaient été bruyants durant tout le voyage, et c'était à ce simple fait que tenaient les frêles espoirs des esclaves, car Shigarra négligeait les avertissements de la meute et poursuivait sa route.

Tout en continuant d'avancer, les jambes douloureuses, à présent, les pieds couverts de cloques à cause des cailloux et du sable brûlants, et piqués par l'herbe ligneuse, Karmana fouillait des yeux les cachettes de chaque côté. Sans voir les hommes qui passaient en courant d'un rocher à l'autre, sans les entendre, elles les savait là. La gerboise sait quand le fennec l'observe, et elle s'enfuit pour sauver sa vie ; de même, Karmana savait que cette caravane n'avait guère plus d'un demi-kli à parcourir avant d'être anéantie.

Devant eux s'ouvrait un étroit défilé, engoncé entre de hautes roches cristallines, trouble et irréel dans la brume de chaleur.

Si elle avait eu sa liberté de mouvement, c'est là que Karmana aurait assailli cette misérable colonne. Elle aurait placé des hommes prêts à tuer les éclaireurs, qui partaient déjà en avant de la caravane pour inspecter la pierraille et s'assurer que le passage était sûr. Ses hommes auraient rapidement changé de tenue avec leurs victimes et, des sommets du chaos granitique, dont l'éloignement aurait renforcé l'efficacité de leur déguisement, ils auraient fait signe à la caravane de poursuivre sa route à travers le défilé, vers le sud, vers l'acier et le fouet, et les hurlements enthousiastes de la foule.

Et là, elle aurait lancé l'assaut !

Peut-être un cri de joie lui échappa-t-il alors qu'elle imaginait leur fuite. Un murmure la fit taire et elle tourna la tête pour voir qui avait parlé.

Le grand guerrier aux cheveux blancs marchait à ses côtés. Ses yeux d'acier lunaire la fixaient avec intensité, pour la mettre en garde. Karmana frissonna sous ce regard et se détourna de l'homme, mais son image resta présente à ses yeux : mince mais robuste, c'était un homme d'une puissance immense. À son corps couvert de cicatrices, à la peau pâle crêtée de fines lignes blanchâtres qui marquaient sa chair comme autant de fissures, on devinait un homme qui avait mille fois connu le frôlement de la camarde et qui avait survécu grâce à son habileté et à sa force.

Il possédait un instinct aussi aiguisé que celui de la jeune femme. Lui aussi avait deviné la présence des hommes dans les rochers.

Karmana se retourna et lui adressa un hochement de tête à peine perceptible. Le groupe d'esclaves approchait des hauteurs rocheuses et Karmana sentit le rythme de son cœur s'accélérer et s'amplifier. Les éclaireurs apparurent au loin et signalèrent à Shigarra que la route était libre. Karmana plissa les yeux et se concentra sur les silhouettes, mais il lui était impossible de dire s'il s'agissait toujours des hommes qui s'étaient enfoncés dans le défilé quelques instants auparavant.

Elle sentait l'atmosphère se charger de tension… la sienne, sans doute, ainsi que celle de l'homme aux yeux d'acier qui la suivait, peut-être également celle des prisonniers enchaînés avec eux, car tous avaient certainement compris, chacun à sa manière, que le salut était à portée de main. Tous sentaient qu'une faible chance de s'échapper était proche, même s'il s'avérait que les assaillants étaient des bandits plus intéressés par les richesses que transportait la caravane que par le service qu'ils pouvaient rendre aux esclaves.

Un silence oppressant s'abattit sur la colonne tandis qu'elle s'engageait dans le défilé. Les molosses hurlèrent et gémirent, mais peut-être comprirent-ils l'inutilité de leurs avertissements, car quelques-uns commencèrent à baisser la tête en avançant, apeurés par cette mort qu'ils flairaient déjà.

Ils n'avaient pas fait plus de quarante pas dans la fraîcheur du défilé que Shigarra leva la main et décréta une halte. Il leva les yeux vers la crête d'où les éclaireurs lui adressaient encore des signaux l'assurant que tout allait bien. Karmana regarda en l'air, elle aussi, et, bien qu'elle ne pût en être certaine, elle pensa cette fois que ce qui émanait de ces hommes ne rappelait en rien Lyand mais trahissait plutôt la plus parfaite traîtrise.

– Nous allons nous reposer ici quelques instants, lança Shigarra.

Karmana aurait dû s'en douter. Il n'allait pas laisser passer l'aubaine d'un peu d'ombre dans l'actuel état d'épuisement des esclaves. Les bienfaits de la halte allaient se trouver valorisés d'autant par cet abri propice.

Les esclaves s'assirent par terre en un cercle grossier afin de pouvoir parler entre eux. Les gardiens se déplacèrent parmi eux, le sourire aux lèvres, pour leur donner de l'eau, mais pas de nourriture. Les chiens reprirent leurs aboiements, mais les cris de leurs maîtres les firent taire, et on leur donna des lanières de viande séchée.

Shigarra ne souriait pas en observant ses prisonniers à distance. Son œil s'attardait sur les femmes, un regard ignoble qui les déshabillait et estimait leur prix en fonction de leur beauté physique. Shigarra était un homme dont l'embonpoint confinait à l'obscénité, et son visage ruisselait de malveillance autant que de sueur. Karmana, qui l'étudiait de près, remarqua la curieuse façon dont il portait son sabre, la lame recourbée vers l'avant. Elle comprit soudain ce que cela voulait dire, car c'était une manière significative d'arborer une telle arme. Peu de guerriers estimaient qu'ils maniaient les armes avec une habileté telle qu'elle leur permît de s'en vanter en adoptant la coutume caractéristique des Fils de Lorn. Karmana, l'œil et l'esprit aiguisés, à l'affût du moindre détail, n'était jamais allée à Lorn, dans l'Est, mais les conteurs de sa contrée natale avaient souvent évoqué ces rois du désert dont les tribus écumaient le royaume, en anéantissant tous ceux qui se risquaient à y pénétrer. Shigarra, c'était désormais clair pour elle, avait été exilé de cette société, et non point de Xandrone ou de Kahrsaam. Elle soupçonna que son tour de taille et que sa petite stature étaient les raisons qui lui avaient valu d'être exclu : dans ces tribus du désert, l'orgueil était maladif. Nul doute que Lyand l'avait accueilli à bras ouverts, car les Cités-États acceptaient avec empressement tout ce qui pouvait leur être utile et était offert gracieusement.

Shigarra s'avança entre les esclaves au repos et, jetant un regard tout autour de lui, vint se placer près de Karmana.

– Où est celle qu'a connue le maître d'armes de Lyand ? Laquelle d'entre vous ? Répondez tout de suite, ou je vous fais mutiler sur-le-champ !

Sa voix démentait le calme qu'il affichait. Le désir le torturait et il haletait littéralement.

Rien n'était plus terrifiant pour un esclave que la menace d'une mutilation, et elle était prise très au sérieux. Les naïfs seuls pouvaient ignorer que les mutilations n'affectaient en rien la valeur des esclaves, car ces punitions présentaient un tel intérêt qu'il était hors de question qu'elles entraînent un quelconque préjudice.

Tout en parlant, le maître des esclaves regardait autour de lui, et son impatience comme sa colère grandissante filtraient dans ses yeux sombres.

Shigarra tira son sabre et le posa légèrement contre les mains enchaînées d'un des hommes près de lui.

– Laquelle est-ce ? répéta-t-il.

L'esclave considéra la lame une seconde avant de lever des regards terrifiés vers le maître.

– Pas mes mains… Par pitié…

Karmana était stupéfaite. Cet homme était-il donc rongé de désir au point de mutiler un esclave, et d'une façon telle qu'il lui ôterait toute valeur ? Elle s'était attendue à ce qu'il lui coupât un doigt, mais les mains ! Cela paraissait insensé.

Il y eut le bruit d'un souffle. Shigarra avait à peine bougé. L'arme voltigea entre ses mains, passa derrière son dos et fut de nouveau devant lui en un éclair, le fil de la lame verni de rouge.

L'esclave hurla, se remit debout en titubant et fixa

d'un œil fou le sang qui giclait aux moignons de ses poignets. Les chaînes glissèrent de l'endroit où les mains les avaient retenues, et il fut rapidement emporté par deux gardiens et achevé sans retard.

Une ombre fugitive passa sur le visage bouffi de Shigarra comme s'il se rendait compte de l'inanité d'un tel gaspillage ; puis il se retourna vers les esclaves et appuya sa lame sur les bras d'un deuxième homme.

Karmana, envahie d'un malaise, tressaillit en reconnaissant l'homme aux yeux d'acier lunaire, celui qui l'avait rappelée au calme un peu plus tôt. En un éclair, le sang-froid de celui-ci s'évanouit pour faire place à une peur panique. Il jeta un bref regard à Karmana, avant de détourner les yeux, puis de les baisser. Sa peau livide pâlit encore et Karmana vit que, sous ses étranges hardes, il tremblait.

« À cause de cela, mon ami, je te sauverai la vie », pensa-t-elle.

Bien qu'il lui répugnât d'agir ainsi, Karmana se leva.

– C'est moi.

Le maître des esclaves se tourna pour la considérer, puis il sourit et rangea son sabre au fourreau. Il alla vers elle, en passant sa langue sur ses lèvres peintes de carmin et en écartant les pans de son vêtement.

– Parfait, dit-il. À la fois belle et, selon toute évidence,... passionnée !

Il arracha d'un seul geste la tunique qui couvrait Karmana et contempla ses seins lourds, sa taille fine.

– Mets-toi à genoux. Je suis d'opinion qu'il faut distraire tout le monde, même les esclaves.

Il rit bruyamment, tandis que Karmana, qui ne songeait plus qu'à rester vivante, tombait à genoux. Elle sentit les doigts de Shigarra se nouer dans sa chevelure pour amener son visage contre son corps.

Il ferma les yeux et ses gémissements trahirent un plaisir sans mélange. Karmana tenta de penser à tout sauf à ce qu'elle était en train de faire, mais une bile de rancœur monta en elle comme la sève dans un arbre jeune, et la colère l'envahit.

Elle sut qu'il lui faudrait tuer cet homme.

Elle se préparait à agir, à mordre cet homme bien plus cruellement qu'il ne s'y attendait, à le mettre à mort en profitant de sa douleur, quand Shigarra émit un son étrange. Un liquide chaud coula sur le dos de Karmana et elle abandonna le maître de la caravane, se redressa et leva les yeux…

La flèche lui avait transpercé le cou, pour émerger de sa gorge dans un éclaboussement écarlate et rester logée là, sa large tête dégoulinant de sang. Shigarra tenta de hurler mais sa trachée artère avait été cisaillée et il tomba sur Karmana en gargouillant, comme un gros pantin habillé de soies bouffantes tout agité de soubresauts. Sa dernière action fut de casser dans un spasme la hampe de bois poli et de détacher la large tête en pierre de la flèche. Ses doigts se crispèrent sur l'arme grossière et il mourut dans de terribles souffrances, noyé dans ses humeurs qui envahissaient ses poumons pour s'y coaguler.

Un concert d'exclamations s'éleva des esclaves, qui se couchèrent au sol. Karmana hurla de triomphe mais, prudemment, s'accroupit, au milieu de ses compagnons. Elle regarda les silhouettes qui bondissaient d'entre les rochers et galopaient sur des chevaux hennissants afin de bloquer les deux issues du défilé.

Les gardiens de Lyand tirèrent leurs armes terriblement acérées et s'en servirent tout d'abord pour libérer les chiens, qui bondirent sur les assaillants comme autant d'ombres rapidement mises à mort. Puis des armes s'entrechoquèrent et des vies s'achevèrent par des cris ; des plumets de sang jaillirent des artères sectionnées mises à nu sur les cous tranchés. Des corps s'abattirent ; le jaune du sable s'entacha de rouge. Les chevaux se cabraient et criaient, quelques-uns trébuchèrent, les pattes empêtrées dans les entrailles de leurs cavaliers.

Ce fut rapidement conclu. Les esclaves prostrés se redressèrent lentement pour lever les yeux vers leurs nouveaux maîtres.

Il y avait sept cavaliers, trois d'entre eux étaient des femmes. Bien assis sur le large dos de leur monture, ils tenaient leurs armes souillées de sang posées en travers de leur selle, se penchant en avant pour reprendre leur souffle et sourire aux hommes et aux femmes silencieux qui leur faisaient face.

Karmana éleva la voix, sans perdre de temps, prenant ainsi l'initiative.

– Nous vous remercions de ce que vous venez de faire. Mais quelles sont vos intentions, à présent ? Sommes-nous toujours esclaves ?

L'un des assaillants éclata de rire. Son visage, à la peau sombre, était mal rasé ; autour de ses longs cheveux noirs, qui lui pendaient en mèches raides et graisseuses dans le cou, était noué un bandeau vert qui lui maintenait le visage dégagé. À son armure de cuir fripée et fatiguée par les combats, Karmana vit que l'homme venait de la même partie du monde qu'elle... Mais de quelle tribu ?

– Esclaves de votre vengeance, si vous le souhaitez, lui répondit-il.

Il était conscient de la nudité de son interlocutrice et ses yeux parcouraient ce corps en connaisseur. Il n'avait pas encore deviné en elle une compatriote.

– Mais esclaves d'hommes puissants, non, plus maintenant. Plus jamais.

Les charognards se posèrent sur les rochers et considérèrent d'un œil gourmand les cadavres épars, avant de jeter des regards incertains sur l'assemblée des vivants. Ils lancèrent des cris perçants très inquiétants.

L'homme brun mit pied à terre et s'approcha de Karmana. Il portait un outil singulier, formé de deux lames jointes à leur extrémité, grâce auquel il coupa aisément les chaînes qui la retenaient. Quand elle fut libre, et tandis qu'elle se massait les poignets, pleine de reconnaissance, il entreprit de délivrer les autres esclaves.

– Je m'appelle Silver, dit-il en avançant entre les deux files d'esclaves. J'étais esclave autrefois, comme vous. Nous l'avons tous été, ajouta-t-il en désignant d'un signe de son outil les autres cavaliers, qui eurent un sourire pour confirmer ses dires. Pour notre part, nous devons notre liberté à une grande guerrière, une grande femme…

Il cligna de l'œil à l'adresse de l'esclave qu'il était en train de libérer. L'homme sourit.

– Une femme est à votre tête ? demanda Karmana, intriguée. Quel est son nom ?

Silver sourit, leva les yeux vers le ciel pur au-dessus du défilé de rocaille.

– Là ! Regardez !

Tous les regards suivirent la direction qu'il indiquait. Là-haut, un grand oiseau noir volait en spirale dans l'azur, porté par les courants ascendants, s'enlevant et virevoltant avec une aisance voluptueuse.

– De quelle sorte d'oiseau pensez-vous qu'il s'agisse ?

– Un corbeau ? dit Karmana, plissant les yeux pour affronter l'éclat du ciel. Bien qu'il possède un bec inhabituel, c'est à un corbeau qu'il ressemble le plus.

– Et notre chef s'appelle Raven[1], conclut Silver. Une

1. « Corbeau », en anglais (N.d.T.).

guerrière aux cheveux dorés qui guette son heure, et monte les bourrasques du vent et de la pluie, de la guerre et de la paix, qui choisit l'heure idéale et qui frappe ! Comme ce corbeau aux plumes noires, son protecteur, qui vole au-dessus de nous. Le noir et l'or, mes amis, alliés en un acier meurtrier.

– J'ai entendu parler de cette Raven, reconnut Karmana. On dit qu'elle chevauche aux côtés d'un sorcier et qu'à eux deux ils sont pratiquement invincibles. On prétend qu'elle était esclave autrefois, comme nous. Je donnerais beaucoup pour combattre à ses côtés et la suivre…

Silver lui donna une tape sur l'épaule.

– Bien parlé, belle enfant aux yeux sombres. Pour la suivre, pour combattre avec elle, il te faudra offrir ta vie, car c'est ce qu'elle demande. Mais tant que tu vivras, tu vivras en femme libre. À mon avis, c'est un marché honnête, pour une femme comme toi qui a eu une fois, même si ce n'est qu'une seule fois, la faiblesse de se laisser capturer.

Irritée qu'on lui rappelle ce fait, Karmana répliqua :

– Cela n'arrivera plus jamais, je le jure sur les Sept Tribus ! Si ta Raven m'accepte dans sa troupe, je combattrai jusqu'à ce que le destin décide de ma chute.

Silver l'examina d'un œil attentif. Il venait seulement de découvrir les origines de la femme et n'en paraissait guère heureux.

– Tu appartiens aux tribus du Dubthag, dans l'extrême Nord ?

Karmana sourit et acquiesça. Elle jeta un nouveau coup d'œil aux vêtements de Silver, remarqua l'épée de bois noir ornée de bronze, et une ombre voila son visage. Elle croisa de nouveau le regard de l'homme mais resta silencieuse.

Silver se tourna vers le guerrier à la peau claire qui,

debout près de lui, le considérait. Il évalua l'homme sur sa mine, fixa le regard d'acier lunaire et se sentit décontenancé par ces yeux implacables.

– Voici un homme dont le regard est aussi acéré et tranchant que son épée, dit-il. Tu as l'allure d'un guerrier, si tu n'en as pas les muscles. Qu'importe, ta présence à nos côtés serait la bienvenue.

L'étrange personnage secoua lentement la tête, sans prononcer un mot. Le silence devint gênant pour Silver.

– Comment t'appelle-t-on ? demanda-t-il.

– Ombre de Lune, répondit l'homme. Mon identité véritable ne peut être dévoilée pour l'heure.

– Ombre de Lune…, répéta Silver en se détournant de son interlocuteur. Il semblait mal à l'aise. Un nom qui sied à un homme étrange. Un nom étrange. Un nom puissant.

Karmana s'étonna :

– Où est Raven ? A-t-elle combattu avec vous ?

– Assurément, répondit Silver, dont le visage s'éclaira de nouveau après une temporaire éclipse. C'est elle qui a occis le maître de chiourme avec la première flèche décochée. Elle est partie à la poursuite des chevaux échappés… Raven ? appela-t-il, sa voix arrachant des échos au silence du lieu.

– Oui ! lui fut-il répondu, et les autres cavaliers firent se ranger leurs montures sur le côté tandis qu'une silhouette à cheval s'approchait dans l'étroit défilé, traînant par la bride deux coursiers égarés.

Alors que la femme s'approchait, une vague d'animation passa sur les esclaves, une excitation qui s'accrut quand ils furent capables de mieux distinguer cette femme qu'on appelait Raven.

Elle avait attaché sa chevelure en arrière avec un serre-tête de platine, aussi brillant au soleil que le reflet de ses yeux. Sa lame nue pendait à des lies et non dans son fourreau, et le sang noir sur l'acier laissait entendre quel rôle avait été le sien au cours du bref mais âpre massacre. Quand elle bondit de la selle de cuir et se tint debout, le sourire aux lèvres, à détailler les esclaves libérés, les hommes qui lui rendirent son regard ne purent se défendre d'une admiration muette pour cette femme magnifique aux seins généreux. Certains mirent le genou en terre devant elle, d'autres baissèrent les yeux comme si l'aveu aussi évident de leur désir l'insultait. Karmana regarda Raven froidement, mais avec envie, car seule une belle femme peut apprécier la grande beauté d'une autre femme.

Raven remarqua que Karmana et le guerrier à la peau claire, Ombre de Lune, étaient les seuls à soutenir son regard et à la traiter en égale. Elle en fut heureuse. Elle avança parmi les esclaves et, ses yeux verts lançant des éclairs, ses lèvres charnues entrouvertes et humectées, elle les salua de sourires en murmurant son soulagement qu'autant d'entre eux aient survécu. Quand elle parvint en face de Karmana, elle s'arrêta, tira l'épée ensanglantée de ses lies et présenta le joyau vert du pommeau à la jeune femme qu'elle dominait de sa stature. Karmana, sans y réfléchir à deux fois, baisa le joyau.

– Bienvenue, tu es libre, annonça Raven.

3

> Un ennemi commun forge un lien puissant, mais qui ne survivra pas nécessairement à la destruction de l'ennemi.
>
> *Les Livres de Kharwhan*

Ils dépouillèrent les corps des gardiens et pillèrent les chariots de tous les objets qui présentaient une utilité ou une valeur marchande. Pendant que l'on procédait à cette tâche, Raven escalada les contreforts rocailleux qui délimitaient la gorge pour en atteindre le sommet. Parvenue à son but, elle resta immobile un instant, ses longs cheveux flottant dans la légère brise du désert, une silhouette assurée et robuste, jambes écartées, vêtue d'une mince tunique qui ondulait contre son corps. Elle était parfaitement consciente du tableau qu'elle offrait et, en baissant les yeux, elle aperçut plusieurs hommes en train de l'observer.

L'homme aux yeux couleur de lune, celui qui se faisait appeler Ombre de Lune, la regardait également, d'un air solennel et pensif. Il semblait préoccupé, et Raven aurait bien aimé connaître ses pensées. Au bout de quelques instants, Ombre de Lune se détourna d'elle et se baissa pour aider à tirer un cadavre hors du défilé.

Il avait été décidé qu'ils passeraient là la fin de la journée et la nuit suivante, qui s'annonçait fraîche.

Parmi ces hommes et ces femmes nouvellement rendus à la liberté, beaucoup manifestaient tous les signes de l'épuisement et il aurait été difficile de les amener dans cet état au bateau qui attendait.

Raven avait déjà décidé qui elle aurait aimé voir rejoindre ses rangs. Elle baissa les yeux vers Ombre de Lune et ressentit en le voyant une vague pulsion qui lui tira un sourire. Elle avait rencontré tant d'hommes, et tant avaient chevauché à ses côtés ; des guerriers valeureux, forts et débordants d'ardeur, entre lesquels elle aurait pu choisir, qui seraient venus la retrouver sans une seconde d'hésitation. Pourquoi fallait-il que ce soit toujours des hommes au cœur froid, des hommes que l'amour avec elle ne troublait pas, pourquoi fallait-il que ce soient ceux-là seulement qui attisent le désir dans son ventre ?

Ce n'était pas entièrement vrai, bien entendu. Son regard franchit les collines et les lambeaux épars du désert : elle songeait à Spellbinder. Le rythme de son cœur se troubla, elle sentit les lèvres du sorcier sur les siennes et en sourit. Il était loin pour l'heure et resterait éloigné trop longtemps encore.

Un bruit interrompit sa rêverie : Silver effectuait l'ascension pour venir la rejoindre. Raven éprouva une brève contrariété à voir ainsi troublée son humeur contemplative, mais Silver leva les yeux vers elle, sourit, ses yeux brillèrent à sa façon espiègle et l'irritation de la jeune femme s'effaça.

Il trébucha sur le corps d'un éclaireur, qu'il poussa par-dessus le bord du replat d'un coup de pied. Au fond du défilé, le cadavre fut aussitôt emporté et enfoui sous le sable. Quand il parvint auprès de Raven, Silver, la peau moite de sueur, le souffle court et rauque, lui adressa un sourire pendant qu'il recouvrait ses forces.

– À l'exception des deux femmes de Kragg, annonça-t-il, c'est une belle assemblée. Pour peu qu'ils manient correctement l'épée, je ne vois aucune objection à les prendre tous avec nous.

– Comment la maniais-tu quand tu m'as rejointe, il y a quelques jours ? demanda Raven en soutenant malicieusement le regard de Silver.

L'homme fit la grimace.

– Je m'améliore. Mais la troupe s'accroît tant que nous pourrions nous permettre d'effectuer une sélection et de nous montrer difficiles. Tu n'es pas d'accord ?

– Tout à fait, fit Raven, en continuant d'observer au-dessous d'elle les esclaves libérés. Mais je ne veux pas les sélectionner en fonction des capacités dont ils font actuellement preuve. Argor est un instructeur qui fait atteindre la perfection à ses recrues. Il s'occupera de tout le monde, sans considération pour leur habileté aux armes. Pour l'heure, je recherche plutôt une force d'un genre différent, une puissance plus intérieure. Et il n'y a en bas que deux esclaves que je veux. Elle jeta un coup d'œil à Silver. Est-ce que tu vois ce que je veux dire ?

Silver hocha la tête.

– Est-ce que je la possède, moi, cette force ? demanda-t-il.

Il paraissait malheureux, comme s'il craignait que Raven l'ait choisi simplement pour sa robustesse.

Elle le rassura en lui posant la main sur l'épaule.

– Tu as des ressources multiples, brave Silver. Je ne voudrais pas être privée de toi.

– Bien sûr que non, plaisanta Silver, rasséréné. Je dois admettre que je suis plutôt fort, et certainement indispensable. Je souhaiterais que tu prennes la mesure de toutes mes énergies, Raven. Je dis bien : toutes.

Raven éclata de rire et secoua la tête.

– Il ne faut jamais mélanger les jeux de l'épée et… les jeux de l'épée, lui répliqua-t-elle.

Silver haussa les épaules.

– Peut-être Karmana sera-t-elle plus accommodante, dit-il en observant la jeune femme brune, qui venait de couvrir sa nudité d'une tunique taillée dans les vêtements de soie noire du marchand d'esclaves.

– Elle risque de t'accommoder avec cinq pouces d'acier de Tirwand, dit Raven, d'un ton plus sérieux.

Elle observa d'un air songeur la jeune femme au fond du défilé.

– Ne l'as-tu pas entendue dire qu'elle avait subi les outrages d'un maître d'armes ?

– Si, reconnut Silver.

– Ignores-tu ce que cela peut faire à une femme ? L'amour librement consenti est une notion qui n'a aucun sens pour les maîtres d'armes. Sans violence, l'amour ne présente pour eux aucun intérêt.

Silver frissonna, peut-être pas à cause de ce que Raven venait de lui dire. Il suivait toujours des yeux la jeune femme au fond de la gorge.

– De toute manière, dit-il, elle appartient aux Sept Tribus… Il regarda Raven. Et moi, estimé chef, je suis des Cinq Vallées. Cela fait de nous des ennemis mortels.

De nouveau, il plongea ses regards dans le défilé.

– Nos peuples se sont combattus et entretués depuis des générations. Pour chacun de nous, le nom de l'autre est la pire insulte qui se puisse imaginer.

– Il se peut qu'il y ait cinq vallées, assura Raven, et sept tribus, mais il n'y a qu'une Raven, et ceux qui combattent pour elle le font en alliés. Si tu ne peux accepter cela, Silver, tu n'as ta place sur aucun de mes flancs.

Silver sourit largement, trahissant d'éloquente façon le sens qu'il donnait à l'expression.

– Je l'accepte bien volontiers, Raven. Mais l'acceptera-t-elle également ?

Il abandonna Raven et entama la descente vers le fond du ravin. La jeune femme le regarda s'éloigner, heureuse qu'il n'ait pas été gêné par les propos relatifs aux répugnantes coutumes des maîtres d'armes. Silver savait, comme tous ceux qui chevauchaient avec Raven, qu'elle-même avait dû subir de tels traitements de la part d'un de ces guerriers bestiaux et, bien qu'elle désirât que cela ne fût jamais oublié, elle ne voulait pas que le sujet causât de la gêne à ses partisans.

Elle descendit à son tour, sur les traces de Silver.

La nuit tomba rapidement ; on alluma un feu qu'on alimenta avec les débris désarticulés d'un chariot qui ne leur était d'aucun service. Parmi les marchandises que Shigarra convoyait vers Yr se trouvait une belle cargaison de viandes salées et de fruits frais, conservés dans des récipients de cuir épais qui les protégeaient de la chaleur. La troupe et les esclaves participèrent à leur premier festin depuis bien longtemps, des mois en fait, et Raven, à qui le plantureux rôti à la broche ne faisait plus aucune envie, ne fut pas la dernière à savourer le plaisir d'un estomac plein.

Ils tendirent une toile au plus étroit du goulet pour constituer une haute et profonde caverne dans laquelle ils s'abritèrent des pluies nocturnes. L'air froid montait du désert et ils utilisèrent la soie et les cotonnades des tenues splendides de Shigarra pour confectionner un revêtement de sol raisonnablement satisfaisant, sur lequel ils s'étendirent ou s'assirent pour passer la nuit.

Le feu brûlait clair, sa flamme jaune léchait l'air avec avidité, le bois craquait et se consumait en prêtant une atmosphère calme et brumeuse au repos des guerriers.

Raven alla s'accroupir devant le feu et tisonna au bord des braises. Au-dessus d'elle, les étoiles scintillaient ; elle suivit des yeux la fumée grise qui montait pour se perdre dans l'infini du vide béant.

Quelqu'un s'approcha d'elle et vint s'asseoir à ses côtés. Quand elle se retourna, elle découvrit qu'il s'agissait de la jeune Nordique, Karmana.

Tout d'abord, elles demeurèrent silencieuses. Chacune se satisfaisant de la simple présence de l'autre. Quand Karmana rompit le silence, ses paroles furent brèves et poignantes, et éveillèrent en Raven mille souvenirs pénibles qui la firent frissonner.

– Je souffre.

– La souffrance passera, toutes les souffrances finissent par passer.

Raven eut conscience de l'inanité de ses paroles : elles se voulaient réconfortantes, mais ne parvenaient sans doute qu'à agacer Karmana tant elles étaient banales. Elle décida d'aborder le sujet en toute franchise, car Karmana faisait partie des esclaves libérés qu'elle souhaitait voir gagner ses rangs.

– La souffrance de ton corps finira par disparaître, comme toutes les souffrances disparaissent. Le souvenir ? C'est une souffrance comme les autres.

– Mes souvenirs ne s'effaceront jamais. La douleur restera toujours présente… jusqu'à ce que je le tue.

La jeune femme laissait couler son amertume. Dans la lueur mobile du feu, ses phalanges blanchirent en se crispant sur l'épée de Tirwand qu'elle avait prise sur un gardien.

– Même si tu parviens à tuer la source de ta douleur, tu n'en tireras pas forcément une délivrance, dit doucement Raven.

Elle sentit les yeux de Karmana se poser sur elle et se retourna pour soutenir son regard.

– Je continue d'être hantée par le souvenir de ce qui m'est arrivé, poursuivit-elle.

– As-tu été violée quand tu étais esclave ? demanda Karmana.

– J'étais une esclave des plus privilégiées. Sans être libre, je jouissais d'une liberté suffisante. J'appartenais à la domesticité d'un homme bon et compatissant. Mais il a un jour contracté une dette envers un maître d'armes et m'a cédée à ce… à ce répugnant animal pour qu'il assouvisse ses plaisirs. Par la Déesse Mère !

Raven serra les poings et ferma les paupières tandis que resurgissait le souvenir douloureux de ces heures de souffrance. Combien de nuits en serait-il encore ainsi ? La puanteur de Donwayne dans ses narines tandis qu'il couvrait l'Ishkarienne si douce de sa masse ; la pression de l'homme sur la femme, puis en elle, menaçant de la déchirer en deux ; les heures interminables de mouvement, les coups de boutoir bestiaux d'un genre ou d'un autre ; la douleur dans tous les muscles de ses jambes et de son visage alors que la brute satisfaisait son plaisir inhumain, ses insatiables caprices sur cette superbe jeune fille de dix-huit ans qui lui avait été offerte. Offerte !…

Elle fut secouée d'un tremblement et essaya de déloger ce souvenir de sa tête.

– Quand il en a eu fini avec moi, j'ai été remise dans la fosse des esclaves, poursuivit-elle. J'ai été choisie pour être envoyée dans l'Altanat, mais quelqu'un m'a aidée à m'échapper et je me suis enfuie. Pendant ma fuite, je me suis juré que je ne connaîtrais pas de repos avant d'avoir tué le maître d'armes. Je l'ai tué, oui, mais le souvenir s'accroche à moi. Je voudrais pouvoir tuer encore cet homme.

– Tu ne m'offres guère d'espoir de paix.

Raven secoua la tête.

– Tu peux parvenir à une certaine paix et c'est une paix agréable. Seul le temps pourra te faire comprendre ce que je veux dire. Pour l'heure, il faut que tu saches que je te veux avec moi, pour combattre dans mes rangs.

– Cela devrait me plaire, dit Karmana. La guerre était mon état dans le Dubthag.

– Où est-ce ?

– Le Dubthag ? Il couvre la plaine côtière à dix journées de cheval au sud du fleuve Nord. Sept tribus y vivent et les femmes s'entraînent aux arts de la guerre dès leur prime jeunesse, comme les hommes. Je sais manier l'épée et le poignard ; j'ai tué vingt hommes armés d'épées à l'aide d'une simple lance. Je remarque que tu ne portes pas de brassard ishkarien, pourtant ton bras en porte les marques comme si c'était ton habitude. J'ai également la pratique de cette arme, mais mon bouclier était plus meurtrier que celui d'Ishkar, c'était une arme autrement plus redoutable.

Raven leva son bras et y vit la marque des courroies de cuir.

– Tu as un œil d'aigle, ce qui double ta valeur dans ma troupe.

Elle tira le bouclier de l'endroit où elle le gardait : attaché à l'intérieur de sa botte. La plaque de métal de forme pointue, marquée et entamée par l'usage, luit sous la flamme ; c'était une arme aussi efficace qu'une épée.

– Je ne le porte que quand il le faut, dit-elle.

– Où allons-nous maintenant ? s'ensuit Karmana, changeant de sujet.

– À Ghorm. Nous nous infiltrerons dans la cité au petit matin et nous ferons route vers les quais. Deux vaisseaux, affrétés spécialement, nous y attendent. Nous n'aurons besoin que d'un seul. Il nous emmènera vers le nord-est, vers des rivages accueillants où nous pourrons échafauder de nouveaux plans et évaluer l'équilibre des puissances autour du Grand Océan. Nous allons où l'on a besoin de nos armes et, déjà, je perçois l'existence de troubles. Un de mes amis nous attendra là-bas, un homme intéressant, aux talents singuliers…

Karmana semblait préoccupée.

– J'aimerais chevaucher et combattre avec toi, Raven…

Elle regarda jouer les reflets sur la lame argentée qu'elle tenait.

– … Mais il y a une tâche que je me dois d'accomplir, maintenant que j'ai recouvré ma liberté.

Raven comprit immédiatement.

– Comment retrouveras-tu ce maître d'armes ? Ils se déplacent comme le vent. Ils ne reconnaissent aucune allégeance, ce sont des mercenaires, comme nous. Leurs capacités sont mille fois supérieures à celles d'un soldat ordinaire… Elle eut un sourire. Et facilement deux fois supérieures aux nôtres. Un maître d'armes ne demeure jamais longtemps au même endroit, tu devrais le savoir. Comment le retrouveras-tu ?

– J'y arriverai. Je porte son visage à tout instant gravé dans mes pupilles. Son nom ne sera jamais loin de mes lèvres… Donwayne… Je ne connaîtrai aucun repos tant que son sang ne me couvrira pas comme…

– Quel nom ? Quel nom as-tu prononcé ?

L'exclamation de colère poussée par Raven lui coupa la parole. Elle sauta sur ses jambes et, en un instant, le brassard fut sur son poignet et sa pointe meurtrière menaçait l'autre jeune femme qui tentait de se relever.

– Quel nom as-tu dit ? hurla Raven.

Ses yeux, emplis de colère et de haine, n'étaient plus que deux fentes. Sur l'instant, Karmana fut terrifiée.

L'idée que cette femme superbe devienne son ennemie était trop effrayante pour qu'elle pût l'envisager. Elle garda la pointe de son épée vers le sol et laissa la fureur de Raven déferler autour d'elle.

– Donwayne, répondit-elle. On l'appelait Karl ir Donwayne.

– Impossible !

C'était impossible ! Elle avait tué Karl ir Donwayne de sa main, quelques mois auparavant. Elle l'avait retrouvé après une chasse impitoyable, l'avait défié et l'avait tué. Cela avait été son plus grand triomphe et son esprit avait recouvré une liberté qu'elle ne croyait plus possible, même si le souvenir du maître d'armes la hantait encore.

Elle s'avança sur Karmana.

– Il est impossible que cet homme se soit appelé Karl ir Donwayne. J'ai occis moi-même Donwayne dans les arènes de l'Altanat. Il est mort en gémissant. Chaque goutte de son sang s'est déversée dans le sable pour le souiller. Il ne pouvait pas s'agir de Donwayne !

– Tout ce que je sais…, répliqua Karmana, furieuse à son tour…, c'est qu'il s'appelait ainsi, qu'il était grand et brun, et qu'il portait certains trophées à sa ceinture, chose que ne font pas les autres maîtres d'armes à ma connaissance.

– Une mèche de cheveux prélevée sur ses victimes, compléta Raven, sûre qu'elle ne se trompait pas.

– Des blondes et des brunes, des foncées et des claires, dit Karmana. Son obscène palmarès est étalé autour de son ventre de porc, en effet.

La colère de Raven s'effaça pour laisser la place à la confusion la plus totale et à une haine intense, ressuscitée.

– Comment est-ce possible ? demanda-t-elle, sans s'adresser à quiconque en particulier.

– Il a dû survivre à ton attaque, suggéra Karmana.

– Impossible ! Il est mort sous mes coups. Mille témoins ont assisté à la scène. Il est impossible qu'il ait survécu.

– Peut-être t'a-t-il trompée. Peut-être n'as-tu jamais tué Donwayne.

Les prunelles de Raven brûlaient dans les ténèbres ; le feu qui s'y réfléchissait semblait flamber dans son crâne.

– Il faut que je sache, dit-elle. Il faut que j'en ai immédiatement le cœur net.

Silver était venu la retrouver.

– Tu n'as quand même pas l'intention de pénétrer dans Lyand ? dit-il.

Le regard de Raven était hautain.

– Où donc irais-je le chercher, si ce n'est là ?

Elle chevauchait à travers le désert et ses cheveux flottaient derrière elle, halo de soie dorée caressé par le soleil. Une grande ombre noire la rattrapait, sa forme changeant lentement selon l'angle sous lequel les vastes ailes prenaient les vents du désert.

Un cri rauque perça la plainte des vents et la cavalière s'arrêta, les yeux tournés vers le ciel.

Raven fit un signe du bras.

Au-dessus de sa tête, le grand oiseau décrivit deux cercles, en l'observant de ses yeux rouges et farouches, son bec crochu entrouvert, ses serres, effilées comme des rasoirs, luisant sous l'éclat du soleil.

Les ailes se replièrent et le corps sombre fondit vers elle, à une telle vitesse qu'il sembla qu'il allait écraser Raven au sol. Au dernier moment, les ailes s'étendirent à nouveau, les plumes noires claquèrent et frémirent tandis que la créature venait doucement se poser sur les épaules de Raven, en enfonçant profondément les serres dans la chair, sans pourtant l'entamer. Ses ailes demeurèrent déployées afin d'alléger le fardeau de la jeune femme. La tête de l'oiseau se tourna et considéra Raven avec une expression rusée.

C'était un oiseau énorme, qui aurait pu la tuer d'un seul coup d'aile. Elle en supportait la charge sans rien dire et le regarda tandis qu'il poussait un cri sonore, la voix de son protecteur.

– Je n'ai nul besoin de protection, mon bel ami au plumage noir, dit-elle en levant la main pour gratter la peau écailleuse de ses pattes. Si tel avait été le cas, je n'aurais pas empêché Karmana de venir avec moi pour prendre sa part de la vengeance que je cherche à Lyand.

Et combien Karmana l'avait voulue, cette vengeance ! Mais la jeune femme était faible, épuisée par la traversée du désert et elle n'aurait été d'aucune utilité à Raven ; elle aurait même représenté une gêne. Pourtant, il avait fallu tout le talent de persuasion de Raven pour la convaincre de rester en sécurité et de recouvrer ses forces.

Raven éleva le bras et le grand oiseau battit des ailes pour conserver son équilibre.

– Va, mon ami. Je rejoindrai Spellbinder et les autres plus tard.

L'oiseau referma le bec, pencha la tête et regarda les dunes qui semblaient onduler sous la fournaise solaire. L'espace d'une seconde, Raven crut qu'il y avait un danger, mais rien n'apparut. Au loin, dans la direction qu'elle suivait, des aiguilles aux couleurs pastel se dressaient dans la brume : les hautes tours de Lyand.

– Ne t'inquiète pas, je ne mènerai pas mon enquête de manière irréfléchie. Je chercherai ce second Donwayne avec prudence.

L'oiseau croassa. Il était en colère, ou plutôt, il transmettait des mots de colère. Raven comprit. Ce n'étaient pas les pensées de l'oiseau, mais les paroles de Spellbinder.

« Tu n'es plus Su'aan ; tu n'es plus une esclave d'Hishkar. Tu es Raven, la maîtresse du Chaos. L'Élue. »

– Même une élue possède le droit de chaque esclave à la vengeance, murmura-t-elle.

Que lui avait dit Spellbinder ? « Il y aura toujours des ruses, toujours des illusions, pour te détourner du chemin que tu suis. Fais attention, Raven, fais très attention, méfie-toi toujours. Ton désir de tuer Donwayne est une arme qu'on peut retourner contre toi. Quand il sera mort, il y en aura d'autres, d'autres colères, d'autres peurs, d'autres émotions qui pourront te déchirer le cœur aussi sûrement qu'une lame d'acier peut te déchirer le corps. »

– Mais je dois m'assurer que cette femme s'est trompée. Il le faut. Je ne pourrais supporter de vivre si je pensais que Donwayne avait, qui sait comment, survécu au duel.

Elle parlait tournée vers le désert, mais les mots étaient destinés à Spellbinder et seraient transmis par l'oiseau.

Les vastes ailes brassèrent l'air ; l'emprise douloureuse des griffes sur la peau bronzée se relâcha et l'ombre noire la couvrit un instant avant de voler vers le nord, en direction de Lyand. Est-ce que Spellbinder était encore dans la cité des tours ? Raven éperonna sa monture pour lui faire prendre un galop impitoyable, sachant que sa bête ne pourrait le soutenir plus de dix klis avant de s'abattre au sol et de mourir. Elle la mena durement, lui accorda de brefs repos, sans s'autoriser à toucher l'eau de sa gourde de cuir, qu'elle préféra laisser au cheval pour qu'il puisse boire tout son soûl durant les courtes haltes.

Après avoir chevauché toute la nuit et une partie de la matinée, elle parvint enfin sur une éminence couverte de sable et battue par les vents qui surplombait les herbages fertiles en bordure de Lyand. Elle y serait dans l'heure.

Une brusque rafale de vent fouetta le sable devant elle et le souleva, dérobant Lyand à sa vue. Elle donna un coup de talon à son cheval pour qu'il continue d'avancer et descendit les pentes. Au bout de quelques instants, le sable tourbillonnait autour d'elle, l'aveuglant complètement.

Elle glissa à bas de sa selle et alla se placer devant son cheval pour lui protéger les yeux de la morsure du sable. Elle entendit quelque chose bouger tout près et plissa les yeux pour voir à travers la tempête.

Un vieillard entra dans son champ de vision, courbé en deux contre le vent, vêtu d'une ample robe sombre qui claquait autour de ses bras et de ses jambes. Il fit signe à Raven d'un air pressant, et la jeune femme eut l'impression qu'elle l'entendait l'appeler ; mais les hurlements de la tempête de sable noyaient tout autre son. Cependant, elle suivit le vieil homme, intriguée, espérant un peu qu'il disposât d'un abri à proximité.

Aussi brusquement qu'elle avait commencé, la bourrasque disparut, dépassant Raven pour franchir la crête derrière elle en une course frénétique vers le sud. Raven secoua le sable accumulé sur ses vêtements et dans sa chevelure. Elle chercha le vieil homme et le vit, tout proche, qui la regardait, assis sous la pente d'un auvent de peaux.

Raven se pencha pour épousseter le sable de ses jambes et se rendit compte qu'il n'y en avait pas. Surprise, elle se redressa et passa la main sur les flancs de sa monture : ils étaient baignés de transpiration, mais elle n'y trouva pas la croûte de sable qui les couvrait quelques instants auparavant.

Sous son auvent, le vieillard était hilare.

– Raven ! appela-t-il. Viens t'asseoir.

Elle laissa son cheval brouter l'herbe maigre et se baissa pour pénétrer sous la tente primitive. Le vieil homme tapota près de lui le sol couvert d'un tapis et Raven s'accroupit à ses côtés, heureuse de trouver un peu de confort après sa furieuse chevauchée sur le cuir de sa selle.

– Je m'appelle Nivik ir Maalsen, déclara l'étrange personnage en tendant la main vers un pot d'étain et deux petits gobelets de terre cuite.

Raven l'observa, remarquant qu'il était maigre et chétif. Il y avait un éclat jaune dans ses yeux, des striures noires dans le blanc de sa chevelure. Sa dentition était gâtée d'horrible façon. Nivik versa à Raven un gobelet de vin rouge pétillant et elle le but d'un trait, avec gratitude. La grimace que provoqua l'amertume de la boisson ne l'empêcha pas de tendre sa coupe pour une seconde rasade.

– Comment se fait-il que tu me connaisses ? demanda-t-elle.

– Tu es celle qu'on appelle la maîtresse du Chaos, dit Nivik en souriant. Raven, celle qui lève l'épée pour les Dieux. Tu es plus connue que tu ne penses.

Quelque chose chez cet homme lui rappelait Spellbinder. Une qualité intangible, peut-être rien de plus qu'une intuition de femme, peut-être la perception inconsciente d'une similarité entre les deux hommes. Elle l'exprima.

– Tu es sorcier. Je le sens.

Les sourcils de Nivik se soulevèrent légèrement.

– Bien observé, belle dame. Mais... Il resta songeur un instant... Peut-être trop bien observé. Le terme de sorcier est sans doute excessif. Je maîtrise quelques petits tours de magie. J'ai été autrefois l'apprenti d'un sorcier, du nom de Runeweaver[1]. C'était un homme étrange, un renégat venu d'une île enchantée. Peut-être de l'île des

1. « Tisseur de charmes » (N.d.T.).

Prêtres-Sorciers elle-même, de Kharwhan, il y a assez de mages qui ont été chassés de ces rivages sacrés. Qui sait ? Il m'enseigna les rudiments de la magie, des sorts élémentaires comme la création du feu…

Tout en parlant, il fit un mouvement rapide de ses doigts et une flamme surgit devant lui, flottant dans les airs sous le regard ébahi de Raven. Elle percevait sa chaleur, sentait le fumet âcre du bois qui brûle. La flamme disparut. À quelques pas de là, sur le sable, une petite bûche de bois se consumait.

– Il faut brûler du bois, pour créer une flamme, expliqua Nivik. La magie permet simplement de transporter l'énergie en un autre point. C'est un sort enfantin, un tour facile.

– Et la tempête de sable ? S'agissait-il aussi d'un tour ? Y avait-il véritablement une tempête ?

Nivik eut un petit rire.

– Dans ton esprit, oui. C'est le plus simple des tours. Toutes nos forces et toutes nos faiblesses, tous nos souvenirs et toute notre expérience résident dans notre esprit. On peut en tirer avantage, les utiliser comme des armes ou des suggestions, voire comme des inductions de suggestion. C'est une notion simple, dont les magiciens et les sorciers usent souvent. La magie que tu pourras rencontrer au cours de ta vie ne sera en général pas de la magie véritable, mais simplement de l'illusion. La vraie magie exige un entraînement peu commun. On ne la pratique que sur certaines îles de l'océan du Cœur du Monde, notamment dans l'île des Esprits.

Il sourit.

– Encore un peu ? dit-il en agitant le flacon dans la direction de Raven qui déclina son offre.

– Il y a, dit-elle en choisissant ses mots, une chose que je ne comprends pas…

Nivik éclata de rire, enchanté.

– Une chose seulement ? Pas plusieurs ?

– À votre sujet, précisa Raven.

Nivik comprit, il avait compris tout de suite.

– Pourquoi t'ai-je attirée ici par mes tours ? Aurais-tu interrompu ton galop effréné vers Lyand si je t'avais simplement fait un signe de la main ?

Raven dut bien reconnaître qu'elle aurait filé sans s'arrêter.

– Mais qui êtes-vous donc ? Et pourquoi vouloir que je m'arrête ? N'y aurait-il pas les doigts manipulateurs de Spellbinder là-dessous ?

De nouveau, les sourcils de Nivik trahirent sa surprise, tandis que ses pupilles s'arrondissaient légèrement. Raven s'amusait de voir ces traits si mobiles modelés par ses émotions et ses pensées en des masques aux expressions tellement différentes.

– Je ne te répondrai qu'une chose, murmura-t-il en se penchant en avant. Tu n'es pas une guerrière ordinaire, Raven, pas plus que tu n'es une femme ordinaire. Ton destin, aussi difficile à accepter qu'il puisse être, t'élève au-dessus des mortels, bien que tu sois mortelle. Dans les pays qui entourent le Cœur du Monde et dans les terres s'étendant au-delà, il y a des gens qui connaissent ta cause et tes origines. Même si nous n'accomplissons rien d'autre, nos vies seront remplies pour t'avoir aidée, ne serait-ce qu'une fois.

– Des pions…, fit Raven en sirotant son vin,… des marionnettes. Les prêtres invisibles qui tirent tes ficelles sont ceux-là même qui tirent les miennes.

Nivik secoua la tête en observant la jeune femme pleine de hardiesse.

– Peut-être, murmura-t-il. Si c'est tirer des ficelles que de t'empêcher de chevaucher vers Lyand et vers une mort certaine, alors il est peut-être bon d'être une marionnette.

– Une mort certaine ? Comment cela ?

– La cité a été mise en alerte après le raid sur la caravane d'esclaves. Des oiseaux voyageurs ont été libérés : sans doute auront-ils échappé à tes regards dans le feu de l'action. La cité entière guette ton retour, prête à faire une sortie pour te poursuivre. Tu n'aurais pu suffisamment déguiser ta beauté pour leur échapper.

– Alors, je te remercie, déclara Raven avec sincérité. Mais je dois cependant continuer sur Lyand.

Nivik la considéra sans comprendre.

– Je cherche un homme bien précis, poursuivit-elle, un homme que j'étais certaine d'avoir tué, mais dont on m'a révélé qu'il vivait encore. Il se nomme Karl ir Donwayne et il était à Lyand il n'y a pas deux jours. J'espère qu'il s'y trouve encore, ou que les nouvelles de son existence sont erronées. Mais s'il vit toujours…

Elle s'aperçut que ses doigts étaient crispés sur la large poignée de son épée.

– Tu veux le tuer.

– Ce serait comme si je ne l'avais pas déjà tué. Même si ma mémoire se réjouit au souvenir de sa mort, un doute m'irrite et me susurre que j'ai occis quelque chose qui n'était pas Donwayne, le maître d'armes.

Nivik hocha la tête.

– S'il était à Lyand il y a deux jours, il n'y est certainement plus. Un maître d'armes ne reste pas plus en place que le vent, il suit les offres qu'attirent ses nombreux talents. Il pourrait se trouver n'importe où.

– Lyand est la seule piste qui s'offre à moi. Pour le moment.

Nivik tendit la main et prit celle de Raven, qu'il pressa. Ses yeux brûlaient d'une intensité que Raven n'avait pas remarquée jusque-là.

– Va à Quell, lui enjoignit-il.

Puis il fronça les sourcils, se rassit et branla du chef.

– Non, Quell est trop éloignée et la pierre rend des oracles trop sibyllins pour risquer une telle équipée.

– Pourquoi pas, après tout ? je me suis déjà rendue à Quell. Je connais la route… Elle est difficile, assurément, mais elle me permettrait au moins de me renseigner à propos de la survie de Donwayne. Mon esprit serait en repos, même s'il me fallait recommencer toute ma recherche.

– Il te faudrait plusieurs semaines pour couvrir la distance qui nous sépare de Quell, lui rappela Nivik.

Il fixa Raven et son regard sembla transpercer le crâne de la jeune femme pour y lire ses pensées. Raven rougit et se sentit mal à l'aise face à cet examen, pourtant, comme un arbre secoué par la fureur des tempêtes, elle était incapable d'arracher ses yeux de ceux du vieillard.

– Raven, reprit-il, on a besoin de toi. Des quêtes stériles comme celle-ci sont folie. Oublie cet homme immonde, retourne vers le nord, vite, vite…

Raven tapota la main de Nivik.

– J'ai un ami qui parle comme toi. Il semble lui aussi connaître à mon sujet des choses que j'ignore moi-même.

– Mes petits dons sont les talents secrets d'un homme simple. Si je lis dans les pensées, c'est pour m'aider à comprendre ceux que je rencontre. Il n'y a aucune malveillance en moi, aucun désir de trahir ou de détruire ceux qui essaient de préserver ces terres de la tyrannie. C'est dans ce but que tu œuvres, Raven, et si tu n'as pas conscience des raisons ni des moyens de ta lutte, souviens-toi de ce que je t'ai déjà dit : on te connaît plus que tu ne le penses ! Oublie cette quête de vengeance…

– Pas tant que je ne saurai pas si Donwayne est vraiment mort… ou vivant. Il faut que je le sache, essaie de comprendre. Cette ignorance me tourmente, c'est une douleur plus cruelle que tout ce qu'il m'a fait subir. D'ailleurs…

Elle se redressa, porta ses regards sur le désert ondulé qui s'étendait au-delà de l'auvent.

– … D'ailleurs, mon ami le sorcier m'a conseillé d'obéir à mes intuitions. Elles m'enjoignent d'aller à Quell, pour interroger l'oracle sur le sort de Donwayne.

De nouveau, Nivik se pencha vers elle, avec une intensité accrue.

– Pas à Quell, dit-il. Quell est trop éloignée. Il y a un endroit plus proche et plus facile à atteindre. Ce que tu cherches peut t'y être accordé, si tu es prête à en acquitter le prix.

– Explique-toi, lui demanda Raven, frémissante d'impatience.

– C'est à l'ouest, à environ quatre jours de cheval vers l'intérieur des terres. Le long d'une route facile, entre Ghorm et la Grande Crevasse. Il y a un lac sur les rives duquel vivent les rescapés d'une race autrefois prestigieuse, une civilisation qui occupait toutes les Steppes désertiques du Sud avant d'être détruite par une force inconnue au cours des siècles qui précédèrent la naissance des Cités-États. On les appelle les Fils d'Uthaan. Ce sont des guerriers regroupés en tribus, d'un orgueil immense, et le haut-prince de leur pays vit dans une cité aux remparts de bois, Garakka. Il a la garde d'un cristal magique, un oracle qui peut répondre à tes questions.

Raven réfléchit. Cela signifiait qu'elle serait en retard de plusieurs jours à son rendez-vous avec Spellbinder, mais elle était certaine que le sorcier n'y verrait aucune objection. Et il lui avait conseillé, après tout, de se fier à ses instincts, de faire ce qui lui paraissait le plus indiqué.

– Quel prix exige l'oracle ?

– L'oracle ? Aucun. C'est le haut-prince qui fixe le montant de la rétribution… Nivik eut un sourire pincé et douloureux… C'est pourquoi je pense que tu réussiras.

4

Une cité en ruine n'implique pas un peuple rompu.

Les Livres de Kharwhan

Raven repartit en hâte vers le lieu où il était convenu à l'avance que Silver et les autres l'attendraient. Épuisée par le temps qu'elle avait passé en selle, elle s'aperçut que ses pouvoirs de concentration faiblissaient. Tout autour d'elle ce n'étaient que terres pelées aux quatre points cardinaux et immensités désertiques que la chaleur du jour semblait faire vibrer... Dans les frissons de l'air, elle voyait des villes et des gens, et elle se surprit à faire de grands cercles pour éviter une troupe de soldats de Lyand qui se métamorphosèrent en buissons sclérophylles couverts de baies rouges quand elle les examina de plus près.

Elle scrutait les cieux en quête de l'oiseau, mais l'azur demeurait vide : c'est plus au nord qu'il volait, accomplissant sa propre mission.

Elle pressa l'allure, faisant halte au sommet de chaque crête de sable pour inspecter le moutonnement des terres devant elle dans l'espoir d'y découvrir un paysage ou un repère familier. En vain.

Son sens de l'orientation commença à l'abandonner. La chaleur, très certainement, en était responsable, ou le manque de nourriture ; peut-être l'ivresse du vin sur. Bientôt, elle avança au pas dans un pays qui tournait autour d'elle, un pays qui palpitait de sa propre vie intérieure.

La transpiration qui coulait sur sa peau la trempait. Son épiderme semblait se soulever et cloquer sur tout son corps.

Elle finit par s'arrêter et s'écroula sur sa selle, éreintée, désorientée.

On approchait du crépuscule, le soleil avait déjà disparu derrière les collines basses, le ciel s'assombrissait à l'est. Soudain, une fraîche brise, un contact délicieux sur sa peau, lui rendit un peu de vie et d'énergie. Elle se redressa sur sa selle, rejeta ses cheveux en arrière et inspecta une nouvelle fois les dunes et les crêtes qui l'environnaient.

Elle eut un sursaut de surprise. Devant elle, au sommet d'une éminence couverte d'une chiche végétation, scintillait une vive lumière. Elle plissa les yeux et essaya de mieux voir ce dont il s'agissait. Au bout d'un moment, elle discerna la silhouette d'un homme…

Comme un golem de métal argenté très brillant, la forme se tenait immobile sur l'horizon, les jambes écartées, les bras ballants de chaque côté. Le soleil agonisant jouait sur toutes les arêtes et sur tous les plans de la bizarre statue, et sa lumière étincelait à travers le désert, guidant vers elle la voyageuse égarée. Auprès de la statue se tenait une femme brune qui guettait, elle aussi.

Raven fit un signe du bras. Le golem le lui rendit. La blonde guerrière se sentit envahie d'un tel soulagement qu'elle se trouve au bord des larmes. Souriante à présent, elle galopa vers l'homme qui se dressait là.

– Ce sera une rude chevauchée, jugea Silver.

Ils prenaient un peu de repos sous un auvent tendu

en hâte à l'abri d'une dune. La lune était haute, à demi pleine, le désert gris et rempli d'ombres, l'endroit sombre.

– Il n'y aura pas de chevauchée du tout, répliqua Raven. Pas pour toi, précisa-t-elle.

Silver se tourna pour mieux la voir. Raven était assise en dehors de la protection de l'auvent. Sous l'éclat de la lune, ses cheveux brillaient comme un métal doré qu'on aurait poncé et poli jusqu'à obtenir cette délicate texture. Ses yeux étaient larges, mais sombres, ses lèvres humectées et sensuelles dessinaient une délicieuse petite moue. Silver se sentit submergé d'amour pour elle.

– Pas de chevauchée pour moi ? Tu m'abandonnes donc ?

Raven éclata de rire. Karmana, assise à leurs côtés, gardait un silence pesant, le regard tourné vers le désert que ridait le vent.

– Je t'envoie à Ghorm, expliqua Raven. J'ai besoin que tu escortes nos nouvelles recrues jusqu'à l'endroit où vous attendra Spellbinder – même si ceux qui restent en notre compagnie sont loin d'être les plus nombreux.

– D'autres que moi accompliraient cela tout aussi bien.

Raven secoua la tête.

– Je n'ai confiance qu'en toi. À l'aube, les bateaux mettront à la voile et je veux que tu sois à bord. Nous avons promis une bonne somme au capitaine, mais je le crois capable de mettre le cap sur Lyand et d'y revendre les esclaves au marché. J'ai besoin que tu sois sur tes gardes pour moi.

Il n'y avait rien à ajouter. Silver savait qu'il pourrait élever toutes les objections qu'il voudrait, sans changer la décision. Après trois heures de sommeil à peine, il se leva dans l'obscurité et lança son cheval à travers les sables froids et la maigre végétation des collines.

Il était parti depuis longtemps quand parurent les premiers rayons de l'aube. Raven espéra qu'il avait eu assez de temps pour rejoindre le reste de la compagnie en route vers le nord et Ghorm.

– Merci de m'autoriser à t'accompagner, dit Karmana, quand les deux femmes enfourchèrent leurs chevaux et entamèrent la longue course qui les attendait.

– C'est une affaire qui te concerne, répondit simplement Raven.

Et leur périple commença, à travers les terres désolées, plein ouest tout d'abord, passant à plusieurs klis des cités de Sara et de Zantar.

Quand elles abandonnèrent enfin la côte pour obliquer vers l'intérieur des terres, elles avaient déjà voyagé plusieurs jours et plusieurs nuits. Après tant d'heures passées en selle, elles étaient recrues et meurtries.

En atteignant un grand coude du fleuve Utha, elles menèrent leurs montures se baigner dans les eaux cristallines et glacées. Elles en firent autant avant de prendre un peu de repos. L'endroit était verdoyant, de hauts arbres feuillus et une végétation luxuriante et bariolée croulaient des rivages de boue jusque dans l'eau. Raven se défiait des animaux du fleuve et jaillit à plusieurs reprises, nue et dégoulinante d'eau de la rivière où un grand dos-cornu croisait en silence, à quelques mètres de là. Elle était en principe trop petite pour attirer l'attention de ces grands habitants des eaux douces, mais elle préférait ne pas prendre de risques.

Sur l'autre berge du fleuve, on apercevait les lointains coteaux d'Haamscir, leurs hauts vallonnements, leurs pentes noyées de brumes. Des bourgades en ponctuaient les versants et émergeaient brièvement du brouillard pour s'y enfoncer à nouveau selon la lente progression des brumes. C'était une contrée d'un aspect fort inhospitalier.

Lavées et reposées, leurs outres à nouveau pleines, Raven et Karmana reprirent leur route, en suivant désormais le cours de la rivière qui, elles le savaient, les conduirait à Uthaan et à la ville de Garakka.

L'exubérance de la végétation se calma. Seuls des épineux et des squelettes frissonnants dépourvus de feuilles enfonçaient leurs racines dans le sol pour y puiser une piètre nourriture. Une bourrasque se leva et les cribla de sable plusieurs heures durant, tandis qu'elles poursuivaient leur route, recroquevillées et misérables, mais répugnant à perdre du temps pour chercher un abri.

Lorsque la tempête retomba, elles découvrirent qu'elles avaient quitté les berges de la rivière et gagné un terrain plus élevé. Le fleuve qu'elles avaient abandonné continuait son chemin vers le sud-ouest, loin au-dessous d'elles.

À proximité, en partie enfouie sous les sables se trouvait une cité en ruine.

Dans son abri, se mouvait une forme indistincte.

Autrefois, la ville n'avait rien eu à envier en fierté et en grandeur à aucune des métropoles de la côte méridionale. Des tours scintillantes réfractaient la lumière du soleil en mille nuances de vert et de rouge ; des dômes de métal plaqué abritaient les rues, des allées serpentaient entre les bâtiments avec une aisance presque voluptueuse. Partout, l'œil ne rencontrait qu'éclat métallique et chatoiements. Maintenant, le sable, les vents et le temps s'étaient ligués pour l'éroder. C'est sous l'ombre dominatrice d'imposantes dunes de sable que Raven franchit les ruines de la grande porte. À l'intérieur, des parois de pierre et des murs immenses couverts d'une profusion de sculptures s'étiraient de chaque côté. En levant les yeux, elle ne distingua que le halo du soleil, si hautes étaient les barrières de sable qui étouffaient l'ancienne métropole. Les chevaux s'y enlisaient profondément et commencèrent à peiner pour pouvoir progresser. Les limites de la ville franchies, Raven et Karmana contemplèrent les ruines sans âge qui s'étendaient devant elles.

La forme bougea de nouveau, bondit de l'arche corrodée d'un dôme pour s'enfuir dans un passage sinueux ; dans l'éclat solaire, il était difficile de distinguer quoi que ce fût de l'homme.

Raven mit pied à terre, tira une étoile de sa ceinture et la tint prête. Sa main gauche reposait sur la poignée de sa large épée.

Karmana demeura à cheval, penchée sur sa selle à aspirer l'air à pleins poumons pour récupérer. Les deux femmes luisaient de transpiration ; elles avaient attaché leurs cheveux en longues nattes, et décoré leur front de serre-tête de platine. Leurs visages minces et bronzés ainsi dégagés, elles observaient le spectacle de désolation qui les entourait.

Il y eut un mouvement du côté d'une tour qui émergeait du sable, sur la gauche de Raven. Elle pivota sur ses talons, l'étoile de jet siffla à travers les sables fauves et vint sonner vigoureusement contre le flanc de la bâtisse. Elle avait manqué de peu la silhouette bondissante qui courait de refuge en refuge et se trouvait déjà assez proche pour porter un coup mortel avec n'importe quelle arme dc jet.

Mais une voix s'éleva pour demander à Raven de retenir sa colère, et une grande silhouette familière sortit des ténèbres de l'arche, enlisée dans le sable meuble jusqu'à la cheville.

– Ombre de Lune ! s'exclama Raven, en relâchant sa poigne de guerrière sur son épée et sur l'étoile.

Il n'était vêtu que d'un pagne de tissu noir et d'une bandoulière épaisse à laquelle pendait un coutelas courbe d'Ishkar. Où il avait pu trouver une telle arme, Raven n'en avait pas la moindre idée : aucun des gardiens n'en avait possédé de semblable. Ses cheveux blancs mouillés pendaient en mèches lourdes autour de son cou ; sa peau pâle n'avait ni rougi ni bronzé sous le soleil. L'acier gris de ses yeux paraissait regarder Raven avec chaleur, mais ses lèvres n'exprimaient pas le sourire que concédaient ses prunelles.

Il se dirigea vers elle.

– Pour quelle raison me suivez-vous ?

Raven, d'un signe de tête, démentit cette allégation.

– Nous te croyions embarqué sur un vaisseau qui devait quitter Ghorm avec les autres. Karmana et moi-même, nous faisons route vers le pays des Fils d'Uthaan, vers Garakka, pour voir l'oracle qui y réside.

Ombre de Lune ne manifesta aucune surprise ; son regard se porta un instant sur la silhouette silencieuse de l'autre jeune femme.

– Dans quel but ?

– Pour une raison personnelle, répondit Raven.

La calme arrogance de l'homme la mettait mal à l'aise. Elle aurait souhaité le voir réagir plus ardemment en sa présence, mais il restait froid, maître du jeu.

– Et toi ? ajouta-t-elle.

Ombre de Lune sourit cette fois, un léger sourire qui ne faisait pas fondre la glace de ses traits pâles. Cet homme mince et robuste était tellement différent de tous ceux que Raven avait pu connaître. Il avait l'allure d'un guerrier, l'assurance de quelqu'un qui a échappé à la mort, et pourtant, les os de ses hanches et ses pommettes étaient très apparents, ses côtes formaient de fines lignes d'ombre et le bras qui maniait son épée ne possédait pas les muscles bombés qu'elle se serait attendue à y trouver.

Pour toute réponse, il déclara :

– Cet oracle est la clé de mon voyage et peut-être aussi de mon destin. Ne me demande pas comment j'en connais l'existence. Qu'il te suffise de savoir que je la connais, comme je sais où le trouver et comment l'interroger.

– Et comment le payer ? s'enquit Karmana. Qu'as-tu à offrir ?

Ombre de Lune la considéra, avant de ramener ses regards sur Raven.

– Rien, que la mort si l'on me refuse le droit de consulter le cristal.

Raven secoua la tête comme pour lui annoncer que ce serait insuffisant. Elle se retourna et adressa à Karmana un sourire plein de sous-entendus que celle-ci comprit et auquel elle répondit par un froncement de sourcils à peine perceptible.

Forte de cet accord tacite, Raven annonça à Ombre de Lune :

– Nous acquitterons le prix de ta consultation.

– Comment cela ?

– Ne nous le demande pas. Mais tu me rembourseras en mettant ton épée à mon service durant un an. Acceptes-tu le marché ?

Ombre de Lune haussa les épaules.

– Le marché sera conclu quand l'oracle m'aura appris ce que je désire savoir.

Soudain, Karmana lança un cri d'alarme.

En un seul mouvement, comme si chacun avait une conscience instantanée des pensées et des capacités de l'autre, Ombre de Lune et Raven s'étaient placés dos à dos et avaient tiré leur épée. Ils restèrent ainsi, tendus et attentifs, et Raven découvrit ce qui avait alerté Karmana.

Des hommes en armes les surveillaient du haut du grand rempart, tandis que d'autres émergeaient des décombres d'un passage, derrière eux, si bien qu'ils étaient bel et bien complètement encerclés.

Dans l'éclat brillant du soleil, il était difficile de distinguer des détails ; mais, si l'on voyait peu de métal, leurs épaisses armures d'ivoire et de cuir n'annonçaient que trop clairement la nature de ces hommes.

D'un proche bâtiment en ruine ayant la forme d'un cube grossier sortirent trois guerriers de haute taille, qui s'avancèrent vers Raven. La jeune femme les regarda approcher sans broncher. Ils tenaient leurs épées à la main, des armes aux lames larges, courtes, creusées de gouttières inquiétantes et dotées d'une garde très ouvragée. Ils portaient des cuirasses de peau peintes de bleu et des bottes qui leur venaient aux genoux. Leurs épaules étaient nues, ce qui ne faisait que souligner leur puissance. Un seul des trois guerriers arborait un heaume, surmonté d'un cimier et protégé par une visière large ; il portait un masque qui couvrait sa face à l'exception des yeux et de la bouche. Des cheveux blonds dépassaient de sous le métal jaune de ce casque ; les épées avaient été forgées de ce même métal, qui n'était ni du bronze ni aucun des aciers de Tirwand connus de Raven, mais peut-être un alliage occulte, à base d'or.

L'homme casqué s'arrêta et plongea son épée dans le sable, avant de lever la main pour retirer son heaume. C'était un homme jeune, aux yeux pétillants de malice, et un sourire assuré flottait sur ses lèvres.

– Qui êtes-vous ? interrogea-t-il d'une voix douce. Et quelle raison vous a menés à Uthaan ?

– Nous sommes des voyageurs, répondit Raven, en

parcourant des yeux l'assemblée des guerriers immobiles, afin d'en estimer les effectifs.

Elle dénombra une quarantaine d'hommes, tous blonds et jeunes. Si la mine de certains trahissait leur inexpérience, ou, pour une poignée d'autres, leur peur, la plupart donnaient l'impression de jeunes soldats arrogants qu'une bataille avec un trio d'étrangers coiffés d'argent n'était pas pour effrayer.

– Nous sommes à la recherche de l'oracle d'Uthaan, acheva-t-elle.

– Beaucoup ont eu la même ambition avant vous, déclara le jeune homme. Leurs ossements jalonnent les sables du désert, et leurs têtes réduites ornent nos chars de guerre. Voyez !

Il lança un ordre.

Un chariot franchit avec une furieuse témérité les portes qu'étouffait la grande barrière de sable. Un seul guerrier le conduisait et fouettait les chevaux à l'aide d'une courte cravache noire ; sa crinière dorée flottait derrière lui, la peau sombre de son corps puissant était nue. Le chariot dérapa en s'arrêtant à quelques pas à peine, dans des gerbes de sable qui retombèrent immédiatement. Raven étudia la machine de guerre, dont elle apprécia en connaisseuse le châssis de bois renforcé de métal, et estima que le véhicule ne présentait guère de défauts. Léger, racé, il était muni de roues larges, idéales pour rouler sur le sable.

Sur les ridelles de bois et à l'avant étaient suspendues des théories de crânes grimaçants, accrochés par des nattes de cheveux et maintenus ensemble par des tendons et des muscles tannés et racornis au soleil.

L'homme qui menait ces Fils d'Uthaan leva la main pour désigner les macabres trophées.

– Eux aussi, ils étaient des voyageurs, déclara-t-il avec un sourire.

– Vous auriez cher à payer pour acquérir nos têtes, le mit en garde Raven. Mais on nous a donné à entendre que l'oracle était ouvert à qui pouvait acquitter le prix.

Le guerrier aux cheveux blonds rit.

– En effet. L'oracle est sous la protection de ma propre tribu, et surtout de mon père, haut-prince et seigneur de la guerre d'Uthaan. Il se nomme Karagan et je suis Dion, son fils, qui héritera du commandement des Fils d'Uthaan dans cette partie du monde. Dites-moi donc, belle dame… comment allez-vous payer ? En quelle monnaie ? Je ne vois nulle valeur. Rien que trois guerriers maigrement équipés qui se lancent dans les ennuis.

– Laissez au moins à Karagan la possibilité d'écouter nos propositions, interrompit Karmana, avec colère.

Elle fit avancer sa monture d'un coup de talon et vint se placer le long des flancs du chariot tiré par deux chevaux. Dion la jaugea un instant, avec un sourire parfaitement clair. Puis il porta sur Ombre de Lune un regard lourd de sens.

– Comment paiera-t-il, lui ?

Rapidement, Karmana répliqua :

– Je paierai pour lui.

Elle regarda l'homme grand et pâle et ajouta :

– Ce sera la deuxième fois. Cela devient une habitude.

Ombre de Lune demeura un instant interloqué, le regard levé vers elle. Puis il hocha lentement la tête. Il comprenait quel prix venait d'être offert et il en parut embarrassé.

– Je ne quitterai pas ce lieu que mes dettes ne soient remboursées, dit-il d'une voix calme.

Dion rit bruyamment.

– Si le paiement ne donne pas satisfaction, aucun de vous ne quittera ce pays.

Sous une escorte de dix guerriers, les trois compagnons s'enfoncèrent à cheval dans la cité noyée de sable. Des blocs d'obsidienne aux reflets miroitants se dressaient autour d'eux et les baignaient de leur ombre profonde et fraîche, leur offrant un répit qu'ils accueillaient avec soulagement après la fournaise du plein soleil. Leur progression au long des rues et sur les places était ponctuée de tours et de flèches, du cristal craquelé de façades effondrées qui bâillaient sur des poutres corrodées et des charpentes torses. Et partout, le sable qu'avaient charrié les vents formait un prodigieux tapis où les bêtes s'enfonçaient, parfois jusqu'au poitrail.

Puis, au galop, ils escaladèrent une route qui s'élevait au-dessus de l'entrelacs des rues et qui, jadis, s'enroulait autour d'une structure bombée, coiffée d'un globe, et mesurant une centaine de mètres de haut. Le sable semblait les accompagner, car, sur ce côté de la ville, le désert avait presque entièrement englouti les bâtiments. La cité s'enfonça en contrebas sans qu'ils quittent le désert à aucun moment. Quand ils parvinrent enfin à des pelouses rases qu'ils foulèrent au petit trot, ils se retournèrent pour contempler le panorama : seules la forme inhabituelle des dunes et la fugitive apparition de flèches dans le lointain brumeux signalaient les merveilles qui gisaient en dessous, les beautés et la civilisation qui avaient depuis longtemps sombré. À brève échéance, un pareil destin guettait la ville entière.

– Cette ville est la porte qui ouvre sur notre pays, annonça Dion. Les légendes racontent qu'elle était autrefois la plus grande ville d'Uthaan. Le seigneur de la guerre y vivait, avec une cour de mille princes et de mille concubines. Les guerriers étaient si nombreux sur les remparts qu'ils ressemblaient à des fourmis. Maintenant nous avons établi nos quartiers dans une partie plus essentielle et plus fonctionnelle du pays, selon un mode de vie lui aussi plus essentiel et plus fonctionnel.

Il avait tiré son épée de métal jaune pour en désigner les lointains, et, plissant les yeux, Raven aperçut dans la direction indiquée la prodigieuse spirale d'une cité de pierre, ceinte d'ouvrages de défense en bois, ses demeures et son château, un ensemble de bâtiments de petite taille et de forme régulière, tassés les uns contre les autres comme pour en tirer une protection plus grande. Des rubans de fumée montaient dans le ciel brillant ; des guerriers à cheval parcouraient lentement le périmètre de la place ; on conduisait chariots et troupeaux vers l'ouest, où miroitait la délicieuse fraîcheur d'un grand lac. Des bateaux, voiles blanches et proue étroite, se balançaient sur l'acier des eaux. À cette distance, il était difficile de savoir s'il s'agissait de vaisseaux de guerre ou de commerce.

– Garakka, annonça Dion, la nouvelle capitale d'Uthaan. Elle borde la grande crevasse qui nous sépare de Xandrone et d'Haamscir, mais la crevasse se situe plus loin vers le sud et notre cité s'élève en un lieu où les falaises de roc se sont entièrement écroulées. Ce lac est le lac du Temps. Une légende veut que tous les hauts-princes et les sorciers d'Uthaan qui ont jamais vécu dorment dans ses profondeurs.

Il sourit à Raven avant de conclure :

– Des contes qui amusent les enfants…

Ombre de Lune donna un coup de talon dans les flancs de son cheval pour le mener au sommet d'une élévation et plaça sa main en visière au-dessus de ses yeux pour étudier le but de leur voyage. Derrière lui, il était encore possible de voir le soleil se refléter sur les vestiges de l'ancienne cité.

– Pourquoi avez-vous décidé de vivre ici, alors que

la cité que nous avons traversée est encore en grande partie intacte ?

Dion haussa les épaules.

– Je ne suis pas un conteur. Consultez donc les vieillards de Garakka. Ils vous raconteront tout ce que vous voudrez savoir de l'histoire d'Uthaan – et plus encore, si vous leur en laissez l'occasion.

Puis il reprit sa route et, se tournant vers les lointains remparts, il fit, au moyen de son épée, un signal auquel il fut répondu.

Raven le suivit et elle tira, avec prudence, sa propre épée d'argent du fourreau pour la tenir devant elle.

– Du métal jaune, dit-elle. J'ai entendu dire qu'autrefois tous les royaumes combattaient avec des armes de métal jaune.

– Le mabion ! s'exclama fièrement Dion, en brandissant sa propre arme.

– Bien des nations se battent encore avec des épées de bronze, mais il ne s'agit pas de cela ici. C'est du mabion, un métal d'antan. Il est forgé dans des roches cristallines en fusion, trempé dans l'eau d'une rivière vierge qui coule sous notre cité, affûté et poli avec le sable des Déserts qui pleurent, au sud-ouest, en bordure des monts de Feu. On obtient ainsi un métal aussi léger que résistant. Le secret de sa fabrication est désormais retourné à la légende, comme tant d'autres choses. Mais les armes ainsi forgées durent à jamais. Si les poignées pourrissent ou se brisent, les lames, elles, sont éternelles. Éternelles ! Et robustes !

– Autant que l'acier de Tirwand ? s'enquit Raven.

– Peut-être pas, admit Dion.

Il lui présenta son épée.

– Frappez, frappez avec toute la force et toute la rapidité dont vous êtes capable, et, surtout, par surprise. Essayez de me surprendre.

Raven hésita une seconde, l'air étonné comme si elle ne comprenait pas, avant d'abattre son glaive dans un coup fulgurant avec lequel elle envisageait de fracasser l'épée jaune à mi-lame.

Elle ne fendit que l'air et l'esquive inattendue manqua lui faire vider les étriers. La lame jaune avait réagi à la vitesse de la foudre.

– Et maintenant, à vous, proposa Dion.

Raven remarqua qu'Ombre de Lune l'observait en souriant. Karmana prêtait moins d'attention à la démonstration ; elle était apparemment plus impatiente d'atteindre les eaux fraîches du lac.

Raven brandit son épée et, quand elle sentit Dion sur le point de frapper, la retira, d'un geste fluide qu'elle accomplit en un éclair. Le métal sonna quand les lames s'entrechoquèrent. L'impact se propagea dans le bras de Raven et elle dut bander ses muscles pour atténuer la désagréable sensation.

– Je ne nie pas, dit Dion en rengainant son épée, que votre métal est légèrement plus résistant. Mais le nôtre est plus vif.

Il reprit la tête du groupe. Raven se souvint d'Argor, de ses paroles et des aphorismes dont il émaillait leurs séances d'entraînement, il y avait quelques mois de cela. « Ne juge pas un homme sur la force de son arme, juge-le sur son habileté et sa rapidité à s'en servir. »

Le désert était resté derrière eux et les chevaux foulaient à présent un sol maigrement herbu. Peut-être s'agissait-il de sédiments et de rochers, cuits et durcis, du lac, dont la superficie avait pu autrefois couvrir une plus grande partie du pays. Une étroite bande d'arbres s'étendait à perte de vue le long de l'eau ; des enfants avaient quitté la protection des remparts pour venir jouer dans ces bosquets. Raven les observa, amusée, prenant plaisir à leurs cabrioles.

Elle remarqua que les bateaux étaient ancrés à des plates-formes flottantes de bois. C'étaient des vaisseaux de guerre, des transports de troupe sans grande élégance. Elle se demanda contre qui se battaient les Fils d'Uthaan. Contre Xandrone ? Qui pouvait chercher querelle à ce royaume d'éleveurs ?

Cela n'avait aucun importance, sinon que cela laissait prévoir des troubles plus ou moins imminents, auxquels elle se trouverait inévitablement mêlée.

Les doubles portails de la ville s'ouvrirent devant eux et ils franchirent le pont de terre qui enjambait les douves peu profondes. Et c'est ainsi qu'ils plongèrent dans le tohu-bohu et la puanteur de Garakka.

Devant l'entrée du donjon central, une énorme forteresse de pierre s'élevait à une hauteur d'environ cinq hommes. Dion fit virevolter son cheval et leur fit un signe d'adieu.

– C'est ici que je vous quitte, annonça-t-il à Raven. Le fils du haut-prince n'a pas le droit de pénétrer dans le donjon sous peine de…

Il leva les yeux vers les gigantesques piques de métal jaune qui hérissaient le sommet de la muraille. Il frissonna, puis reporta son attention sur Raven.

– Mais j'attendrai en dehors des remparts de la ville, et sachez que, si vous êtes rejetés de l'autre côté du pont, le temps qu'il vous restera à vivre dépendra du nombre de minutes pendant lesquelles votre acier pourra résister à nos lames de mabion. C'est ainsi que les choses se passent, ici. Mais je vous souhaite à tous bonne fortune, car j'ai eu mon content de massacres, ces derniers temps.

Il disparut, suivi de sa troupe, dans le labyrinthe trapu des maisons en pierre. Les portes de la forteresse, un massif ouvrage de bois orné de la sculpture en bronze d'une épée ardente, s'ouvrirent lentement. Raven et Karmana avancèrent les premières, tandis qu'Ombre de Lune s'attardait à l'arrière. C'est en cet équipage qu'ils pénétrèrent dans le domaine de Karagan.

On les mena d'abord dans de petits appartements. Les murs de pierre étaient couverts de somptueuses tapisseries et, dans un coin, coiffé d'une hotte de métal, brûlait un feu réduit qui apportait à l'agréable fraîcheur de la pièce la discordance d'une note de chaleur. Ombre de Lune versa l'eau d'une cruche sur le foyer, avant de s'étendre sur un moelleux divan couvert de fourrures. Il ferma les yeux.

Raven l'observa un moment avant de jeter un coup d'œil à Karmana et à la baignoire pansue qui avait été installée dans la pièce à leur intention. Elle était à demi pleine d'eau chaude, et, à côté, sur un petit tabouret, étaient disposés des parfums et des onguents que Raven examina quelques instants avant d'en sélectionner quelques-uns pour son usage personnel.

Ombre de Lune, ignorant peut-être qu'un appartenaient lui avait été réservé, s'endormit sur sa couche ; il n'avait rien à faire – pas plus que les deux femmes – tant qu'on ne les convoquerait pas. Raven sourit lorsque l'homme commença à ronfler, puis elle retira sa tunique et entreprit d'extraire les jambes de ses bottes moites de transpiration. Couverte de sable et de poussière, elle sentait la sueur et l'âcre odeur des chevaux. Elle entra avec légèreté dans la baignoire et poussa un soupir de contentement. Tandis qu'elle savourait, détendue, le liquide agréable et s'amusait des spirales colorées qui jouaient à la surface, Karmana arriva derrière elle pour lui dénouer les cheveux. Puis la guerrière brune brossa longuement les mèches blondes de nouveau libres. Elle puisa de l'eau du bain avec une bassine, qu'elle posa en équilibre sur ses genoux. Raven, épuisée et alanguie dans les délices du repos, abandonna sa tête entre les douces mains de Karmana, ses cheveux baignant dans la bassine tandis que la femme brune débarrassait ses mèches de la poussière et de la sueur du voyage.

Au bout d'un moment, Karmana se dévêtit à son tour et entra dans la baignoire. Elle était à peine assez large pour accueillir deux personnes, mais Raven déplaça ses jambes puis les écarta et Karmana trouva à s'installer. Raven lava les cheveux de sa compagne et les rinça à l'eau froide de la cruche. Enfin, chacune entreprit de se décrasser, puis elles se lavèrent l'une l'autre, pour finir dans des éclaboussures de mousse et des gerbes d'eau, accompagnées de rires de petites filles assez joyeux pour réveiller tout homme normal.

Ombre de Lune se dressa sur son séant et considéra le tableau en souriant.

– Y a-t-il de la place pour une personne supplémentaire ?

– Non ! protestèrent les deux jeunes femmes à l'unisson.

Il haussa les épaules et se recoucha pour poursuivre son somme.

Vers la tombée du jour, désormais rafraîchis et affamés, ils furent conduits en présence du haut-prince, Karagan. On avait confectionné à leur intention des vêtements neufs, semblables à ceux qu'ils portaient auparavant, mais Ombre de Lune avait préféré opter pour une longue robe de soie bleue, qui pendait sur ses épaules comme une toile de tente bat dans le vent autour de son pilier central. Il avait conservé son épée. Aucune des deux femmes n'avait jugé cela nécessaire.

La salle dans laquelle ils furent introduits était immense. Aux deux extrémités brûlait un violent feu de bois, dont la fumée était correctement drainée ; pourtant, de lourds relents de cuisine imprégnaient l'atmosphère. Les murs s'ornaient de boucliers de toutes les couleurs et de toutes les formes, dont la plupart portaient les cicatrices et les dommages soufferts au combat. Aux poutres de bois qui soutenaient le plafond élevé pendaient des épées et des lances, aux lames mangées de rouille, immense collection d'armes amassées au cours des pillages ou trophées des campagnes guerrières conduites par Karagan et, peut-être, par ses prédécesseurs.

Le sol était recouvert de fourrures, cousues ensemble en un chaud et délicieux tapis. Des torches fichées au mur flambaient sur tout le périmètre de la salle, et, à la lueur vive et mouvante des flammes, Raven put voir que de nombreux gardes surveillaient les nouveaux arrivants. Tous étaient aussi lourdement armés que protégés ; leurs cheveux blonds se dissimulaient sous des casques de cuir d'où partaient deux courtes cornes formées de la pointe des ramures d'un xand, réputées pour être plus solides encore que l'acier. Et, face à eux, enfoncé dans un trône au dossier élevé, se trouvait le seigneur de la guerre d'Uthaan en personne.

C'était un véritable géant, très musclé, et dont les jambes étaient couvertes d'une abondante toison blonde. Il portait une simple chemise de cuir décorée de peintures, ouverte sur la poitrine. Ses longs cheveux blonds tombaient sur ses épaules ; une moustache cirée descendait au niveau de son menton, mais son visage, par ailleurs, était rasé. Des culottes courtes en cuir sur lesquelles avaient été cousus des os, protégeaient une pudeur que l'air arrogant avec lequel il jaugea les deux femmes laissait supposer inexistante.

Quand Raven entra, l'homme se leva et descendit de son trône. Il la dépassait d'une tête mais était de la même taille qu'Ombre de Lune, qui, en écho à son nom, paraissait l'ombre d'un homme devant ce chef solide et puissant. Ombre de Lune ne semblait guère affecté ni impressionné par la stature de l'homme ou par la force de ses bras. La main négligemment posée sur la poignée de son épée, l'étrange et pâle personnage, debout auprès de Raven, observait Karagan de ses yeux durs et gris comme l'acier.

– Vous êtes venus consulter l'antique oracle d'Uthaan, dit Karagan, d'une voix grave et profonde dont l'accent assez singulier sonnait agréablement aux oreilles de Raven.

Le haut-prince fit signe à quelqu'un qui se tenait dans l'ombre et, en réponse, un homme aux cheveux gris et au visage juvénile vint se placer aux côtés de son maître. Raven, après avoir observé le nouveau venu, ses cheveux longs, la robe sombre dont il était vêtu, et ses traits émaciés, osseux, pensa reconnaître un sorcier.

– Voici Duprai, que nous nommons le Cerbère du Crépuscule. Il veille sur trois trésors qu'Uthaan conserve avec une jalousie qui n'appartient qu'à elle : le mur des Larmes, la porte des Tueurs Géants et l'Oracle. C'est sa magie qui lui permet de remplir ce rôle, mais demain, au point du jour, il vous conduira au cristal et vous permettra d'interroger la voix même d'Uthaan.

– Ainsi, nous sommes bien autorisés à la consulter ? demanda Karmana.

Karagan se tourna vers elle et laissa son regard descendre et remonter le long de son corps, délibérément, d'une manière quasi insultante, mais avec un plaisir manifeste.

– Bien entendu, répondit-il. Y aurait-il eu un doute à ce sujet ?

Il leva la main et passa le pouce et l'index le long de sa moustache cirée. Il adressa un sourire à Ombre de Lune, avant de froncer les sourcils.

– Ils sont nombreux à accourir à Uthaan, et ceux qui parviennent à réchapper de la férocité de mon fils viennent d'habitude consulter l'oracle. J'ai vu des voyageurs en provenance de tous les horizons du Grand Océan, mais je ne parviens pas à attribuer une origine à ce grand flandrin blanc et maigre. D'où arrives-tu, voyageur ? Serait-ce de Quwhon ?

Ombre de Lune secoua lentement la tête.

– Non, pas de Quwhon, répondit-il.

Raven contemplait les traits calmes de son compagnon, fascinée par cet homme.

– D'où alors ? insista Karagan, qui examina de plus près le visage d'Ombre de Lune. De quelque île de l'océan du Cœur du Monde ? De Kharwhan, de l'île des Esprits elle-même ?

– D'aucun de ces lieux, assura tranquillement Ombre de Lune.

– Eh bien, d'où, alors ? s'entêta Karagan, que la colère gagnait.

Ombre de Lune hésita l'espace d'un instant.

– De… nulle part, répondit-il.

Il y eut un silence terrible, puis Karagan éclata d'un rire titanesque.

– Par l'Épée ardente, s'exclama-t-il, qu'importe l'origine d'un homme ? Il revint à son trône et s'assit. Qu'on apporte de la nourriture et du vin pour nos hôtes, ainsi que des banquettes. Il regarda Raven en souriant. J'ai accepté que vous consultiez l'oracle. Vos motifs ne sont pas mon affaire et je ne vous les demanderai pas. Duprai non plus, d'ailleurs. Demain, à l'aube, il vous guidera jusqu'au cristal et vous serez ensuite libres de retourner dans vos pays respectifs. Ou…, il jeta un coup d'œil vers Ombre de Lune, … de retourner nulle part, comme il vous chantera.

Ils prirent place et, confortablement installés, se régalèrent des mets succulents préparés de splendide façon, des douceurs et des vins disposés devant eux. Karagan se carra dans son trône, les mains croisées sur le ventre, apparemment heureux de la satisfaction de ses hôtes. Au bout d'un moment, il posa sur Raven un regard à l'ardeur éloquente, que sa franchise même rendit moins déplaisant à la jeune femme que bien des coups d'œil sous lesquels elle s'était sentie humiliée.

Du reste, cet homme de guerre, malgré son âge mûr, n'était en aucune manière dépourvu de charme. Raven s'aperçut que ses sens étaient émus par sa beauté et par son odeur, une odeur virile, puissante et lourde.

Le repas terminé, Karmana prit la parole :

– Pourquoi avez-vous banni votre fils ? Pourquoi n'est-il pas autorisé à pénétrer dans la forteresse ?

Karagan ferma à demi les paupières et haussa les épaules.

– Il en a toujours été ainsi. Uthaan était autrefois un grand royaume. Cent cités rivalisaient de gloire avec Lyand par leurs forêts de tours, et mille autres la faisaient ressembler à un village de huttes bâties de boue. La grande guerre avec le peuple des Déserts du Sud, désormais éteint, réduisit cette partie du monde à l'état de décombres et les Fils d'Uthaan durent se résoudre à adopter de nouvelles coutumes pour maintenir le peuple assemblé et conserver vivant l'esprit de notre passé. Mais une malédiction voulait que nous soyons séparés, éparpillés, déchirés. Je suis Fils d'Uthaan, de même que mon propre fils, Dion. Il ne nous est pas permis de vivre dans la même ville. Bientôt, il rassemblera ses guerriers pour aller s'établir ailleurs. Il reviendra ici à ma mort et, s'il meurt, c'est mon cadet qui reviendra pour prendre possession de notre capitale. C'est la coutume.

– Alors, les Fils d'Uthaan sont partout, dit Raven.

Elle s'était posé des questions sur ce nom familier et s'était souvenue d'avoir autrefois rencontré un esclave venu du nord-ouest qui s'était réclamé d'une telle naissance.

– Ils sont disséminés à travers le monde, oui. Des tribus et des cités, des peuples cachés, des communautés disparues. Le destin a décrété que les Fils d'Uthaan ne constitueraient plus jamais un peuple uni.

Il n'y avait aucune tristesse dans sa voix. Raven pensa qu'il racontait une vieille histoire, inscrite désormais au patrimoine de cette société guerrière.

Comme si rien n'avait pu être plus éloigné de son intérêt, Ombre de Lune se leva brusquement.

– En vous remerciant de votre repas et de votre hospitalité, je vais prendre congé jusqu'au matin.

Ce fut annoncé rapidement, sans la moindre note de prière dans sa voix. Ombre de Lune s'inclina et tourna les talons pour quitter la pièce, sa robe bleue flottant autour de sa mince silhouette.

– Est-il aussi mystérieux pour vous qu'il l'est pour moi ? s'enquit le seigneur de la guerre.

Raven hocha la tête.

– Je l'ai sauvé d'une caravane d'esclaves venue de Lyand. Il s'appelle Ombre de Lune et vient de nulle part : c'est tout ce que je sais sur son compte.

Karagan se pencha soudain en avant.

– Et toi, Raven ? Qu'en est-il de toi ?

Raven déposa sa coupe sur la table et sourit.

– Je suis une femme ordinaire. Une esclave, violentée par un maître d'armes et qu'un grand sorcier, un grand ami, a finalement arrachée à l'esclavage. Je viens d'Ishkar, mais je suis originaire de la ville ouverte de Tul. Aucun marchand d'esclaves n'aurait osé attaquer Tul, ni aucune des villes ouvertes. Mais mes parents, alors que ma mère était enceinte de moi, faisaient route vers le sud, vers Sen et les jeux qui s'y déroulent, quand un vaisseau de transport d'esclaves de Lyand s'est emparé d'eux, lors d'une halte nocturne dans une petite ville sur leur chemin. Je suis née dans les fosses à esclaves. Mon premier souvenir, c'est mon père hurlant pendant qu'on le marquait au fer, mon père qui fut traqué dans le désert pour le seul plaisir de poursuivre et de tuer un esclave. Ma mère, Cara, fut violée et tuée alors que je n'étais qu'une enfant. J'ai ensuite eu la chance d'être achetée, mais mon maître a contracté une dette auprès d'un maître d'armes et j'ai été cédée à ce dernier à titre de compensation, avant d'être renvoyée sans retard dans les fosses.

Elle poussa un soupir, griffée par ce souvenir, car ces derniers événements étaient encore frais à sa mémoire.

– On m'a aidée à m'enfuir, j'ai été reprise, je me suis à nouveau évadée. Depuis, je cours l'aventure, en compagnie d'une troupe de guerriers et nous combattons comme mercenaires.

Conscient de la douleur de la jeune femme, le seigneur de la guerre se tourna vers Karmana, en souriant. Raven leva les yeux et Karagan lui apparut sous un jour nouveau : cet homme doux et fort avait faim des plaisirs et des charmes de la vie, mais il ne lui serait pas plus venu à l'idée de torturer ou d'abuser de l'innocence que de se trancher le bras. Tuer, voler, certes, il en était capable, mais il respectait un code d'honneur, une notion parfaitement étrangère à Karl ir Donwayne et à ses pareils, toute cette soi-disant race d'élite, ces guerriers immondes, les maîtres d'armes.

– Et toi, Karmana ? demanda Karagan. Ton histoire est-elle aussi triste ?

Karmana haussa les épaules.

– Je viens de loin, du nord-ouest, près de cette rivière qu'on appelle le fleuve Nord. Ma tribu est une tribu de guerriers, j'ai été élevée comme une guerrière, ma vie est consacrée à la guerre. Les tribus se livrent constamment bataille et s'emparent de provisions et de femmes sans le moindre scrupule. Pour ceux qui vivent près du fleuve Nord, savoir manier les armes est une simple question de bon sens. Je suis tombée en esclavage après que ma tribu eut mené contre un campement proche de la côte un raid qui visait à reprendre une centaine de têtes de bétail. Mon cheval s'est mis à boiter et je suis parvenue dans une petite communauté qui avait depuis longtemps envoyé ses hommes se battre au loin et les avait tous perdus. J'ai trouvé là un marchand qui a accepté de me vendre un cheval pour le seul prix de l'or qui décorait ma ceinture. J'ai accepté de le suivre sur son bateau, échoué à quelque quatre klis de distance et je me suis retrouvée avec plus d'or sur le corps que je n'en souhaitais : des chaînes, les chaînes de l'esclavage. Je me suis languie à Lyand, sans doute comme Raven a dû s'y languir, mais j'ai été amenée à la halle des maîtres d'armes, afin de satisfaire leurs plaisirs. J'y suis restée de nombreux jours, à subir leurs outrages, mais il y a un homme en particulier qui a usé de moi de la plus vile des façons. Il se trouve que cet homme était Donwayne.

Elle jeta un regard vers Raven qui, les traits pâles et tirés, remâchait ses propres souvenirs.

Karagan s'agita sur son trône, mal à l'aise. Il considéra les deux jeunes femmes l'une après l'autre d'un air songeur.

– Il est clair que vous avez souffert, dit-il en se redressant. Quant à moi, je ne crois pas au viol. Mais la passion, même s'il faut la rétribuer..., il sourit, ... ah ! c'est tout différent...

Il paraissait troublé, cependant, et devint pensif et silencieux. Raven se versa du vin, observa l'homme lisser le bout de ses moustaches et jeta un regard de l'autre côté de la grande salle, vers les gardes à l'entrée.

– Le viol ne détruit pas nécessairement l'aptitude à éprouver de la passion, finit par déclarer Raven. Une cité en ruine n'implique pas un peuple brisé.

Karagan se retourna pour la considérer, en hochant lentement la tête.

– Bien dit, souffla-t-il. Tu as deviné, bien sûr, que je m'étais proposé d'exiger votre corps en paiement de l'oracle. Je confesse, toutefois, que j'éprouve maintenant une certaine gêne.

– Alors, cesse d'être troublé, lui enjoignit Raven, le désir éveillé par cet homme dont les attentions délicates qu'il prodiguait à ses hôtes semblaient en contradiction avec l'apparence physique de force et de puissance animales.

– Je ne parle qu'en mon nom propre, continua-t-elle, mais ce maître d'armes n'est plus qu'un souvenir douloureux, un souvenir que j'ai vengé... ou du moins, je le crois. Aucun autre homme, aucun autre amour ne doit souffrir de ce qu'il a fait. Quant à Karmana, les événements sont peut-être encore trop frais dans son passé.

Karmana ne dit rien. Les traits pincés, les lèvres sèches, elle regardait fixement le superbe seigneur de la guerre, comme si elle se souvenait de quelque terrible scène et ne pouvait empêcher sa mémoire de la lui restituer dans son intégralité.

Quelques instants plus tard, Karagan se leva, reposa sa coupe de vin et déboucla sa ceinture qu'il jeta en travers de son épaule. Il alla vers Raven dont il effleura le visage avec douceur, fit courir ses doigts dans l'extravagante opulence de ses cheveux dorés, le regard planté dans celui de la jeune femme.

– Viens, l'invita-t-il, je saurai chasser de ton esprit

jusqu'au fantôme de ton maître d'armes, ou, si j'échoue, je courberai ma nuque en signe de honte.

Raven se leva, lui prit la main et quitta la salle en sa compagnie, laissant Karmana, qui, les yeux sombres, les regardait partir, troublée.

Les appartements du seigneur de la guerre jouxtaient la grande salle. La pièce était étroite ; une seule torche brûlait dans l'un des angles, jetant des clartés douces sur les fourrures soyeuses et les chaudes tapisseries.

Karagan se retourna vers Raven et la prit dans ses bras puissants, la serrant contre son corps pour pouvoir sentir celui de la jeune femme tout entier. Il pressa ses lèvres contre celles de Raven. Elle demeura un moment réservée, à l'observer à travers ses paupières mi-closes, puis l'étreinte se relâcha et elle sentit les doigts de Karagan se poser sur son dos et entreprendre d'explorer sa chair. Elle se détendit également, ferma les yeux et rendit le baiser avec feu.

Tandis que les mains de l'homme se plaquaient sur les rondeurs de sa croupe qu'elles pressaient, Raven tendit les doigts vers les boutons de la chemise ouverte, les défit et glissa ses paumes dans la luxuriante toison qui couvrait la poitrine et les épaules du seigneur de la guerre. Elle repoussa la chemise et le vêtement tomba des épaules de l'homme. Elle les couvrit de baisers ainsi que la courbe ferme de sa nuque, avant d'incliner la tête pour agacer de ses dents les aréoles orangées. Puis elle lui embrassa de nouveau les lèvres. Le contact de ses moustaches raides produisait une sensation étrange et, un instant, elle se laissa aller en arrière, soutenue par les mains robustes croisées au creux de ses reins, et fit jouer ses doigts dans les longues pointes cirées. Alors, elle sourit, prit le menton de l'homme dans ses mains, attira de nouveau à elle ses lèvres, tandis qu'il délaçait les attaches qui retenaient aux épaules la tunique de Raven.

Le vêtement tomba, mais fut arrêté une seconde par l'arrogance de ses seins. Karagan tira la tunique d'une secousse, mit la coupe de ses mains sur les seins de la jeune femme et pressa les tétons, qui durcissaient. Il gémit doucement sous le baiser qui se prolongeait et elle sentit la main gauche de Karagan glisser presque nerveusement sur son ventre lisse et enfoncer ses doigts dans la riche toison qu'elle rencontra. Le seigneur de la guerre manifestait une science douce et assurée qui échauffa Raven, et elle l'encouragea à des incursions plus profondes en le libérant de ses culottes qu'elle laissa glisser au sol. Elle tendit la main vers son membre dont elle explora la hampe noueuse et la tête épaisse.

– Tu avais été prévenue : je ne fléchis jamais quand il s'agit de percevoir le prix de l'oracle, dit-il.

Raven éclata de rire et s'écroula sur lui, les précipitant tous deux sur les fourrures.

Elle lui prit les lèvres à pleine bouche, le noya de baisers qui s'attardaient ou effleuraient, et couvraient son corps entier. Elle agaça et mordilla le membre brun qui frémissait dans sa poigne caressante, jusqu'au moment où Karagan tendit la main, empoigna la chevelure de Raven pour l'attirer vers lui et la guider dans ses mouvements. Enfin, elle rejeta son emprise, se recula et enfourcha la houle du corps de l'homme.

Il la fit basculer sur le dos et lui rendit ses baisers, et, quand de sa langue il pénétra et joua dans ses ténèbres, elle souhaita que le moment dure à jamais.

Lorsqu'il la prit, elle l'entoura de ses bras et de ses jambes et se borna à l'enserrer, pratiquement sans bouger, jusqu'à ce que l'animal en eux commence à ruer et à se frotter pour les amener à la dévastatrice conclusion qui les abandonna, vidés et suants, riant pour une raison inconnue, sans que cela présente la moindre importance.

Plus tard, Raven, qui somnolait couchée sur le dos aux côtés de Karagan, sentit un contact léger sur sa cuisse et découvrit en levant les yeux Karmana qui rampait sur la couche pour venir la rejoindre. Karagan remua dans son sommeil, s'éveilla, aperçut la seconde jeune femme et poussa un immense soupir.

Raven dormit. Dans ses rêves, le monde tremblait, une mer cruelle la ballottait sur son immensité et elle finit par redouter de basculer dans le vide à l'extrémité du monde.

Au matin, elle découvrit les bras de Karagan autour de Karmana et un sourire sur le visage de la jeune femme, le premier depuis leur rencontre.

Raven quittait rapidement les quartiers du seigneur de la guerre pour passer dans la cour quand parut l'aube. Ses longues jambes nues, revêtue d'une courte tunique de coton et de la ceinture renfermant ses étoiles de jet, elle s'approcha d'un garde et lui demanda où elle pourrait trouver le Cerbère du Crépuscule, Duprai.

– Au cristal d'Uthaan, belle dame, avec l'homme qui vous accompagnait.

Ombre de Lune, déjà sur place ? Elle se hâta sur ses traces, impatiente de tenter de découvrir la raison pour laquelle il était venu consulter l'oracle. Le garde l'avait bien renseignée et, après avoir traversé en courant l'enchevêtrement des demeures qui ceignaient le mur de la forteresse sur son périmètre intérieur, elle découvrit l'ouverture qui béait dans le sol, protégée par de hauts rochers gris, sculptés de façon ornementale.

Des marches plongeaient au plus profond et elle les emprunta avec prudence. La fraîcheur était plus sensible là que dans l'air pourtant vif du petit matin, et une odeur de moisi, venant de l'humidité et de la pierre, flottait dans l'atmosphère. L'obscurité était totale et elle posa ses doigts contre les parois moites en descendant toujours plus profondément sous la terre.

Enfin, elle se retrouva dans un passage au plafond incliné qui continuait à l'horizontale, éclairé par une unique torche. Les murs étaient couverts de desseins, de personnages, de symboles et d'édifices, mille hiéroglyphes d'une écriture qu'elle ne savait pas déchiffrer. Les grandes fissures dans ces parois, la moisissure et la boue qui couvraient les peintures indiquaient qu'il s'agissait d'un endroit négligé depuis longtemps et qui n'intéressait plus guère les actuels habitants d'Uthaan.

Mais au bout du passage, elle eut la surprise de contempler un véritable lac de marbre vert !

C'était une salle immense, très haute de plafond et prodigieusement décorée. Des piliers soutenaient les voûtes. Quelques-uns étaient écroulés ou brisés, mais la plupart demeuraient intacts et étaient taillés à l'effigie de nobles princes et princesses. Des représentations d'Épées Ardentes jonchaient le sol et encombraient les parois. Le sol accusait une légère pente, et, au terme d'une inspection plus poussée, Raven découvrit que l'unique bloc de marbre vert était en fait une mosaïque de fragments plus petits si parfaitement imbriqués que l'illusion d'un sol monolithique était presque totale. L'eau léchait l'autre extrémité de la salle, la limite souterraine du lac, sans doute. Dans les ténèbres qui enveloppaient les confins de cette immense pièce volaient des formes qui de temps à autre plongeaient, rappelant à Raven les dos-cornus qui fréquentaient le fleuve dans cette région.

Mais, pour l'heure, c'est la haute et mince silhouette d'Ombre de Lune, debout à l'autre bout de la salle, les yeux rivés sur une tache sombre du sol, qui attira son attention.

Sans se faire remarquer, Raven avança vers lui et traversa la salle glaciale en bondissant de pilier en pilier. Son attention était partagée entre Ombre de Lune et le marbre glissant qui menaçait de la faire tomber.

La température était ici bien différente de la douceur voluptueuse qui régnait dans la salle de Quell où l'étonnante pierre flottante lui avait parlé avec la voix de Spellbinder. À Quell, elle avait senti palpiter la chaleur de la vie, elle avait vu s'ouvrir une porte sur une ère vivante ; à Uthaan, l'oracle n'était qu'un lieu glacial en plein déclin, l'ultime vestige d'un esprit qui avait peut-être été jadis aussi vibrant que celui de Quell.

Tandis qu'elle s'approchait de la silhouette immobile d'Ombre de Lune, elle s'aperçut que le gardien, Duprai, était là, debout en silence auprès de lui, à demi dissimulé lui-même derrière un pilier richement sculpté. La tête du vieillard se tourna, ses yeux enregistrèrent la présence de Raven, soudain immobile. La jeune femme ressentit un bref instant de panique et se demanda s'il n'allait pas lui faire quitter la salle et attirer sur elle l'attention d'Ombre de Lune. Mais Duprai se contenta de mettre un doigt sur ses lèvres, sans qu'aucune expression s'inscrive sur les traits de son visage, puis il se retourna vers l'homme étrange qui se trouvait devant eux.

Raven entendit Ombre de Lune murmurer quelques paroles. Tandis qu'elle l'observait, il avança et vint se placer sur le cristal sombre, poussant une soudaine exclamation, comme s'il avait été surpris.

5

> Un outil rudimentaire se souvient aisément de sa tâche. Un outil complexe nécessite de fréquents réglages.
>
> *Les Livres de Kharwhan*

Au cri poussé par Ombre de Lune, Raven porta sa main aux étoiles de sa ceinture et sortit de l'abri du pilier, parée à toute éventualité. Mais Duprai avait levé la main et lui intimait d'un geste l'ordre de se tenir tranquille. Raven constata que son ami semblait saisi d'une sorte d'extase. Il était en rotation autour de son propre axe, sans qu'un seul de ses muscles ne bouge. Il paraissait suspendu au-dessus du cristal, mû par des forces agissant sous le sol de marbre. Ses yeux grands ouverts contemplaient sans rien en voir la salle en ruine ; ce qu'ils voyaient vraiment était au-delà de la perception de Raven et elle attendit, plus calme.

Enfin, Ombre de Lune dirigea ses regards droit devant lui, vers la partie obscure de la salle de l'oracle, à l'endroit où l'eau léchait doucement le marbre qui s'effritait.

– En quel monde suis-je arrivé ? demanda-t-il.

Les paroles étaient fortes, mais comme assourdies, et elles ne résonnaient pas dans le froid de cette pièce, comme Raven s'y serait pourtant attendue. Puis elle songea à ce qu'Ombre de Lune venait de dire et elle fut prise de vertige. En quel monde était-il arrivé ? Duprai observait Raven avec une expression singulière, mais il avait l'air d'un homme dont les soupçons ont été confirmés. En quel monde ! Étrange question. Elle signifiait assurément qu'Ombre de Lune ne venait en aucun cas de ce lieu, qu'Ishkar, Lyand et toutes les terres qui entouraient le Grand Océan lui étaient inconnues. Peut-être venait-il de plus loin encore que la mystérieuse Quwhon, et avait été amené en cet endroit par des moyens surnaturels.

Raven, l'oreille tendue pour saisir la moindre réponse, n'en perçut aucune de l'oracle, mais Ombre de Lune avait à l'évidence appris où il était, et il écouta avec attention pendant quelques instants.

Puis il parla de nouveau et sa question fit battre plus fort le cœur de la jeune femme :

– En quoi Raven me sera-t-elle utile ?

Ombre de Lune hocha la tête légèrement, puis manifesta une satisfaction méditative, comme si la réponse lui avait été favorable.

– Où est le Crugoan ? demanda-t-il ensuite. Où est ce Sorcier Noir ? Montre-le moi, que je puisse le reconnaître immédiatement.

Il fixa ses regards devant lui avec une grande attention, pour étudier une vision qu'il était seul à percevoir.

– Je te retrouverai, murmura-t-il, et ses paroles, même dans l'absolu silence du lieu, portèrent à peine jusqu'aux oreilles de Raven. Cette fois-ci, je te retrouverai et je te détruirai. Enfin !

Raven bondit pour regagner sa cachette tandis qu'Ombre de Lune, dont le visage pâle était marqué d'une intense colère, se retournait dans sa direction et quittait le sombre cristal. Il traversa rapidement le sol de marbre glissant, sans apercevoir la jeune femme ni le gardien.

Duprai invita d'un signe Raven à approcher de

l'oracle et elle émergea de l'ombre du pilier pour contempler, immobile, le sombre cristal sur le sol.

– Je ne connais que les questions que l'on pose, et non les réponses rendues, lui annonça le cerbère. Il y a des questions qui détruiraient l'oracle et c'est contre celles-là que j'exerce ma vigilance. Quand j'aurai quitté cette salle, les questions que tu auras posées glisseront de mes souvenirs aussi vite et aussi aisément que la rosée sur le dos d'une feuille. Tu n'as rien à redouter de moi.

– L'idée ne m'en était pas venue à l'esprit, répondit Raven.

Elle avança d'un pas leste vers le cristal et y plongea quelques instant ses regards. Sa tête tourna, le sang bondit dans son corps, le bruit de son cœur et de sa respiration s'amplifia dans sa tête et dans son ventre, à tel point qu'elle se sentit trembler et résonner de l'écho, tandis que son corps était attiré vers l'étrange substance.

– Place-toi sur le cristal, lui enjoignit la voix lointaine de Duprai.

Raven lui obéit. Immédiatement, elle fut aspirée par un puits, par un tourbillon d'espace et de temps. Son estomac se serra un bref instant et elle sentit sa chevelure se déployer sur la soie d'une brise et couler autour d'elle comme un voile d'or. Des murailles de roc et d'incompréhensibles paysages roulèrent devant ses yeux ; des bêtes et des machines mystérieuses passèrent en frustrants éclairs avant que la distance et l'obscurité ne les avalent. Son corps frémissait sous cette sensation, sous la caresse d'un vent contre sa peau, qui la frôlait au plus intime d'un effleurement désiré.

Elle se sentit descendre au fond d'un gouffre sans lumière, dans lequel un vent désolé hurlait sa plainte sonore. La rocaille des parois tombait en à-pics, et dans leurs anfractuosités les plus profondes nichaient des créatures inconnues ou d'autres qu'elle reconnaissait, et toutes l'observaient au fil de sa descente, tandis qu'au-dessus d'elle un ruban de lumière allait en se rétrécissant.

Elle plongea plus loin dans les ténèbres et le vent redoubla ses rugissements… Il semblait s'adresser à elle, avec des mots qui lui étaient familiers, qu'elle avait entendus autrefois dans un endroit où la traîne d'une étoile filante avait dansé dans les airs, sans soutien d'aucune corde ni d'aucune force de l'esprit…

« Le monde tourne, Raven, bien que sa révolution puisse s'interrompre à n'importe quel instant. Il faut un frein, un point de pivotement, un endroit, un être vivant… »

Vivant vant vant…, reprit le vent en écho.

« Un point de focalisation au niveau duquel les choses sont en attente, prêtes à être sculptées… »

Sculptées tées tées…, répétèrent les parois de la gorge.

Raven tourna la tête à gauche et à droite, mais la vallée semblait s'étirer à l'infini.

« C'est toi, Raven, qui es ce point focal. Tu es l'axe du monde. Le monde entier dépend de toi… »

– De moi ! De moi ! s'écria Raven, en se souvenant de la terreur qu'elle avait éprouvée à Quell devant ce concept monstrueux qui s'était insinué dans sa tête. Mais qui suis-je ? Une guerrière, rien de plus… que puis-je faire ?

De nouveau, le spectre de la voix entendue à Quell : les mots semblaient ricocher sur les parois de la gorge, émerger des ténèbres en dessous d'elle pour s'élever par-dessus sa tête vers le bleu du ciel.

Elle descendit plus vite, son estomac se soulevait, les murailles montaient sous ses yeux avec une vélocité terrifiante.

Et le souvenir : « Ce monde est jeune… et, comme un enfant en pleine croissance, il fait jouer ses muscles et tente de déterminer ce que sera son destin. Il y a ceux qui voudraient le modeler à leur convenance, créer un ordre des choses qui les installerait en position dominante et soumettrait les autres à leur volonté… Mais, comme on fond les métaux et comme on les allie pour forger le plus pur des aciers, ce monde doit être remodelé… L'Ordre ne convient plus, désormais… L'Ordre a détruit l'Ancien Monde… C'est du Chaos que nous avons besoin… du Chaos… du Chaos… Toi, Raven, tu es la maîtresse du Chaos, tu es Raven, et tu es l'avenir du monde… »

Brusquement, la course ascensionnelle des parois s'interrompit et Raven se retrouva sur la terre ferme, les regards plongés dans un espace insondable, comme si elle se tenait au bord d'un précipice et contemplait les confins de la nuit. Le vent était frais sur son visage, et, au loin, dans l'obscurité, des lumières se déplaçaient en une chorégraphie complexe.

Quelque chose, une voix qui avait survécu au souvenir de l'oracle de Quell lui dit : « Pose la question pour laquelle tu es venue. »

– Qui suis-je ? s'écria Raven dans le néant.

Aussitôt une grande forme se dressa devant elle, noire et immense, des éclats de lumière filtrant de l'orbe d'yeux monstrueux. Elle sentit une douce haleine et des ailes qui se déployaient ; elle perçut un vent frais qui passait sur son corps, agitait ses cheveux et sa tunique et, un instant, rien qu'un instant, elle crut…

Mais déjà la forme s'était repliée, indistincte, en suspens dans les ténèbres au-devant d'elle.

– Tu es Raven, annonça une voix sensuelle et grave, une voix qu'elle ne connaissait pas, une voix, elle le sentait, qu'elle ne pourrait jamais connaître. Tu es

Raven, autrefois tu étais Su'aan, et désormais tu es maîtresse du Chaos.

– Quelle est ma quête ?

Le noir oracle eut un rire aimable.

– Tu recherches Donwayne, le destructeur, le maître d'armes, le violeur, le jouet du sorcier Belthis.

– Ai-je tué Donwayne ?

– Oui, Raven. Tu as tué Donwayne, en ce sens que tu croyais l'avoir tué et qu'ainsi il était mort dans ton cœur et dans ton âme.

Elle se sentit momentanément trop bouleversée pour prononcer un mot. Pas mort ? Donwayne ! Pas mort ? Mais comment cela se pouvait-il ? Prudemment, d'une voix égale, elle dit :

– Alors Donwayne est toujours vivant et il est libre de parcourir la terre.

– Libre, mais sans l'être, rétorqua l'oracle. Mais vivant, certainement. Et toujours dangereux.

– Mais je l'ai tué ! hurla Raven, submergée par la fureur et le désespoir.

Tandis qu'elle vacillait sur les bords du précipice, l'obscurité sembla se déchirer, et elle vit, comme sous un voile de gaze, l'arène de Kahrsaam et, dans l'arène,… son propre corps, exécutant lentement les mouvements d'un duel.

De nouveau, face à elle, se trouvait la forme honnie de Karl ir Donwayne qui parait ses coups et les lui rendait de toute sa puissance.

Elle observa une nouvelle fois, comme hypnotisée, le déroulement de la bataille, les silhouettes dansaient presque sans effort dans l'arène desséchée, le sable se soulevait sous leurs pas pour retomber lentement, taché et rougi de sang.

– Regarde… maintenant ! lui enjoignit la voix de l'oracle.

Sous ses yeux, la forme de Donwayne sembla se dédoubler et une image de lui s'éloigna de Raven, vers une partie de l'arène où se dissimulait à demi une silhouette habillée de vert et de noir qu'elle connaissait bien.

– Belthis, murmura Raven.

Tandis qu'elle les observait, sorcier et spectre disparurent dans l'obscurité du tunnel…

Pendant ce temps, sur le sol sablé du cirque, Raven terrassait la chair privée d'esprit d'un homme qui vivait encore et était en train de s'évader !

La vision s'effaça. Les ténèbres refluèrent devant ses yeux.

– Ainsi donc, il vit. Et il me faut de nouveau le traquer.

– Il représente une arme, Raven, une arme qui doit être utilisée contre toi. À tout instant, il faudra te garder de ta plus violente émotion, car poursuivre Donwayne pourrait ouvrir une brèche dans la trame du Chaos pendant que ton attention est détournée.

Raven ne dit rien, et le vent froid sur sa peau calma l'ardeur de la colère qui la consumait.

L'oracle parla de nouveau :

– Et pourtant, cette chasse peut s'avérer bénéfique, puisqu'elle te conduira jusqu'à la cause de la brèche. Laisse-toi guider par l'oiseau, Raven, suis toujours les indications de l'oiseau et les conseils de Spellbinder.

La forme noire commença à s'éloigner dans l'air, et Raven sentit la réalité reprendre possession de son esprit ; mais, en rassemblant toutes ses forces, elle s'écria :

– Où est-il à présent ? Où puis-je le trouver ?

Et la voix répondit :

– Il est au nord, là où l'on a besoin de ton épée, où ce qui semble être n'est pas et où un arc-en-ciel détient la clé. Va, Raven, le temps ne s'arrête pour personne, ni homme, ni femme, et le temps presse.

6

> La mer et le ciel ne sont ni des alliés ni des ennemis, mais ils peuvent abriter l'un et l'autre.
>
> *Les Livres de Kharwhan*

Des vents favorables et des courants propices les poussaient rapidement vers le nord. Le vaisseau avait un faible tirant d'eau et la large panse de sa coque battait sur l'eau en franchissant les vagues, ce qui communiquait de vigoureuses secousses à tout le bâtiment. La grande voile double claquait et se gonflait au-dessus de la proue à tel point qu'il semblait parfois que l'insolite bateau allait basculer la quille en l'air ; mais il tenait droit son cap sous les directives du capitaine zantarien.

Raven se tenait debout auprès de la proue bicéphale, dont elle accompagnait le regard hideux sur le vert scintillant de l'océan. Les figures grimaçantes aux yeux énormes représentaient les avatars terrestres de deux dieux zantariens mineurs et Raven se réjouit intérieurement d'être d'Ishkar, car elle n'aurait guère aimé devoir allégeance à d'aussi féroces créatures.

Raven portait un manteau bleu qui la protégeait du vent, et ses cheveux dorés flottaient devant elle ; elle laissait la puissance des vents et de la mer monter en elle et irriguer son corps. Elle savait que les matelots l'observaient, les natifs de Ghorm plus particulièrement, car on vouait un culte à la couleur de l'or dans cette cité avide de richesses. Au cri de « Île noire ! » elle porta ses regards vers l'ouest et découvrit les pitons d'un minuscule îlot inconnu, piqués au cœur de l'océan. Elle songea à Gondar Sans Pitié, seigneur de Kragg, et ressentit une nostalgie inhabituelle.

Une brume de mer nappa rapidement la masse sombre de l'île, et le vaisseau poursuivit sa course. Il n'avait quitté Ghorm, son port d'attache, que depuis quelques jours, et quelques jours seulement le séparaient de sa destination, au sud de Lym.

Le capitaine interpella Raven :

– Il n'est peut-être pas très prudent de rester là, madame.

Raven traversa le pont en dépit du roulis, enveloppée dans son manteau pour dissimuler ses formes voluptueuses à l'équipage. Une fois sous la dunette, elle s'enquit de la raison de cet avertissement.

Le capitaine, un gros homme du nom de Jharnok, emmitouflé dans des lainages rouges et jaunes, sourit et montra l'île du doigt.

– Ce genre de terres ne jaillit que rarement des eaux. Cela indique qu'il y a eu des perturbations, très vraisemblablement du côté de Kharwhan.

– Nous sommes à des klis de l'île des Esprits.

– Certes, madame, mais les effets dévastateurs de Kharwhan peuvent s'étendre par-delà l'océan. Si les îles englouties ont été ramenées à la lumière du jour, qui sait ce qui peut avoir également été arraché aux abysses pour quelques heures. Il serait plus prudent de prendre garde.

Il se détourna d'elle et ordonna à un homme basané, dont le corps était nu, de courir en poupe du bâtiment pour surveiller la mer. L'homme obéit à contrecœur et jeta un coup d'œil soutenu et rapace à Raven en passant devant elle.

La jeune femme descendit dans l'entrepont, dans la minuscule cabine qu'elle partageait avec Ombre de Lune et Karmana. Cette dernière dormait, serrée dans un cocon de couvertures épaisses, respirant bruyamment, avec difficulté. Comme Ombre de Lune, elle supportait mal la traversée. Bien que le vaisseau fût rapide, le passage n'en était pas moins rude, et Raven elle-même s'était vue obligée de passer de longs moments au bastingage tribord durant les deux premiers jours du voyage.

Elle ouvrit son chaud manteau et effaça de la main les faux plis de sa tunique, tandis qu'Ombre de Lune, assis de l'autre côté de la lourde table de bois, l'air misérable, observait ses mouvements d'un œil noir.

– Cet équipage ne m'inspire aucune confiance, annonça Raven. Ce sont des gens cupides et je me défie de la cupidité ; c'est un défaut insatiable. Certains d'entre eux ne valent guère mieux que des animaux.

Ombre de Lune contempla ses paumes un instant.

– Ils ne ressemblent en rien à l'idée qu'on se fait d'un équipage venant d'une Cité-État. Ils seraient plus à leur place sur un bateau pirate.

– Il se peut que nous ayons été dupés, ami Ombre de Lune. Aussi, soyons sur nos gardes et tenons-nous prêts à attaquer le vaisseau.

– Trois contre vingt ?

Il réfléchit, puis eut un mouvement d'épaules.

– Cela peut se tenter, conclut-il.

La nuit descendit vite et, grâce au vent puissant, le navire conserva son allure rapide en direction du nord. Ils établirent un tour de garde durant la nuit. Raven dormit mal et, dans le froid, elle accueillit avec reconnaissance la chaleur que semblait irradier le corps d'Ombre de Lune. Seuls les yeux de l'homme étaient glacés. Jamais Raven n'avait vu yeux plus gris et plus froids ; pourtant, quand ils étaient fixés sur elle, elle sentait l'humanité d'Ombre de Lune et autre chose encore, une souffrance, dissimulée au plus profond sous les traits blafards de l'étranger.

Ils s'éveillèrent tous les trois à l'aube et allèrent se promener sur le pont, où la brise soutenue et chargée d'embruns les rafraîchit. Ils se serrèrent les uns contre les autres à la proue et regardèrent les déferlantes crêtées d'écume tandis que l'étrave les fracassait. Un brouillard dense embrassait l'horizon et de noirs nuages bouillonnaient dans le ciel au-dessus d'eux, si bien qu'ils se sentaient voguer dans la gueule d'une tempête. Pourtant, aucune tourmente n'éclatait.

L'équipage les observait. C'étaient des hommes basanés, nus pour la plupart, qui semblaient incapables de travailler dès que les deux femmes étaient sur le pont. Raven avait le sentiment que bon nombre de ces hommes avaient passé en mer l'essentiel de leur vie, peut-être même étaient-ils interdits de terre. On appelait de tels hommes des « oiseaux de mer » ; c'étaient en général des esclaves qui avaient obtenu leur liberté en entrant sous le commandement d'un capitaine, mais qui n'avaient que la mort pour toute promesse s'ils tentaient de rallier à nouveau la terre ferme. C'était une certaine liberté, car ils travaillaient en hommes parmi les hommes et non comme des chiens au milieu des chiens.

Mais ils avaient faim de ces choses dont se repaissent les autres hommes, et Raven pouvait le lire dans leurs yeux, dans leurs poings crispés.

– Par le Dieu Noir, ces marins m'effraient, dit Karmana.

Elle avait serré son manteau sombre autour d'elle et caché ses cheveux afin d'essayer d'estomper les appas de son corps. Ombre de Lune, mince et robuste, se tenait jambes écartées pour assurer son assise et contemplait l'océan devant eux. Son manteau plus court se soulevait et claquait dans le vent, et la question de sa survie semblait moins troubler le guerrier que des pensées personnelles.

– Ce sont des idiots sans aucun entraînement, jugea Raven. Nous pourrions les affronter sans difficulté. Leur seul avantage est d'avoir le pied marin, par opposition à nous autres, terriens.

On entendit le glissement d'une lame hors du fourreau, et Ombre de Lune se tourna pour regarder la jeune femme aux cheveux d'or. Elle eut un sourire sans joie et il comprit qu'elle portait maintenant son épée nue, dissimulée sous son manteau.

La journée s'éclaircit, le soleil perça et les eaux autour du vaisseau semblèrent s'embraser d'un feu caché.

Accroupie sur le pont, Raven interrogea Ombre de Lune sur lui-même.

– Tu m'intrigues. Mais tu le sais, bien entendu.

Ombre de Lune ne répondit rien.

– Quand je me suis présentée devant l'oracle, continua Raven, tu étais déjà là. Je n'aurais pas écouté, mais, en arrivant, j'ai entendu la question que tu lui posais, sur l'utilité que je pourrais avoir pour toi. Veux-tu me dire ce qu'il t'a répondu ?

Ombre de Lune leva la main et repoussa en arrière l'argent de sa chevelure, qu'il enfouit sous son col afin que le vent ne la fasse pas voler en désordre. « Que son visage est donc maigre, l'ossature de son crâne anguleuse et proéminente », songea Raven. Bien qu'il ne fût en aucune façon un guerrier dépourvu de charme, elle était toujours saisie par la translucidité, la finesse extraordinaire de sa peau blanche. Il est à l'image de son nom, se dit-elle ; une ombre jetée par la lune, un lambeau de gaze argentée. Et pourtant l'homme ne manque ni de puissance ni de confiance en lui.

– L'oracle m'a révélé que mon destin se confondait en partie avec ta personne, répondit Ombre de Lune. Il m'a enjoint de demeurer en ta compagnie, car ainsi je parviendrais face à face avec la destinée que je cherche. Pour quelle autre raison croyais-tu que je m'étais embarqué à tes côtés ?

– Je m'étais posé la question. Quelle est ta quête ?

Le guerrier plongea la main dans sa ceinture et en tira une magnifique pierre taillée verte. Il se pencha en avant, afin que son corps protège le joyau des regards cupides. Il avait toutefois oublié la présence de l'homme de vigie.

Raven tendit la main vers l'émeraude, mais celle d'Ombre de Lune se referma instantanément sur le joyau. Il la regarda presque avec colère, puis se radoucit et rouvrit le poing, pour placer la gemme dans la paume de la femme.

– Ne referme pas la main, lui demanda-t-il. Contente-toi de la regarder.

– Elle est merveilleuse, souffla Raven.

– La plus belle pierre que j'aie jamais vu, renchérit Karmana. Elle surpasse même en splendeur celle qui orne le pommeau de ton épée, Raven.

– C'est vrai, concéda Raven d'un air songeur en élevant la pierre pour que la lumière y joue, puis elle reporta son attention sur Ombre de Lune. Mais qu'a-t-elle à voir avec ta quête ?

Elle désirait bien plus obtenir des réponses qu'elle ne voulait le laisser paraître.

– Combien comptes-tu de facettes sur la pierre ?

– Elles sont innombrables, dit Raven en examinant l'émeraude.

– Aussi nombreuses que les visages du mal chez celui que je cherche. Regarde bien…

Tandis que Raven conservait la paume étendue, des pattes semblèrent se déplier sur les arêtes brillantes du joyau qui y reposait légèrement et un corps renflé et rond se dressa sur huit pattes et les observa, immobile et tremblant, de ses minuscules yeux luisants. Une araignée verte, à coup sûr la chose la plus horrible et la plus répugnante que Raven eût vue de sa vie. Sa réaction immédiate fut de vouloir jeter la créature au loin, mais elle demeura paralysée, tandis que l'animal avançait lentement vers son poignet, ses pattes se déplaçant avec lenteur, d'une manière presque mécanique, en promenant de petites soies irritantes sur la peau sensible de sa paume.

– Ce que je cherche ne fera pas naître en toi une horreur moindre que celle que tu ressens pour cette araignée. Beauté et répulsion se mêlent en un même réceptacle, il en est ainsi chez le Crugoan ; il peut se dissimuler sous de nombreux masques. Ma crainte, Raven, était qu'il ait réussi à se dissimuler en toi, mais cette peur m'a quitté. Je connais la forme qu'a adoptée le Crugoan, et, bien qu'elle soit loin d'avoir ta beauté, elle est pourtant bien plus plaisante que la sienne propre. Ce petit allié…

Il tendit la main et laissa l'araignée monter dessus. Elle replia ses pattes et redevint le joyau aux facettes étincelantes. Ombre de Lune reprit :

– C'est ainsi que je le tuerai, quand je l'aurai retrouvé. Cette araignée est la plus redoutable créature qui soit. Un seul contact de ses crochets provoque une mort atroce.

– Merci de me l'avoir laissée toucher, grinça Raven en s'essuyant fébrilement la main contre la cuisse.

Ombre de Lune eut un sourire.

– Ne crains rien. Elle n'a d'yeux et de crochets que pour le Crugoan.

– Ce Crugoan…, le recherches-tu depuis longtemps ?

Ombre de Lune hocha lentement la tête, les yeux perdus dans le lointain, et son expression était songeuse et douloureuse.

– J'ai parfois l'impression d'avoir traqué cette créature toute ma vie. Le Crugoan n'est pas véritablement humain, mais il pratique cependant la magie. Et tant que je ne l'ai pas retrouvé, je suis son prisonnier… un prisonnier impuissant…

Ses yeux jetèrent un bref regard vers le ciel encombré de nuages.

Raven frissonna. Elle ne comprenait rien mais sentait qu'il était déplacé d'insister pour qu'Ombre de Lune lui en dise plus long.

Puis elle lut la peur dans les yeux de Karmana. La fille du Nord regardait l'autre extrémité du pont, l'endroit où se rassemblaient les marins quand ils n'étaient pas requis à la manœuvre des voiles ou des avirons.

– Nous avons un problème, annonça la jeune femme et, rejetant en arrière d'un mouvement de tête ses cheveux noirs raidis de sel, elle se leva d'un bond.

D'un seul élan, Raven et Ombre de Lune s'étaient dressés, eux aussi, pour se retourner et adopter une attitude de défense. Raven rejeta son manteau, fit jaillir son épée et la brandit d'un air menaçant vers les marins à l'autre bout du pont.

Le capitaine Jharnok se tenait planté devant eux dans une posture arrogante, les poings sur les hanches. Au-dessus d'une barbe noire, un large sourire découvrait ses chicots noircis et le faisait ressembler à une vieillarde malfaisante et flétrie. Le vent plaquait ses amples vêtements de coton contre son corps et Raven pouvait voir les muscles saillir sur ses cuisses. L'homme était tendu, prêt à attaquer à tout moment.

– Le joyau vert, demanda-t-il, je le veux, si vous n'y voyez pas d'inconvénient. Le prix de votre traversée vient tout juste d'augmenter de sa valeur exacte.

Un homme nu tira la manche de Jharnok. Il était musclé, couturé de cicatrices et tenait dans son poing une arme immense, dotée d'une large lame, qui ressemblait à une faux.

– Et la blonde, dit-il d'une voix distincte, avec un fort accent zantarien, est-ce que nous l'aurons, comme tu nous l'avais promis ?

– Qui me touche mourra, promit Raven.

Elle leva la main et détacha son manteau, qui tomba de ses épaules et la laissa nue à l'exception de sa courte tunique et de la large ceinture où étaient accrochées ses étoiles de jet. Les marins poussèrent un rugissement de satisfaction et se regroupèrent autour de leur capitaine, tous les yeux brûlants d'impatience et rivés sur le corps voluptueux de Raven.

Ombre de Lune, armé et aux aguets, avança pour se placer devant la jeune femme.

– S'il vous reste un soupçon de bon sens, vous oublierez cette folie. Nous sommes trois guerriers entraînés et vous n'êtes qu'une meute sans expérience. Dites-leur de jeter leurs armes.

La réponse lui parvint sous la forme d'un coutelas qui fendit les airs, le manquant de peu. L'arme s'enfonça dans la proue et Karmana l'arracha prestement du bois dans lequel il s'était logé. Mais Raven répliqua plus vite qu'elle : elle détacha une étoile de jet de sa ceinture et l'expédia comme un éclair silencieux à travers l'air humide. L'arme trancha la gorge d'un matelot, en en emportant la moitié avec elle tandis qu'elle continuait sa course et disparaissait par-dessus bord.

Le cri d'agonie de l'homme fut le signal d'une ruée immédiate.

Jharnok ne fut pas le premier à mourir. Balançant son sabre, il se jeta sur Ombre de Lune, qui para ses coups désordonnés avec une facilité presque méprisante. Il plongea sous la garde du gros homme et poussa la pointe de son épée dans la masse de chair qui débordait de la ceinture de Jharnok.

Le capitaine s'immobilisa, conscient qu'il était certainement un homme mort, mais aussi que l'hésitation d'Ombre de Lune avait sans doute une signification.

Raven avait été repoussée contre le bastingage de tribord par trois des marins les plus enragés.

L'un d'entre eux s'exclama :

– Tranchez comme il vous plaira au-dessus de la ceinture, mais gardez-la intacte au-dessous !

Pour toute réponse, Raven lui porta un coup de taille au visage, qui lui emporta le nez. Aveuglé par le sang, hurlant comme un faucon du crépuscule, l'homme bascula dans les vagues qui grondaient sous le navire.

Raven se débarrassa des marins les uns après les autres. Karmana fut moins heureuse. Elle avait été frappée à l'épaule et saignait abondamment. Ses esquives et ses feintes, ses coups d'épée précis et parcimonieux qui débridaient ventres et gorges ne l'empêchèrent pas de tomber sur le pont, submergée par la force brutale de ses assaillants, et de voir son épée arrachée de sa main.

Une pointe de sabre piquée contre sa gorge, elle demeura couchée, immobile, et le marin qui l'avait ainsi réduite à merci tendit la main et déchira ses vêtements. Un filet de sang coulait de son épaule pour descendre entre ses seins généreux et commençait à coaguler dans l'épais buissonnement de poils en haut de ses cuisses. Un homme tomba à genoux devant elle et enfouit sa trogne dans cette chaleur. Les poings de Karmana se crispèrent, elle ferma les yeux, mais avec cette pointe d'acier zantarien qui la mordait au sang, elle était réduite à l'impuissance.

Soudain, la voix d'Ombre de Lune résonna sur le pont.

– Déposez les armes, si vous tenez à votre capitaine.

– Obéissez ! glapit Jharnok.

La douleur et l'angoisse qui se lisaient sur son visage étaient à peine atténuées par le sentiment qu'il allait peut-être survivre. Du sang s'étala sous le point où l'épée d'Ombre de Lune s'était enfoncée dans son estomac. Il coulait au long de la lame luisante et gouttait abondamment de la garde. Les poings de Jharnok étaient crispés au point de blanchir, ses lèvres saignaient à l'endroit où ses dent s'étaient refermées trop vite dans l'angoisse d'être éventré.

La bataille ne s'interrompit qu'un bref instant, puis un cri glaça l'échine de Raven.

– Éventre donc ce porc, tu ne tarderas pas de toute façon à subir le même sort. Nous n'en avons rien à faire !

Une épée dessina une douloureuse estafilade sur Raven et un homme tenta de se glisser sous sa garde pour lui saisir les mains. Elle le décapita et, d'un coup de pied, envoya la tête dans la figure d'un autre matelot. Ombre de Lune passa expertement son épée au travers du corps du capitaine, et Jharnok, éructant une ultime plainte, s'effondra sur le pont, les jambes agitées de spasmes, se tordant dans ses viscères adipeux.

En se retournant pour aller prêter main-forte à Karmana, Ombre de Lune dérapa dans la flaque visqueuse et reçut, une seconde plus tard, un choc violent sur le crâne qui lui fendit le cuir chevelu et fit jaillir le sang, en le plongeant dans l'inconscience.

Le matelot abandonna Ombre de Lune qu'il jugea mort, tout à son impatience de profiter à son tour de la captive.

Raven, qui avait vu tomber son compagnon, fut prise au dépourvu par la violence de l'assaut suivant. Elle sentit qu'on lui arrachait son épée des mains. Elle réussit à détacher une étoile de jet et à la projeter violemment de l'autre côté du pont vers l'homme qui lapait le sang sur le corps de Karmana. Elle éprouva une fugace satisfaction à voir l'arme s'enfoncer dans la chair délicate entre les hanches de l'homme, certes, sans le tuer, mais en lui occasionnant une gêne indéniable.

Puis on lui retira la ceinture d'étoiles.

Une lame violemment appliquée sur sa gorge l'obligea à rejeter la tête en arrière. Pressée contre le bastingage, dont le bois rugueux s'enfonçait durement dans ses omoplates, elle leva légèrement les mains, ses pensées cherchant désespérément une issue.

Des doigts rudes déchirèrent sa tunique. Des mains impatientes se saisirent de ses seins et elle sentit des dents en mordre les tétons. Un rire grossier salua la profonde pénétration en elle d'un doigt qui se planta dans son sexe avec toute la douceur que l'on met d'ordinaire à nettoyer un poisson. Les mêmes mains sans tendresse la forcèrent à s'allonger sur le pont, d'autres lui écartèrent les jambes. Puis elle sentit sur elle le poids d'un homme, dont les mains se nouaient dans ses longs cheveux blonds, tandis qu'un membre cognait contre sa chair rétive.

– Vite ! ordonna une voix.

– Levez-lui la tête, demanda une seconde, et Raven sentit qu'on lui retournait tout le corps afin que son visage fût à même de satisfaire les désirs d'un autre homme.

Karmana hurla, puis son cri fut étouffé et elle commença à sangloter…

Le bateau subit une brutale secousse !

La chose de nature inconnue était arrivée sous le bateau et l'avait violemment heurté. Le vaisseau faillit se retourner et projeta les hommes et les deux femmes vers le bastingage bâbord en une mêlée confuse. Raven, que sa vivacité d'esprit n'avait pas abandonnée, vit qu'Ombre de Lune, inconscient, allait basculer pardessus bord. Elle se jeta vers lui et le retint par le poignet. Le bateau retrouva son assiette, des vagues énormes déferlèrent par-dessus la rambarde tribord et les noyèrent. Les eaux écumantes balayèrent le pont, emportant le sang des morts, quand ce n'était pas les morts eux-mêmes.

La voile déchirée s'abattit en vastes replis sur le pont. Raven parvint à s'en dégager et traîna Ombre de Lune avec elle. Elle retrouva ses étoiles de jet, les attacha autour de sa taille, puis balaya le pont des yeux, à la recherche de son épée.

À cet instant, avec un fracas de geyser et un grondement de volcan, la créature jaillit à la surface de l'océan.

Elle se dressa rapidement au-dessus du petit vaisseau, avec son cou gigantesque, aussi massif qu'une tour de Lyand, haut comme vingt hommes, une impressionnante colonne d'un bleu-vert luisant, toute de muscles et de tendons, surmontée d'un œil unique et monstrueux, bordé de tentacules qui serpentaient et dégoulinaient.

En dessous de l'œil immense, qui grandit démesurément quand la créature se pencha pour inspecter sa proie, la caverne de sa gueule béait largement et de multiples rangées de crocs blancs firent battre la chamade au cœur de Raven et précisèrent un peu plus l'idée qu'elle se faisait de la mort.

Elle courut à l'abri du grand mât avec Ombre de Lune qui avait maintenant recouvré ses esprits. La gueule de la bête chercha à happer le mât et le rompit en son milieu. Le bateau tangua et se balança tandis que le corps du monstre évoluait au-dessous de lui, puis l'énorme cou redescendit en un arc immense et les mâchoires se refermèrent sur l'un des marins qui s'était extrait des replis de la voile pour courir vers la poupe.

Nettement tranchées, ses jambes tombèrent sur le pont, tandis que son tronc, d'où s'échappaient les viscères en un seul et immense chapelet, disparaissait dans le museau de la créature.

Elle rugit à nouveau, et le souffle de son haleine empuanti de poisson éloigna d'elle le vaisseau.

Les marins, qui émergeaient de sous la voile, hurlèrent en découvrant le terrifiant léviathan. Pris de panique, ils tentèrent de trouver un moyen de se dissimuler aux regards de la bête. Beaucoup sautèrent pardessus bord, la plupart se tapirent derrière des barriques ou à l'abri des figures de proue. L'un après l'autre, ils furent happés par le cou qui s'abattait et se redressait sans relâche, et avalés d'une bouchée, tout hurlants.

L'homme qui avait failli violer Raven tomba à genoux devant elle et la prit par ses hanches nues. Jamais la jeune femme n'avait vu une terreur aussi abjecte, un effroi et une confusion aussi profonds sur les traits d'un homme.

– Sauve-nous ! hurla-t-il.

Raven se demanda, l'espace d'un instant, comment elle devait apparaître aux yeux de ces imbéciles pour qu'ils la croient capable de les sauver.

Karmana accourut du pont arrière, serrant un manteau contre son corps nu. La créature claqua des mâchoires dans sa direction et elle la frappa de son épée à lame courbe. La bête eut un mouvement de recul et un tentacule fouetta le pont à plusieurs reprises jusqu'à le fendre en deux. Karmana s'arrêta, ramassa l'épée de Raven qu'elle envoya à son amie. La blonde guerrière l'attrapa avec adresse en dépit de l'homme qui se tordait à ses pieds en la suppliant. De nouveau, la bête lança une attaque contre Karmana et sa mâchoire se referma si près que les tentacules bordant l'œil lui frôlèrent les cheveux en fouettant l'air.

Le marin beugla lorsque l'ombre de la créature tomba sur lui. Il continuait à s'agripper à Raven d'une manière qui devenait intolérable.

– Debout ! commanda-t-elle, en comprenant que ce crétin compromettait ses chances de survie.

L'homme leva les yeux vers elle et, pendant une seconde, elle se remémora le contact de ses doigts et les ruades frénétiques de son corps contre le sien, sa tumescence obscène, ses tentatives pour exposer le corps de la jeune femme de la plus intime des façons. Elle fut envahie d'une haine glacée.

– Sauve-moi et je serai ton esclave, je le jure !

Raven eut un noir sourire.

– Mords le fil de mon épée en gage de confiance, dit-elle, et l'homme, trop heureux de s'en tirer, referma ses mâchoires sur l'acier, tranchant comme un rasoir.

En deux mouvements impitoyables, Raven sectionna la mâchoire inférieure de l'homme et l'abandonna. Il se tordit dans des bouillonnements de sang, jusqu'à ce que le monstre s'incline vers lui et l'entraîne à sa perte.

– Nous sommes perdus, Raven, dit Ombre de Lune, alors qu'ils suivaient Karmana à l'arrière du vaisseau pour se recroqueviller à l'abri de la dunette, d'où ils virent l'immense cou se dresser afin de mieux engloutir un autre marin.

– Elle pourrait en avaler mille sans être rassasiée, ajouta Karmana.

– Notre seule chance est de rester cachés et d'espérer que la créature ne coulera pas le bateau.

Comme pour faire comprendre à Raven qu'elle avait été entendue, une gigantesque queue fourchue jaillit sur bâbord et fit éclater la fragile embarcation de deux coups puissants.

Ils tombèrent dans l'eau glacée, où ils s'enfoncèrent, tout à fait conscients que la masse impressionnante de la bête se trouvait sous eux. Raven s'accrocha à un espar et hala Karmana jusqu'à elle, lui offrant ainsi une sécurité provisoire. Leurs têtes seules dépassaient de l'eau ; elles purent voir Ombre de Lune flotter dans l'ombre de la dunette. Les deux femmes nagèrent vers lui dans les vagues de la mer déchaînée. Des hommes hurlaient toujours, et le soleil fut caché, encore et encore, par le cou immense qui descendait pour cueillir un nouveau marin à la surface.

– Connaissez-vous des dieux marins qui soient cléments ? demanda Ombre de Lune, tandis que les trois compagnons flottaient en écoutant la rumeur du massacre.

– Et des dieux-oiseaux favorables ? demanda Karmana à son tour.

Raven la considéra avec surprise.

– Des dieux-oiseaux ?

En un éclair, elle comprit ! Karmana regardait vers le ciel. Raven nagea un peu pour sortir de l'abri de l'épave et leva les yeux à son tour.

– Par la Déesse Mère, tout n'est pas perdu ! Nous pouvons encore nous en tirer, ami Ombre de Lune.

Le guerrier pâle observait l'oiseau, lui aussi, et, tandis que la grande forme noire, les ailes déployées, tournait plus bas, en baissant la tête afin que ses grands yeux brûlants puissent observer ce qui se passait au-dessous, il réalisa que sa taille était immense, comparée à celle des oiseaux qu'il connaissait.

– Voilà bien un géant de la gent ailée ! Mais est-il allié ou ennemi ? Vient-il grappiller les miettes ou combattre ?

– Combattre, répliqua Raven en souriant. Je connais cet oiseau, et il m'a vue. Regardez !

Déjà, le léviathan avait repéré le prodigieux rapace au bec crochu, et il se dressa plus encore au-dessus des flots, abandonnant les petites créatures aux vagues pour ce morceau plus consistant qui volait autour de sa tête.

Comme un serpent, le monstre ondulait, décrivant des cercles étroits, l'œil fixé sur l'oiseau, la gueule béante et prête à mordre.

L'oiseau se laissa brusquement tomber comme une pierre vers la surface de la mer, et le grand cou se courba pour suivre sa chute ; mais dans sa descente vertigineuse, son adversaire ailé étendit ses griffes et déchira les chairs verdâtres de la bête, provoquant une plaie béante.

Un liquide bleu jaillit en décrivant un arc de cercle au-dessus de l'eau, et un piaulement suraigu menaça d'assourdir les fragiles humains qui vivaient encore.

– Il a touché le cœur du monstre, ou un point vulnérable. Par l'Épée, notre ami connaît son affaire.

C'était Raven qui parlait ainsi, car elle en apprenait chaque jour davantage sur les forces qui la protégeaient.

Lentement, le monstre des abysses regagna le sein des ondes, toute malveillance oubliée, l'éclat et le lustre de son œil unique ternis.

L'humeur bleue se répandit sur les flots et atteignit Raven. Elle étouffa en respirant cette puanteur et nagea vers la pleine mer pour y échapper, imitée par ses compagnons. L'oiseau vint décrire des cercles au-dessus d'eux, puis il piqua vers la surface de l'eau et vint se percher sur une cloison de bois à la dérive.

Raven se dirigea avec détermination vers ce radeau de fortune et s'y hissa, heureuse de tirer son corps nu de l'eau. Elle tenait toujours sa précieuse épée. Karmana, à son tour, gagna ce refuge, suivie par Ombre de Lune, qui ahanait. Sous le poids combiné qui pesait sur les robustes planches, le radeau s'était enfoncé de plusieurs centimètres, mais il continuait à flotter et les sauverait de la noyade.

Ils commencèrent à dériver à la merci des courants. L'oiseau les survola une derrière fois ; un grand pan de voile tomba de ses serres et recouvrit le radeau et ses occupants.

Puis le grand rapace disparut à tire-d'aile vers l'est, suivant les courants marins qui mèneraient Raven jusqu'à la côte, quelque part au sud de Lym, dans cette région mal connue.

Une tempête se leva durant la nuit. Comme de pauvres chiens, Raven, Karmana et Ombre de Lune, qui semblait étrangement affaibli, s'agrippèrent au radeau avec un acharnement qui commença à s'émousser au fil de la nuit et des cruautés de l'océan. Pourquoi prolonger une telle misère ? Il aurait été tellement plus simple de se laisser glisser sous les vagues et d'en terminer. Pourtant leurs corps restèrent crispés et glacés, accrochés aux sangles qu'ils avaient confectionnées avec des lambeaux de voile. Les deux femmes étaient vêtues d'habits de protection purement fonctionnels, rien de plus que des pans de toile attachés autour de leurs hanches, de leur taille et de leur poitrine. Elles avaient le corps criblé de nombreuses échardes et souffraient de leurs blessures. Leurs gorges réclamaient de l'eau douce, leurs yeux et leur peau demandant ardemment un bain, dans des liquides chauds et parfumés qui soulageraient leur douleur et les rafraîchiraient. Mais leur plus grande souffrance venait de la conscience qu'ils avaient de leur impuissance, de cette certitude que leur sort reposait entre les mains du seul destin, qu'ils ne pouvaient que s'accrocher au radeau pour sauver leur vie et devaient placer leur confiance dans les éléments capricieux et hostiles, qui décideraient ou non de les épargner.

Au cours de leur deuxième journée sur le radeau, la maladie d'Ombre de Lune apparut comme très sérieuse. Raven et Karmana se relayèrent pour se coucher en travers de son corps et s'agripper pour deux, afin que les gouffres océans n'engloutissent pas leur ami. Raven n'avait jamais vu un tel mal. La peau du guerrier présentait une translucidité qui n'avait rien de naturel, une texture presque immatérielle, si bien qu'en la touchant on ne sentait qu'un contact soyeux et irréel. Les doigts ne pouvaient percevoir l'homme et seule sa présence visible parvenait à convaincre Raven, effondrée et couverte de sel, qu'elle ne voguait pas sur la mer déchaînée en compagnie d'un spectre.

Bien que les éléments se fussent un peu calmés, des vagues gigantesques continuaient à déferler sans désemparer autour d'eux. Soudain, Raven distingua les hautes collines et les forêts éparses d'une terre à travers le rideau de pluie et de brume au-devant d'eux.

Le radeau ne tarda pas à se fracasser sur les rochers et à les livrer tous trois à la traîtrise des eaux glacées. Un récif leur infligea des coupures et des ecchymoses, mais, soulevés par miracle, ils en franchirent les arêtes acérées grâce à des eaux plus profondes. Enfin, Karmana cria qu'elle sentait du sable doux sous ses pieds et, de joie, éclata en sanglots.

Quelques instants plus tard, ils furent rejetés sur la grève en une partie inconnue des terres orientales. Trop épuisés pour faire quoi que ce fût et conscients que le crépuscule tombait sur la côte, les trois compagnons rampèrent jusqu'à la ligne de marée, jusqu'à l'abri de rocs arrondis par le travail de la pluie et des vents, entre lesquels ils s'effondrèrent, pour dormir dans les crevasses du roc, en dépit du froid, de l'humidité et de leur misérable vêture.

L'aube était depuis longtemps levée quand Raven ouvrit les yeux. Elle sentait la chaleur du soleil sur son dos à demi nu. Sa peau était blanche de sel, sa bouche desséchée et crevassée. Tous ses muscles la faisaient souffrir et elle pouvait à peine faire jouer ses articulations, raides de tant d'heures passées sans changer de position.

Karmana s'éveilla à son tour et poussa un gémissement douloureux.

À côté d'elles, un caillou roula et dégringola au pied d'un rocher, et une ombre noire tomba sur Raven. Réagissant avec ce qu'il lui restait de forces, elle roula sur le dos et chercha une étoile à sa ceinture.

Une lourde main saisit son poignet et, dans l'éclat du soleil en ce milieu de matinée, elle leva les yeux vers l'homme accroupi devant elle.

– Par les Runes de Quarl, Raven, même recouverte d'une croûte de sel à la suite d'un naufrage, tu restes la plus belle femme que je connaisse.

– Spellbinder ! hoqueta-t-elle.

Son soulagement fut si grand qu'elle l'attira vers elle, riant et pleurant en même temps jusqu'à ce qu'il presse ses lèvres contre les siennes pour saluer cette sécurité retrouvée.

7

Il est généralement plus facile de faire confiance à un ami que de le soupçonner du pire. Il ne faut pas chercher plus loin la cause de l'effondrement des grands empires.

Les Livres de Kharwhan

Ils avaient échoué à moins de deux journées de cheval au sud de Lym, dans une région de terres fertiles séparées par de profondes vallées encaissées et des collines boisées. Ses habitants, peuple nomade, aimable et hospitalier, étaient, en partie, des réfugiés de l'Altanat qui avaient fui la répression qu'on y rencontrait ; beaucoup d'autres avaient trouvé là un asile contre la tyrannie qui sévissait en de nombreux autres points du monde. L'absence de ségrégation des communautés en constituait le trait le plus agréable. Mené par Spellbinder, le petit groupe de voyageurs harassés – avec Ombre de Lune soutenu par Raven – quitta la côte et franchit les collines, pour traverser de petits villages et d'importantes villes de marchés où les hommes et les femmes de Kragg se mêlaient en riant aux exilés d'Ishkar et de Xandrone, à la peau basanée, et aux grands et minces enfants du Sud.

Dans une bourgade composée de cahutes de bois, ils virent, sous un toit de chaume bas, une créature revêtue des habits bleus d'un guerrier nomade du désert qui, bien qu'elle eût salué les voyageurs au passage, remplit de peur et de répulsion le cœur de Raven. C'était un homme-bête provenant de la faille centrale d'Ishkar, une créature à demi humaine dont la tête était plutôt celle d'un félin, un mutant apparu à l'époque où des énergies et des pouvoirs étranges s'étaient répandus dans l'Ouest.

Les terres verdoyantes s'interrompirent au bout d'une journée de chevauchée. Au sud, à l'horizon, les étendues désolées du désert de Lorn, frissonnantes de chaleur, constituaient une barrière peu engageante entre les plaines fertiles de l'Altanat et les grandes villes nomades des Fils de Lorn, qui lançaient parfois des raids de grande envergure mais qui vivaient pour l'heure en paix.

Spellbinder expliqua à Raven que leur route les avait entraînés légèrement vers l'intérieur du continent, en direction du nord, et qu'ils se trouvaient maintenant au plein sud de Lym, toute proche, derrière les collines.

Spellbinder avait fait dresser ici les tentes de la petite troupe et Raven y retrouva Silver et les autres, une dizaine d'esclaves guerriers qui se déplaçaient désormais librement, l'épée à la main et la guerre au cœur.

Quand elle se fut rafraîchie et lavée, et qu'elle eut revêtu une tenue propre et moulante, Raven vint s'asseoir auprès de la forme prostrée d'Ombre de Lune. Il reposait, immobile, respirant à peine. On l'avait placé sous une petite tente dont une partie de la toile s'ouvrait sur le ciel. L'éclat des étoiles brillantes qui s'encadraient dans cette ouverture se reflétait dans les larges prunelles fiévreuses d'Ombre de Lune. Ses lèvres étaient pâles et minces, et, quand elle les effleura des siennes, Raven les trouva glacées comme la mort.

Ombre de Lune réagit à ce baiser et sourit. Son regard

abandonna la splendeur des cieux pour se tourner vers le visage encadré de cheveux dorés de Raven qui se penchait sur lui.

– Ne t'inquiète pas, douce dame.

– Mais si, Ombre de Lune. Ta maladie semble triompher et aucun d'entre nous ne la reconnaît ni ne sait la soigner. Je ne voudrais pas te perdre.

Ombre de Lune tendit une main tremblante et ses doigts serrèrent le poignet de Raven avec une faiblesse rappelant celle d'un vieillard.

– Je ne suis pas mourant, Raven. Je suis régulièrement en proie à ce mal.

Ses doigts se relâchèrent et il retomba sur les fourrures, la respiration oppressée. Sous sa peau, Raven voyait le sang couler dans les tubes minces qui le véhiculaient de par son corps. Ils semblait s'effacer sous ses yeux.

– Tu n'es pas de ce monde, dit-elle en le regardant d'un œil scrutateur.

Elle vit un sourire s'esquisser sur les lèvres d'Ombre de Lune.

– Mais si, Raven, mais si. Même si, pour l'heure, je suis partagé entre deux mondes.

Il souleva son bras droit, le doigt pointé vers les étoiles.

– Que vois-tu là-bas, Raven ?

– Des étoiles.

– Mais encore ?

– Rien, pour l'instant. C'est la nouvelle lune et nous ne pouvons l'apercevoir. Elle est très bas sur l'horizon.

– Je suis l'ombre de la Lune, Raven.

Raven, intriguée, chercha à lire dans ses yeux, puis secoua la tête, sans comprendre ce qu'il voulait dire. Il s'expliqua :

– Quand la lune est pleine, quand sa puissance argentée

est à son comble, je suis, moi aussi, puissant, fort, pratiquement invincible. Mais quand elle décline, je m'efface avec elle. Il n'y a guère de différence sensible tant que son éclat n'a pas disparu presque entièrement ; mais alors ma force s'écoule de moi comme l'eau entre les doigts. Durant quelques jours, je suis aussi faible qu'un nourrisson. Mais ce n'est l'affaire que de deux ou trois jours. Ne t'inquiète pas, Raven. Si je ne représente pas pour vous une charge trop encombrante au cours des heures qui vont suivre, je manierai bientôt l'épée avec autant de force que n'importe quel membre de ta fière troupe de mercenaires.

– Je m'en réjouis, déclara Raven. Elle caressa les cheveux d'argent de l'homme et se pencha pour l'embrasser sur le nez et sur le front, incapable cette fois encore de réprimer le frisson qui se saisissait d'elle lorsque ses lèvres effleuraient la peau glacée.

Elle l'abandonna au sommeil et sortit dans la nuit, jetant les yeux vers le croissant effilé qui délimitait la face sombre de la lune, avant de les élever vers le champ des cieux que criblait une myriade d'étoiles. Les torches brûlaient faiblement dans le campement, dispensant une douce clarté dans la pénombre du désert.

Soudain, de la lumière vint la baigner et elle porta son attention vers la plus belle tente, celle qu'elle partageait avec Spellbinder.

Vêtu d'une armure de cuir noir et de jambières, sa large épée pendant à sa ceinture incrustée de joyaux, le sorcier se tenait là et la regardait. Il lui fit signe d'approcher et elle obéit sans hésitation.

– Comment va notre ami ? demanda-t-il tandis qu'ils contemplaient tous deux le panorama nocturne, debout dans l'ouverture de la tente.

– Il va guérir.

– Et comment va Raven ?

Spellbinder la prit par les épaules et la regarda bien en face, avant d'ajouter :

– J'avoue que j'ai eu faim de toi, ces derniers jours.

Elle prit le visage du sorcier et attira ses lèvres contre les siennes. Ils s'embrassèrent doucement un instant, puis, se tenant par la taille, entrèrent sous la tente.

Raven se coucha sur la couverture verte jetée en travers du lit. Spellbinder s'assit près d'elle et lui caressa les jambes et les seins avec une sensuelle douceur. Au bout de quelques instants, il délia les nœuds qui fermaient la courte tunique de la jeune femme et en dépouilla son corps, afin qu'elle repose nue sous ses mains. Elle ferma les yeux tandis qu'il la caressait lentement.

– Je suis jaloux des hommes qui te touchent.

Raven sourit, prit la main du sorcier et en amena la paume contre la pointe dure de son sein.

– Il est peu de doigts qui aient la science et la chaleur des tiens.

Elle ouvrit les yeux et le regarda, avant de poursuivre :

– Mais je n'appartiens à aucun homme, à aucune femme ; c'est ainsi que je l'ai voulu.

– Et c'est ainsi que le destin en a décidé. Oui, Raven, ce n'est que mon égoïsme d'homme qui s'exprime de cette manière, par faiblesse. Si nous n'étions pas aussi proches, je ne te confesserais pas une telle défaillance.

Raven se redressa pour s'appuyer sur un coude.

– Viens t'étendre près de moi, Spellbinder. Tes caresses ont éveillé mon désir et je refuse de gaspiller une goutte de passion. Je pressens que ce sera une denrée difficile à gagner dans les semaines à venir.

Spellbinder débarrassa son corps bronzé de ses vêtements et se dressa au-dessus de la femme, qui le caressa et acheva d'allumer ses ardeurs.

Curieusement, alors qu'ils étaient étendus l'un contre l'autre et savouraient un long baiser ininterrompu, ils ne firent aucun mouvement pour consommer la passion qu'ils éprouvaient. Leur amour s'affirmait autant dans la proximité de leurs corps et de leurs esprits que dans les jeux brûlants menant à l'orgasme.

Ils s'aimèrent un temps, dormirent un temps et s'éveillèrent ensemble en cette heure d'impénétrables ténèbres qui précède les premiers rayons du soleil à l'aube.

Spellbinder, heureux d'être debout et à pied d'œuvre avant tout le monde, courut aux sacs de toile contenant les vivres de la petite troupe et, pour leur petit déjeuner, y préleva des rôtis froids d'un petit animal dont la chair, accompagnée de larges rasades de vin de Sara, également subtilisé sur les minces provisions que les hommes de Raven transportaient avec eux, était assez savoureuse.

Ils se restaurèrent, les épaules enveloppées dans les fourrures du lit, burent dans des gobelets d'argent cabossés et causèrent du tour qu'avait pris la situation dans l'Altanat.

– Quez M'rystal a maintenant terminé ses préparatifs de guerre et il va bientôt lever l'ancre pour aller mettre le siège devant Kragg, dit Spellbinder en jetant un petit os par-dessus son épaule. Nous pourrons probablement assister aujourd'hui au départ de sa flotte sur l'océan. Mon plan, à propos, est de le suivre. Qu'en pensez-vous, mon commandant ? ajouta-t-il en souriant.

Raven eut un haussement d'épaules.

– J'ai très envie d'aller voir Sans Pitié pour comprendre les raisons d'une aussi étrange conduite, bien sûr. M'rystal est-il tout à fait certain que c'est le Loup des Mers qui a enlevé sa sœur ?

Spellbinder hocha pensivement la tête.

– Selon les renseignements que je suis parvenu à glaner – à Kharsaam, je suis obligé de dissimuler mon visage –, un vaisseau de Kragg a remonté le fleuve Lym jusqu'à Balim. Les Loups des Mers ont ensuite volé des chevaux et ont foncé sur Kyal, où Krya passait quelques jours – et quelques nuits – au temple de la Déesse Mère, le centre religieux de toutes les terres orientales et un notoire bordel. On dit que les Loups des Mers durent l'arracher aux membres de trois hommes quand ils s'emparèrent d'elle. Les hommes ont avoué et trois têtes ornent à présent la grand-porte de Kharsaam, chacune avec ses génitoires enfoncés dans la bouche.

– Ils auraient mieux fait de ne desserrer les dents à aucun prix, commenta Raven avec un sourire sardonique.

Spellbinder rit.

– Comme je disais, elle a été enlevée par des hommes, selon toute apparence, aux ordres de Gondar Sans Pitié, et ramenée à Balim, où le vaisseau a mis à la voile au couchant. M'rystal a tué tous les hommes du temple, il a massacré autant de gens de Kragg vivant sous sa protection qu'il l'a pu, et a donné libre cours à diverses crises de fureur, avant d'ordonner la mise sur le pied de guerre du pays tout entier et la réunion de sa flotte. La plus grande partie en était disséminée, mais il est désormais prêt à partir arracher son épouse – et sœur – des griffes de son vieil ennemi. Il est vraiment résolu au pire.

– Gondar a-t-il réclamé une rançon ?

– Pas que je sache.

– Étrange, dit Raven, puisqu'il aurait pu laisser ses exigences avant de quitter Balim.

Spellbinder était entièrement d'accord.

– Raven, on ne reconnaît rien là du travail de Sans

Pitié. Cela n'a aucun sens. Si Sans Pitié a assez d'intelligence pour mener une vaste campagne de conquête, l'intention lui en fait complètement défaut. Et il ne peut supporter la vue de Krya. Il l'a autrefois traitée de sale fouine ; ce n'est donc pas le désir qui lui aurait fourni une motivation. La seule hypothèse crédible est que M'rystal détient quelque chose que Sans Pitié veut absolument, ou qu'il estime lui appartenir. Hormis cette seule supposition, on ne peut qu'envisager l'innocence complète de Sans Pitié.

– Pour ma part, répondit Raven, j'opte pour la seconde explication. Mais il nous faut en être sûrs. Si cette affaire s'avère fondée, alors, aussi douloureux que cela puisse être, cela voudra dire que Sans Pitié est devenu une menace, et nous devrons agir en conséquence.

Spellbinder lui tapota le genou, un sourire sévère jouant sur ses lèvres.

– Tu pourrais manifester plus d'enthousiasme, néanmoins… tu as une attitude digne de tout éloge…

Il se rembrunit, secoua la tête.

– Et, oui, je suis d'accord… c'est une pénible décision à prendre, poursuivit-il.

– Nous devons retrouver Sans Pitié et en discuter face à face. Je crois qu'il sera franc avec moi, s'il ne l'est pas avec toi.

– Certes, reconnut Spellbinder, pensif, mais nous n'avons aucune chance de parvenir à lui avant M'rystal et, d'ailleurs, Sans Pitié a sûrement comprits à présent d'où souffle le vent. Tu peux être assurée que le port de Kragg est fermement barricadé.

– Ainsi vont les choses, murmura Raven, doucement, et Spellbinder sourit.

– Ainsi vont les choses, en effet.

Le visage rasséréné, Raven suggéra :

– La magie nous mènera là-bas plus tôt, bien avant M'rystal.

Curieusement, Spellbinder secoua la tête en signe de dénégation.

– On pourrait penser que cela ne requiert qu'un sortilège élémentaire, mais je n'en possède aucun de ce genre. Il faudrait investir du temps et de l'énergie pour le trouver et, d'ailleurs,... je dois impérativement conserver mes forces. Lorsque nous aurons prouvé que Sans Pitié est innocent de ces charges, j'ai une idée pour savoir ce qui s'est réellement passé.

– À l'aide de la magie ?

– En partie. C'est un charme extrêmement délicat, qui m'épuisera énormément. J'utiliserai la quiétude de Kragg pour obtenir son invocation à ce moment précis, afin de pouvoir le soumettre. Nous verrons alors ce qui se cache réellement derrière cet enlèvement.

– Mais pourquoi ne pas s'en servir tout de suite ? Pourquoi ne pas prouver l'innocence de Sans Pitié sans même aller à Kragg ?

Spellbinder plaça un index sur ses lèvres.

– Je te l'ai dit, Raven, le charme n'est pas encore prêt. Tu sais comment j'opère. Je vais chercher les sorts afin de les soumettre à mon propre esprit..., mais cela demande de l'énergie et engendre de l'émotion...

Il la regarda avec une expression étrange avant de conclure :

– Je ne suis pas encore prêt et il n'y a rien à ajouter.

Raven termina son repas et vida son gobelet de vin. Le goût lui parut si désaltérant et si délicieux, après les biscuits salés qu'elle avait avalés au cours des journées précédentes, qu'elle remplit son verre à nouveau. Elle se tourna vers Spellbinder.

– Que sais-tu d'Uthaan et de l'oracle qui s'y trouve ?

Spellbinger sourit faiblement et chercha à lire au fond de ses yeux.

– J'en ai entendu parler, dit-il. Pourquoi ? Y serais-tu allée ?

– Tu le sais fort bien ! rétorqua Raven avec colère. Ne t'amuse pas à ce genre de jeu avec moi, Spellbinder. Je n'aime pas cela.

Spellbinder se rassit et leva les mains pour implorer la paix. Ses yeux bleu pâle pétillaient de malice.

– Silver m'a révélé tes intentions. Mais comment pouvais-je savoir que tu y étais parvenue ?

– N'est-ce pas toi qui m'en a soufflé l'idée par le truchement de Nivik, le vieux magicien que j'ai rencontré aux abords de Lyand ?

Spellbinder inclina la tête de côté, observant la jeune femme qui débordait soudain d'une colère insensée.

– La présence de Nivik dans ce lieu m'a bien servi et il a pu exécuter mes instructions. Pourquoi cela t'ennuie-t-il ?

– Parce que j'ai l'impression d'être enchaînée ! s'écria Raven d'une voix sinistre. Parce que j'ai l'impression d'être perpétuellement épiée ! Comme si rien de ce que je faisais n'émanait de moi. Il semble que, à tes yeux, l'esprit d'indépendance est une qualité si négligeable que peu t'importe de l'étouffer dans ton « instrument » du Chaos. Eh bien, pour moi, cela importe ! Je suis Su'aan, une femme, une guerrière, et je veux que ce soit une considération aussi importante que le fait d'être Raven, messagère du Chaos. Je ne suis pas une marionnette ! Si tu te refuses à le reconnaître, à reconnaître mon droit à l'indépendance, tu vas me détruire !

La soudaine explosion se dissipa. Spellbinder tendit le bras et saisit la main de Raven. La jeune femme leva des yeux sombres et un visage aux traits tirés pour le regarder.

– Ai-je tort d'exiger cela ? ajouta-t-elle.

Spellbinder secoua la tête.

– Non, le droit à l'indépendance est inaliénable. Mais, Raven, le simple fait que j'aie pu t'influencer pour te faire aller à Uthaan ne signifie pas que je te manœuvre. Tu as des gardiens et il est des endroits en ce monde où ceux qui cherchent à maintenir le Chaos peuvent s'adresser à toi pour te diriger. Mais, pour l'essentiel, tu es totalement seule et indépendante. Raven..., il se peut que ces rares êtres te guident, toi..., mais toi, tu guides le monde entier ! Cela peut sembler difficile à accepter, difficile à croire, à comprendre, mais tu dois l'admettre : même ceux qui te guident dépendent de toi et ils seront de plus en plus dépendants au fur et à mesure que le temps passera. Raven, nous vivons les premiers temps. Nous ne faisons que jouer avec le Chaos, nous nous en amusons, nous apprenons à le manipuler et à l'utiliser à nos fins : comme Argor t'a entraînée au métier des armes, ceux qui s'adressent à toi, ainsi que moi, Spellbinder, nous t'apprenons à maîtriser des forces plus subtiles, des forces qu'avant longtemps tu devras brandir comme une épée sous peine de succomber aux assauts de tes ennemis ! Goûte le bonheur d'être surveillée pendant que tu le peux encore. Bientôt, c'est en haletant que ton corps réclamera la présence de ces yeux.

Raven ne répondit rien. Elle tendit lentement le bras pour se saisir de l'autre main de Spellbinder et la lui serrer affectueusement. Elle lui baisa les doigts, offrant ses excuses en silence... et pourtant elle avait une expression terrible, égarée. Spellbinder eut le sentiment que ce n'était pas le Chaos qui la troublait et la rendait amère, mais autre chose.

– Dis-moi, Raven, dis-moi ce que t'a révélé Uthaan.

– Donwayne est vivant, expliqua-t-elle tout bas.

Spellbinder sentit l'effort qu'elle faisait sur elle-même pour garder une voix calme.

– Donwayne est toujours vivant, il continue de se mouvoir et de respirer ! Je l'ai tué et pourtant il vit ! Par l'Épée, Spellbinder, jusqu'où me faudra-t-il aller pour libérer mes pensées de cet homme ? Jusqu'où me faudra-t-il aller pour venger ce qu'il m'a fait subir ? Je tue un homme et il survit grâce à un tour de passe-passe ! Comment puis-je espérer connaître la paix quand le destin me traite avec un tel mépris ?

Son ton montait, de nouveau furieux. Ses yeux se remplirent de larmes.

– Je vais devoir le pourchasser de nouveau et le tuer. Je n'ai pas le choix, dit-elle enfin.

Il s'ensuivit un silence glacé et embarrassé. Raven savait à quoi songeait Spellbinder, ce qu'il voulait lui dire, mais peut-être estimait-il inutile ou inopportun de lui infliger un sermon sur la nécessité de reléguer sa soif de vengeance au second plan pour l'heure. Raven fut heureuse qu'il se tût, car elle avait pleinement conscience – et cela lui causait une profonde amertume – que c'eût été commettre une erreur catastrophique que de se lancer à la poursuite de Donwayne pour le tuer, plutôt que de s'atteler à cette tâche à propos de laquelle les prêtres sans nom de l'île des Esprits semblaient connaître tant de choses, tellement plus de choses qu'elle-même.

Avec quelle facilité elle assumait sa charge de messagère du Chaos, et si tôt après son bref moment de doute !

Elle se souvint des paroles de l'oracle d'Uthaan ; elles contenaient un espoir auquel elle s'accrocha comme une feuille d'automne s'accroche à la branche et y demeure jusqu'à ce qu'un vent soudain l'en arrache. Donwayne se trouvait au nord, là où son épée était maintenant requise ! Peut-être une fois encore, et une seule, Donwayne croiserait-il la route de Raven et sa destinée ; peut-être aurait-elle une ultime chance de le tuer sans dévier du chemin que la Fortune traçait devant elle.

Les tentes furent repliées et chargées sur le large dos des trois chevaux de trait qui appartenaient à Raven, des bêtes originaires des plaines septentrionales de Xandrone, très rapides de par leur constitution, mais capables, aussi, de supporter de fortes charges.

Silver, propre et rasé de près pour la première fois depuis que Raven avait fait sa connaissance, la salua d'un grand vivat quand elle monta à cheval et se retourna pour considérer sa petite bande de partisans.

Tous de valeureux guerriers : sept hommes et cinq femmes, dont Raven. Douze en tout, magnifiques dans leurs armures de métal et de cuir d'Yr, leurs cottes de mailles munies de plaques d'os, chaque guerrier revêtu de l'armure de sa nation, tous distincts et fiers de l'être.

Karmana avait finalement compris qui était Silver, et l'ancienne rivalité qui opposait leurs deux tribus s'était élevée entre eux de façon quasi tangible. Ils luttaient violemment, l'un et l'autre, pour ne pas la laisser parler. Cheveux noirs et attitude irascible, les Nordiques contrastaient également avec le reste de la troupe par leurs chevelures courtes. Tous les autres avaient les cheveux longs, coiffés de manière très variée : cela allait des nattes aux queues de cheval. Blonds pour la plupart, ils représentaient des cultures venues des quatre points cardinaux.

Un seul Ishkarien chevauchait avec eux, à part Raven ; c'était un homme peu loquace, du nom de Gillen, qui se distinguait par les deux courtes épées qu'il portait attachées en croix sur la poitrine. Il devait les tirer vers le haut pour les sortir du fourreau, ce qui semblait très malcommode, mais il avait fait la preuve de sa rapidité, de sa dextérité et de ses dons.

La petite troupe comprenait deux guerriers originaires de l'Altanat, et deux exilés des Cités-États. Un guerrier xandronien roux, Brede, savait distraire les autres des heures durant par le récit de ses aventures nocturnes dans les vastes plaines de son pays au cours des grands convoyages qui amenaient les xands des terres d'élevage en bordure des montagnes du Bout-du-Monde jusqu'aux villes éparpillées au long du fleuve Corne.

Une femme de Kragg, nommée Arreena, faisait en sorte de donner perpétuellement l'impression qu'elle se battait contre les eaux tempétueuses du Grand Océan ; ses cheveux flottaient et volaient autour de son visage, et, avec ses grandes mèches bouclées qui descendaient au-dessous de ses seins, nus dans toute leur rondeur généreuse, elle semblait tenir tête aux embruns d'une mer démontée, debout à la proue d'un vaisseau des Loups.

Si Raven était fière de tous, ils éprouvaient tous autant d'orgueil à chevaucher à ses côtés.

Silver approcha et fit ranger son cheval auprès de celui de leur chef.

– Nos épées sont prêtes, Raven. Conduis-nous et nous te suivrons ! Désigne l'objectif et nous frapperons ! Appelle-nous et nous accourrons avec la vitesse du vent ! Ordonne et…

Raven interrompit ce flot de paroles d'un éclat de rire.

– Je te crois, Silver ! Ton enthousiasme me comble.

Le guerrier des tribus sourit. Ses yeux bruns brillaient.

– Où allons-nous combattre ? Pour qui levons-nous nos épées ?

– Oui, approuva bruyamment Gillen. Ma carcasse est

lasse de l'aridité de ce lieu. Les provisions s'épuisent. Il est temps que nous trouvions à louer nos services. Où donc allons-nous, Raven ?

Raven échangea des regards avec Spellbinder qui coiffa son heaume étincelant et se dressa dans ses étriers.

– Dans quelques jours, promit-il, l'altan, Quez M'rystal, viendra à genoux nous offrir plus que vous n'avez jamais rêvé pour que nous mettions nos bras à son service.

Cette déclaration arracha des cris de joie aux guerriers.

– Enfin de l'action ! hurla Karmana.

Et, avec l'exaltation irrépressible de sa race, elle sortit son épée du fourreau et la brandit pour en menacer les cieux, avant d'ajouter :

– Par les Sept Tribus du Dubthag, ma lame croit déjà goûter au sang. Voyez-la qui cherche même à frapper le soleil.

– Par les Cinq Vallées des Ogonors, renchérit Silver, nous nous taillerons un chemin large comme vingt hommes dans toute armée qui osera s'opposer à nous !

– Qu'elles soient maudites, tes cinq vallées ! éclata Karmana, furieuse que l'invocation tribale de Silver ait tant de ressemblance avec la sienne.

– Et que les Sorcières Noires réservent leur râle d'agonie pour tes Sept Tribus !

Karmana poussa un hurlement de fureur et balança son arme en direction de Silver qui para le coup en riant.

Raven écarta de son épée les deux lames et fit avancer son cheval pour séparer les adversaires.

– Nul ne chevauche à mes côtés s'il n'est l'ami de tous les affranchis ! Faites votre choix. Réconciliez les Cinq Vallées et les Sept Tribus sur-le-champ, ici même, en présence de nous tous, ou partez aux trois vents.

Elle regardait les deux guerriers avec colère.

– J'accepte, dit Silver. Et je te présente mes excuses pour t'avoir provoquée, déclara-t-il à l'adresse de Karmana.

La femme se renfrogna.

– Je me suis laissée emporter par mes émotions, reconnut-elle pourtant. Je chevaucherai en paix avec ce gredin.

Silver lança un regard découragé vers Raven.

– Si ce n'était la pure vérité, je lui répliquerais bien.

– Alors l'incident est clos, conclut Raven. En route vers le fleuve.

Ils atteignirent en quelques heures le sommet des hautes collines qui redescendaient vers les méandres du fleuve Lym. Au nord-ouest s'étalait la ville de Lym, dont les bâtiments trapus en brique rouge et les hautes tours de guet semblaient onduler au gré du moutonnement des collines. Ses ports et ses quais étaient garnis de bateaux et l'on découvrait, à l'ancre en eau plus profonde, les vaisseaux caractéristiques de la flotte de M'rystal ; de grands quatre-mâts aux coques écarlates et aux ponts surélevés. À cette distance, il était difficile d'en apprécier les détails, mais au-dessous de ces navires croisait le vaisseau amiral de l'altan, en route pour rejoindre le reste de la flotte. De ses flancs sortaient une cinquantaine d'avirons qui entraînaient le vaisseau vers l'ouest ; une seule voile d'artimon était déployée et elle prenait le vent en se gonflant, en claquant avec un bruit qui, même à cette distance, évoquait un grand fouet. Des centaines d'hommes étaient accroupis sur l'immense pont et le soleil étincelait sur le fer soigneusement poli des javelots et des flèches. Des esclaves nus couraient sur les berges en halant des cordages qui maintenaient le vaisseau au milieu du large et profond canal.

L'effigie sculptée en proue représentait un crâne dans

les orbites duquel on avait serti deux énormes pierres vertes. Bien que le Crâne de Quez eût été détruit, on avait eu à cœur d'en rendre l'image et l'importance.

– Avec des vents et des courants favorables, ils seront à Kragg sous peu ; disons, quelques jours tout au plus, dit Spellbinder sans paraître s'adresser à quiconque.

Il observait le vaisseau qui négociait la descente des méandres du fleuve. Il n'avait pu remonter le cours d'eau au-delà du port de rivière de Balim car, plus en amont, la rivière devenait trop peu profonde pour pouvoir accueillir les grands navires de guerre, même si des bâtiments de dimensions plus modestes avaient la possibilité de remonter le Lym jusqu'au lac Thaal.

– Nous trouverons des bateaux à affréter à Lym, assura une femme faisant partie des guerriers originaires de l'Altanat.

Ses cheveux, noués en tresses, étaient blonds comme les sables, et elle avait les yeux verts comme des émeraudes. Elle donna un coup de talon à son cheval et vint se placer près de Raven.

– Je viens moi-même de cette ville. Chaque fois qu'une flotte de guerre appareille pour quelque destination que ce soit, les charpentiers navals de Lym tiennent un millier de petits vaisseaux rapides à la disposition de l'altan qui les loue comme navires de liaison. Nous pourrions nous faire passer pour de telles gens et affréter un bateau pour quarante kush tout au plus, avec la promesse d'en verser ultérieurement soixante de plus. Je connais leurs méthodes.

– Excellente idée, décida Raven. Tu vas négocier pour nous.

– Non, pas moi, répondit la jeune femme, qui s'appelait Mariak. Les hommes de Lym défendent jalousement leur prééminence. Il faut que ce soit un homme, sinon ils demanderont quatre cents kush pour un bateau, à prendre ou à laisser.

Raven haussa les épaules.

– De telles pratiques disparaîtront avec le temps. Il ne sert pas à grand-chose de s'en irriter. Où est Jirrem ?

– Ici, Raven.

Le grand guerrier originaire d'Irkar, s'avança sur son cheval. Son visage était couvert du chaume d'une nouvelle barbe ; il était plus brun que la plupart des gens de l'Altanat et son attitude évoquait vaguement la lointaine Ishkar, mais son accent ne laissait aucun doute et ses vêtements étaient ceux d'un cavalier de l'armée.

– Saurais-tu nous négocier un prix avantageux ?

– Certes, Raven, je l'ai déjà fait maintes fois, bien que ce n'ait jamais été en temps de guerre. Un homme d'affaires propose toujours un bon prix quand il sent que son interlocuteur est près d'offrir à sa nuque trois pieds de bon acier.

Ces détails de stratégie réglés, ils descendirent vers le fleuve qu'ils franchirent à la nage en son point le moins profond, ce qui ne signifiait certes pas qu'il y eût le moindre gué. Le courant les entraîna rapidement vers la mer et, quand elle parvint enfin à faire grimper les chevaux fourbus sur la berge, la troupe avait été disséminée sur plus de trois klis. Les guerriers se regroupèrent rapidement et reprirent leur route vers Lym afin d'y entrer au nord, par la porte de la ville la plus aisément accessible. Jirrem les présenta comme des mercenaires tentant en toute hâte de rejoindre la flotte et, à la faveur du remue-ménage qui régnait à Lym, comme dans toutes les autres villes, ils n'eurent aucune difficulté à passer.

Raven se fit la réflexion qu'il serait extrêmement facile de prendre la cité si un seigneur de la guerre en ressentait jamais l'envie. Mais l'heure n'était pas à de telles considérations ; maintenant qu'ils étaient dans ses murs, ils suivirent prudemment les rues pavées de la cité jusqu'à l'immense port, le plus méridional de l'Altanat.

La flotte de M'rystal faisait déjà route vers la pleine mer, mille voiles rouge et blanc gonflées sous le vent, cent coques peintes d'écarlate inclinées sur tribord, labourant les océans battus de vent avec l'aisance d'une mouette filant dans les cieux.

8

> Une alliance fondée sur une confiance sincère est un lien d'amour. C'est de cette façon que s'édifient de grands empires.
>
> *Les Livres de Kharwhan*

Le petit navire filait sur l'océan comme un galet plat qu'un géant aurait envoyé ricocher. Sa vitesse n'était pourtant qu'une illusion et, tandis que les jours se succédaient, les vastes voiles rouges de la flotte de M'rystal à l'horizon creusaient un peu plus la distance jusqu'au matin où, enfin, elles ne furent plus là.

Quoi qu'il en fût, s'empressa de leur faire remarquer Spellbinder, ils étaient à mi-chemin entre Lym et l'île de Kragg et n'avaient guère plus d'un jour de retard sur l'altan.

– Il mènera un siège plus long que cela avant de tenter un assaut.

– Les onagres et les archers que Sans Pitié a installés sur la falaise causeront de grands dommages dans la flotte, assura Jirrem, qui parlait d'expérience.

Raven sourit à cette pensée.

Arreena, qui jubilait parce qu'elle retournait chez elle, secoua la tête.

– Les récifs autour de Kragg tiendront les navires à distance, hors de portée des armes de la falaise. Mais

M'rystal aura du mal à faire aborder ses hommes sur l'île. Il n'y a qu'un seul chenal qui mène à un ancrage sûr et Sans Pitié l'aura fait fermer.

C'est leur propre débarquement sur l'île qui préoccupait surtout Raven, mais elle préféra garder le silence pour l'instant.

Le ciel s'assombrit ; un orage menaçait. Il n'éclata pas mais la mer grossit et se démonta. Chaque déferlante sous sa coiffe d'écume se jetait sur les planches du pont inférieur comme si elle tentait d'aspirer le navire vers le lit de l'océan. Un épais brouillard s'éleva au-dessus des flots, réduisant leur visibilité à quelques centaines de mètres, mais Spellbinder possédait la science d'un marin chevronné et il sut maintenir l'esquif sur une trajectoire ferme en direction de l'île.

Un jour à l'aube, après une nuit d'un sommeil malaisé, Raven émergea, courbatue et les cheveux en désordre, de la cabine posée en poupe et vit Spellbinder debout sur la proue basse, son manteau volant sur ses épaules dans le vent glacé.

– Raven, appela-t-il.

Elle regarda au loin, dans la fine brume blanche qui s'élevait à quelques klis de distance.

– Kragg ! s'exclama-t-elle en courant à l'avant du bateau, étroitement enveloppée de son manteau.

À ce cri, le reste de la troupe se précipita de l'autre extrémité du pont et s'entassa pour voir la forteresse océane des Loups des Mers de Gondar Sans Pitié.

La masse sombre et lugubre des pics et des falaises de granit s'élevait brutalement au-dessus des noirs bouillonnements marins. Raven pouvait entendre le grondement sourd et régulier des déferlantes dans les profondes entailles qui ceignaient la base de la falaise et elle discernait de grandes lignes blanches à l'endroit où les vagues éclataient et se fracassaient contre l'éternité immuable du roc.

Les nuages enserraient le sommet des pics ; on ne distinguait que la muraille et des tourbillons de mouettes qui se blottissaient et nichaient dans les crevasses ainsi que dans les fissures qui mordaient profondément la façade orientale.

Les nuages se levèrent tandis qu'ils s'approchaient et, bien que le roc hostile demeurât environné d'un voile d'embruns arrachés aux vagues, ils parvinrent enfin à distinguer les contours déchiquetés de la terre qui leur faisait face, le fief de Gondar ; son paradis ! Il n'y avait aucun signe de vie, rien que le sinistre mugissement des vagues qui se brisaient et arrachaient des échos dans les cavernes peu profondes qui s'ouvraient en bordure, que la rage piaillante des goélands et leurs protestations contre la grande flotte de l'altan qui avait envahi la mer au-dessous d'eux.

La flotte était ancrée à un demi-kli du récif, le vaisseau amiral situé au centre, les navires de guerre déployés selon un V gigantesque autour du chenal qui conduisait à Kragg. Les défenses que Sans Pitié avait érigées pour protéger le chenal demeuraient invisibles à Raven, mais un petit navire plongea à vive allure entre les deux rocs en forme de crocs aigus qui marquaient l'entrée dans les eaux plus placides que protégeait le récif et, un instant plus tard, un rocher gros comme quatre hommes s'abîma dans la mer juste à côté, couchant le bateau sur son flanc tribord.

Les défenses étaient en place !

Ombre de Lune, complètement remis désormais, émit un sifflotement.

– Beau tir. À quelques pieds près, le navire aurait été noyé, tout en restant intact, ce qui permettait de le récupérer.

– S'ils l'ont manqué, c'est que le tir était mauvais, le contredit Raven.

Elle se souvenait des paroles qu'avait prononcées Argor, un an auparavant : « Ne va jamais croire que la peur que ton coup raté de justesse a infligée à l'ennemi va durer plus d'un instant. Fais porter chaque coup ; sinon, sois assurée que l'ennemi, lui, y parviendra. »

Spellbinder marcha calmement vers la poupe et fit virer le petit esquif, pour le placer hors de vue de la flotte. Pendant une grande partie de la journée, ils contournèrent les gigantesques falaises de Kragg puis il y eut un cri :

– Regardez ! Là !

Arreena indiquait au sommet de la paroi abrupte l'endroit où la crête traçait une déchirure noire sur un ciel dont les nuages ne ternissaient pas la lumière.

Quand Raven regarda à son tour, elle aperçut ce qu'elle jugea être les murailles d'un fort levé par l'homme.

– Est-ce là une redoute, un bastion en bordure de la falaise ?

– Oui, confirma Arreena, il y en a plusieurs, disséminés au long des façades de Kragg, à l'ouest et au nord. Ce sont d'anciennes positions de défense, de solides fortins qui peuvent abriter une armée et n'offrent qu'un seul mur à l'ennemi. Sans Pitié s'en sert fréquemment et il peut s'y retirer en cas d'invasion du chenal.

– Mais lequel va-t-il choisir ? demanda Raven. Dans lequel est-il le plus susceptible de se retrancher ?

Arreena secoua la tête.

– Je l'ignore ; la seule chose que je sache, c'est qu'il renforcera les défenses de celui qu'il choisira.

Spellbinder eut un sourire.

– Amenez la voile et reposons-nous un moment ici.

Je dispose d'un sort facile qui peut nous tirer d'embarras.

Ils se regroupèrent autour du sorcier qui puisa dans la mer un seau d'eau claire et verte. Puis il émietta du pain et des biscuits sur le pont et prononça des mots dans un langage étrange, les yeux mi-clos.

Au bout de quelques instants, un petit oiseau tomba du ciel et vint se promener entre les hommes et les femmes silencieux, picorant les miettes sans paraître conscient des risques de capture qu'il encourait. Mais Spellbinder ne fit aucun geste pour l'attraper.

– Tes yeux deviennent les nôtres, tes ailes deviennent les nôtres, ton chant devient le nôtre.

En prononçant ces paroles, il étendit la main vers le minuscule passereau crêté de vert, qui finit par venir s'y percher. Spellbinder lui murmura quelques mots, puis le projeta haut dans les airs. L'oiseau fila à tire d'aile en direction de l'ouest.

Dans l'eau du seau apparut une vision des domaines de Gondar, vus du ciel, une image qui se déplaçait rapidement.

– Nous voyons ce que voit l'oiseau, expliqua Spellbinder. C'est un sort bien utile.

– Stupéfiant, souffla Ombre de Lune, sincèrement impressionné de voir le paysage qui filait dans les reflets de l'eau : des villages et des bourgades, des colonnes en mouvement d'hommes en armes, et de grands troupeaux de bêtes que l'on conduisait quelque part vers l'ouest.

– J'aimerais que tous les sorts soient aussi faciles à acquérir.

Enfin, ils virent une grande forteresse, adossée à des falaises qui plongeaient dans l'océan en furie, à plusieurs centaines de pieds en contrebas, et dont les trois hautes et épaisses murailles protégeaient un vaste territoire contre les attaques menées par le sud ou par l'ouest. Une grande activité s'y exerçait, des hommes fourmillaient sur les remparts tandis que des amas gigantesques de pierre auprès de chaque mur indiquaient quels travaux de réparation et de consolidation y étaient en cours.

– Sans Pitié sera là, à planifier sa stratégie, jugea Arreena. C'est le port Noir et il n'est pas très éloigné de celui qui nous surplombe. La muraille qui donne sur l'océan est peu élevée et tachée de noir par les plantes qui y poussent.

– Et quelle est la hauteur des falaises ? s'enquit Karmana.

Raven était heureuse que la guerrière ait posé la question, car c'était un point qui la tracassait également.

– Hautes, répondit vaguement Arreena. Ce n'est pas un endroit pour ceux qui perdent leur estomac quand un homme n'apparaît plus que comme une poussière au-dessous d'eux.

– La seule réplique à cela, déclara Ombre de Lune avec un sourire, c'est de tous effectuer l'escalade.

– Réconfortant, jugea Raven. Mais ne restons pas ici à nous donner le vertige.

– Judicieuse remarque, renchérit Spellbinder.

Il se rendit sur la dunette et supervisa les préparatifs, en vue de la poursuite de leur voyage.

C'est en fin d'après-midi qu'Arreena leur cria de lever la tête.

– Le fort Noir ! On le distingue à peine... Vous voyez, cette tache sombre sur la paroi ?

– Je ne distingue guère que la falaise à pic, confessa Raven, bien qu'elle pût apercevoir la pierre foncée d'une structure qui dominait la crête de la muraille.

– Il y a ici beaucoup d'échos qui risquent de répercuter les sons au sommet de la falaise, les prévint

Arreena. Gardez le silence et amenez l'embarcation sous le rebord.

Spellbinder fit comme on le lui demandait. La mer avait sérieusement entamé la falaise en y dégageant une sorte de caverne naturelle profonde d'environ cent pas et très large à son embouchure. Ils jetèrent l'ancre et restèrent là un moment, bercés par la houle, dont chaque vague les entraînait vers la paroi, pour les en éloigner sur le flot écumant de son retour. Le bruit de la mer était assourdissant, une pulsation grave et régulière.

Il n'existait aucun passage qui remontât jusqu'au sommet, leur apprit Arreena, même si les légendes parlaient de nombreux boyaux.

Sans plus de retard, ils entamèrent l'ascension. Chacun à son tour, les volontaires nagèrent jusqu'au rebord de roc qui ceinturait la caverne et y prirent pied, attendant que tous soient là, les pieds baignés par la marée montante. Raven tenterait l'aventure, comme Arreena et Karmana. Spellbinder et Jirrem décidèrent de les suivre, et Silver, indécis jusqu'au dernier moment, finit par claquer ses mains qui étincelèrent d'un éclat d'argent en se déclarant partant pour la folle entreprise. Le reste de la troupe demeura avec le navire.

Raven ouvrit la voie vers le sommet, en se hissant une main après l'autre, tirant parti des nombreuses crevasses et fissures du rocher. Le grondement tout proche de l'océan s'effaça pour devenir une lointaine rumeur. Le vent sifflait autour d'elle, faisait voler ses cheveux en grandes mèches tourmentées. Ses doigts commencèrent à la faire souffrir, ses jambes à trembler. Une sueur froide et gênante couvrait son corps. Elle sentit le goût du sang quand elle mordit sa lèvre en un effort pour hisser son corps plus haut.

– Cette ascension est une véritable torture, entendit-elle quelqu'un déclarer.

– Plaque-toi contre la paroi, si tu sens tes forces et ta résistance t'abandonner. Quand tu montes, grimpe comme une araignée, le corps éloigné de la muraille. C'est plus facile.

– Merci, Silver, répondit Ombre de Lune.

L'escalade avait commencé par être facile. Les sables et la mer avaient rongé et creusé de nombreuses et profondes crevasses. Mais au bout d'un moment, les fissures commencèrent à manquer et Raven se vit obligée de s'étendre, de s'étirer vers le plan de faille qui séparait deux strates de roc. Ses doigts y trouvèrent une maigre prise, puis elle dut abandonner la position assurée de ses pieds pour essayer de les placer plus haut sur la face de la falaise, tout en enfonçant ses doigts plus avant dans la fissure. La douleur était intense et, à chaque fois qu'elle abandonnait les prises de ses pieds, elle se sentait se balancer au-dessus du vide qui béait sous elle et son estomac se serrait. Le sommet de la falaise ne semblait guère approcher. En dessous d'elle, quand elle commettait la bêtise de regarder, la mer avait la nuance bleue, à peine marquée de blanc, d'une lointaine ligne d'horizon. Par moments, elle apercevait la proue du vaisseau qui dépassait de sa cachette : il ressemblait à un jouet. Un des guerriers de la troupe, qui s'était avancé sur la proue à laquelle il se cramponnait pour suivre l'ascension, n'était qu'une tache noire sur l'océan, un point qui leur adressait parfois un salut.

– Tu n'as donc aucun sortilège qui nous propulsera au sommet de cette falaise sur une colonne d'air chaud ? demanda Jirrem à Spellbinder.

Sa respiration essoufflée dénotait déjà son épuisement, alors qu'il restait une longue distance à escalader.

– Pour l'un d'entre nous, peut-être, répondit Spellbinder, mais cela m'épuiserait au-delà de toute limite.

– Dix nuits dans mon lit si je suis la bénéficiaire de ce sort, proposa Arreena.

– Vingt, renchérit Karmana.

Spellbinder rit.

– Je vous remercie, mais la réponse est non. Je garde le sort pour moi-même. Mes forces sont pratiquement épuisées.

Raven, le souffle court, interrompit ses efforts pour se plaquer contre la roche, les bras le long du corps, tandis qu'elle s'agrippait à une fissure à hauteur de sa taille.

Elle sentit le roc sur lequel elle avait pris appui céder sous son poids et elle poussa un cri, juste avant de se sentir tomber ! Ses doigts ne lâchèrent pas et elle se balança, sentant sa prise céder inexorablement, jambes et pieds battant l'air au-dessous d'elle à la recherche d'un repli, d'infimes irrégularités du rocher qui pourraient la soutenir.

– Je suis perdue ! s'écria-t-elle au moment où ses doigts perdaient prise. Elle s'abattit au long de la falaise, le visage noyé dans sa chevelure, le cœur au bord des lèvres.

Elle tomba un instant, perdant à demi connaissance dans le vertige de sa chute. Puis, un bras robuste la happa pour la ramener contre la paroi de pierre. Elle trouva une prise sous ses doigts, sentit une main engager son pied dans une profonde fissure. En rejetant ses cheveux en arrière, elle découvrit le sourire éclatant de Silver.

– Merci, dit-elle.

– Cela te coûtera vingt nuits, répondit-il.

Raven, le souffle trop coupé pour pouvoir rire, se contenta d'en sourire.

– Tu sembles à ton aise, ami Silver.

– Tout à fait. Je me sentais paralysé au début, mais les vieux automatismes reviennent. J'ai fait l'ascension de la tour d'Obsidienne quand j'étais adolescent, lorsque je m'y suis aventuré pour découvrir quelle puissance étrange elle dissimulait. La tour est lisse comme le miroir des eaux mais je l'ai escaladée jusqu'au sommet. Ici, c'est un jeu d'enfant.

Raven qualifia ce jugement d'une épithète obscène puis reprit son ascension. Quand elle se hissa au-dessus de Silver, elle le sentit qui glissait la main sous sa tunique et lui donnait une claque affectueuse sur son derrière nu.

– Plus lisse encore que la tour d'Obsidienne, estima le guerrier avec un sourire gourmand. Mais je l'escaladerais volontiers !

Un vent hargneux les gifla, alors qu'ils approchaient du sommet de la falaise. Les cheveux volant, les vêtements plaqués au corps, les guerriers franchirent enfin avec difficulté la lèvre de l'abîme et restèrent étendus sur la terre ferme, cherchant à retrouver leur souffle.

Les murailles toutes proches du fort Noir élevaient la masse de leurs moellons jusqu'à une hauteur d'environ trois hommes. Entre le fort et les nouveaux venus s'étendait un espace hérissé d'épieux et de fondrières déchiquetées qui en rendaient la traversée difficile. Mais une considération plus immédiate les occupait : s'ils étaient vus, ils seraient abattus avant d'avoir pu se faire reconnaître.

Ils percevaient un bruit de construction, le vacarme des pierres déplacées, le brouhaha des voix. Il était probable que Sans Pitié n'avait jamais envisagé l'hypothèse d'un assaut par la falaise.

Raven ouvrit la voie au travers du dangereux découvert, Spellbinder sur ses talons. Ils gagnèrent l'ombre crépusculaire de la muraille et y attendirent la nuit.

Quand les ténèbres se refermèrent autour d'eux,

Raven se fit hisser au sommet du rempart, d'où elle jeta un coup d'œil prudent. Des torches étaient disposées sur tout le périmètre intérieur et illuminaient la deuxième muraille, à quelque distance. Des troupeaux paissaient dans l'intervalle, des chevaux allaient librement, courant en petits groupes sur le sol inégal. Toute la troupe des partisans de Raven se laissa tomber en silence sur le chemin de ronde à l'intérieur du mur, avant de courir en direction de la deuxième muraille. À l'intérieur de cette nouvelle barrière campaient des gens, les maçons, peut-être, ou des habitants de la ville qui avaient décidé de ne pas prendre de risques et de se replier sur les ultimes défenses avec une confortable avance. On voyait un éparpillement de tentes, des feux brûlaient, clairs et joyeux. Des parfums de nourriture firent saliver Raven, mais l'enjeu était plus important que la simple satisfaction de leurs estomacs creux.

Ils contournèrent le rempart jusqu'à ce qu'ils retrouvent le couvert des ombres et le franchirent pour s'attaquer à l'escalade du rempart interne, le plus élevé des trois. Quelques gardes y étaient en faction, mais, pour l'heure, sans siège effectif pour les tenir vraiment en alerte, ils se bornaient à une surveillance nonchalante et de pure forme. Tandis que Raven étudiait la forteresse centrale, celle qui était adossée à l'océan, elle aperçut des demeures de pierre et les chevaux à l'attache, visiblement la propriété de nobliaux.

Si Sans Pitié était là, alors il devait être en train de manger, de boire ou – plus vraisemblablement – de forniquer à l'intérieur d'une de ces maisons.

Raven se laissa tomber, seule, dans la forteresse, courut entre les petites tentes et les enclos, se faufila entre les groupes de soldats assis autour de leurs feux, jusqu'à ce qu'elle parvienne à la poignée de bâtisses étroitement accolées.

Il ne lui fallut qu'un instant pour trouver son homme.

L'épée à la main, elle pénétra à la lueur des torches dans la salle principale de la plus grande des demeures et s'approcha à pas de loup d'un colosse blond, vautré dans un bain d'eau fumante, le dos tourné vers elle ; il chantonnait tout seul d'un air satisfait, en marquant le rythme de sa mélodie de petits balancements du corps.

– Combats avec les armes dont tu disposes, Sans Pitié, ou péris sur l'instant ! s'écria Raven, incapable de retenir un sourire.

– Par la Déesse Mère ! hoqueta Sans Pitié. Il se retourna dans des débordements d'eau savonneuse et jeta des yeux ronds sur l'intruse. Raven ! Par les Vagues, Raven ! Quel plaisir de te voir, toi, Raven ! Bénis soient les Cieux, voilà bien la meilleure chose qui me soit arrivée depuis un mois ! Joins-toi à moi… allons, viens !

– Enlever Krya ! Enlever Krya ! Cette seule pensée me rend malade ! C'est une notion qui me révulse totalement ! Je suis stupéfait qu'on ose m'accuser d'une telle chose ! Enlever Krya ! Moi, Sans Pitié, enlever ce sac d'os gras et de pourriture ! Gondar le Magnifique, terreur des Hautes et Basses Mers, enlever cette… cette… fouine ! Ce furet ! Je ne fatiguerais pas davantage mes doigts à la toucher que je ne ferais l'amour à un sac empli de poix liquide. Au nom des Cieux et des Mers dans leur entier, pourquoi me donnerais-je la peine d'une conquête aussi insensée, aussi dérisoire, alors que je veux piller des vaisseaux de commerce ou des transports d'esclaves en provenance de tous les pays du Cœur du Monde ? Qu'ai-je donc besoin de cette corneille momifiée qui se prétend une femme et qui cumule les rôles de femme et de sœur – de frère aussi, probablement, quand on connaît M'rystal – auprès de ce pervers pompeux au cul vérolé qui règne sur l'Est ? Par la défroque de la Reine des Mers, il n'y a rien de vrai dans tout cela – dans la défroque de la Reine des Mers, non plus, maintenant que j'y pense ! Oh ! Raven ! comment as-tu jamais pu me croire coupable d'un geste aussi vide de sens ?

Sans Pitié était outré.

Ils étaient assis dans la demeure du Loup des Mers, autour des reliefs d'un somptueux repas, l'esprit embrumé par les effets d'un vin fermenté de la région. Gondar, drapé dans ses fourrures, ses cheveux tirés en arrière en accroche-cœur, la barbe peignée et tressée et sa large taille serrée par une ceinture de cuir à laquelle pendait sa gigantesque hache à double tranchant, arpentait la pièce avec fureur, frappant de ses poings charnus sur les chevrons. À chaque fois qu'il cognait sur le bois, la bâtisse entière tremblait sur ses bases et les mercenaires faisaient une grimace avant d'échanger des regards inquiets.

– Krya est une femme splendide et pleine de sensualité, corrigea Raven.

Sans Pitié la foudroya du regard, mais Raven ne pensait qu'aux caresses de Krya, au satin de sa peau et à la manière extraordinaire dont elle avait éveillé le corps de Raven à une si intense passion, en d'autres temps, à Kahrsaam. Raven savait qu'une telle subtilité dans les arts du sexe ne pouvait appartenir qu'aux femmes, et encore, à quelques-unes seulement.

– Un chien trouvera attirants des excréments. L'œil rond d'un vautour fera d'un cadavre en décomposition une vision paradisiaque. Pour moi, Krya n'atteint même pas à la simple laideur ! La beauté véritable, par les Vagues, la voilà !

Il effleura les cheveux de Raven, caressa son visage délicatement du bout des doigts.

– Là, également… Il montra Karmana de l'index et

considéra la jeune femme d'un air pensif. Oui, oui, la beauté vraiment ! Mais Krya ? Peuh !

Il cracha dans les flammes.

Durant quelques instants, personne ne sembla rien trouver à ajouter. Sans Pitié s'assit sur ses coussins avec une expression méditative, buvant son vin à petites gorgées, les yeux perdus dans la contemplation du feu. Raven se détendit ; elle vit que Spellbinder en faisait autant.

Enfin, Sans Pitié recouvra brusquement toute son énergie.

– Votre venue a été dictée par les puissances du destin, déclara-t-il d'une voix tonnante, en décochant une claque douloureuse sur le genou de Raven, car demain, à l'aube, je retourne au chenal pour y superviser des mesures plus offensives.

– Il se peut, glissa Raven, qu'aucune action ne soit nécessaire. Nous devions nous assurer que tu n'étais effectivement pour rien dans cet enlèvement avant de pouvoir envisager quoi que ce soit ; mais maintenant que tu nous as convaincus, nous allons entreprendre de retrouver Krya et de persuader M'rystal de ton innocence.

Sans Pitié tira ses longues moustaches et étudia Raven en soupesant les paroles qu'elle venait de prononcer.

– Ainsi donc, vous me croyez ?

– Bien entendu.

Gondar eut un sourire sardonique.

– Je suis offensé que vous ayez jamais douté de moi… Néanmoins, je vous absous. C'est sur la mer que les Loups des Mers combattent à leur plus grand avantage, pas sur la terre : la terre, on la creuse ou on y bâtit des maisons ! Oui, je vous permets de convaincre M'rystal de partir. J'approuve cette décision. Je préfère de beaucoup vous laisser cette tâche, je me refuse de toucher à cette vipère sous quelque prétexte que ce soit, fût-ce une conquête.

La lueur malicieuse qui pétillait dans les yeux de Sans Pitié durant ce discours n'échappa pas à Raven. Elle sourit sans rien dire. Puis, plus sérieusement, le Loup des Mers déclara :

– Il me semble probable que quelqu'un souhaitait que l'altan quitte son royaume pour une destination éloignée. Avec l'essentiel de sa flotte ici, en compagnie de la moitié de son armée, ses territoires sont aussi vulnérables qu'une fille à quatre pattes.

– Certes, confirma Spellbinder, ce tableau m'est également venu à l'esprit.

Sans Pitié claqua des lèvres et ferma à demi les paupières.

– Ah oui, une garce plantureuse, avec une croupe succulente…

– Je ne parle pas de ce tableau-là, coupa Spellbinder d'un ton sec. Mais de celui d'un enlèvement qui serait une diversion pour laisser les domaines de M'rystal sans surveillance.

Sans Pitié, d'un mouvement de la main, lui intima l'ordre de se taire.

– Je n'ai ni la tête ni l'envie de réfléchir trop profondément à des considérations aussi complexes.

Il sourit, essuya la graisse de ses moustaches tombantes et tendit la main vers son gobelet. Il se pencha vers Raven et lui adressa un clin d'œil.

– Alors, vraiment, tu m'avais soupçonné ?

– Non, répondit Raven, mais l'idée m'est venue que quelqu'un aurait pu t'influencer.

Sans Pitié fut scandalisé et le manifesta par un rugissement.

– M'influencer ? Moi ? Sans Pitié, le fléau du Cœur du Monde ? Comment oses-tu !

Il se tourna vers Spellbinder.

– Mais qui est-elle, cette répugnante créature ? À qui appartient ce corps tellement flasque et tellement répugnant ? Cette chienne entre les chiennes, qui éructe de telles obscénités, dont l'haleine aigre et les tétons plats me dégoûtent tant ?

Sans laisser à personne le loisir d'une réponse, il se retourna vivement vers Raven qui souriait et se pencha tout près pour lui souffler :

– Passe la nuit en ma compagnie, je te désire.

Spellbinder prit une expression renfrognée.

– Je savais que c'était une erreur de venir ici, déclara-t-il sur un ton qui trahissait son amertume.

Karmana et Silver, qui, bien entendu, ne s'étaient pas assis l'un à côté de l'autre, avaient l'air ahuri. Ombre de Lune mangeait en silence, sans rien manquer de ce qui se passait. Arreena et Jirrem étaient ailleurs, réunis par un désir réciproque.

– Alors, pourquoi es-tu venu ? coupa Sans Pitié. Tu aurais dû user d'un de tes charmes pour découvrir si j'étais innocent.

– Je n'en possède aucun de ce genre, déclara le sorcier sans élever le ton. Et consulter un oracle, comme nous le savons tous, est une affaire délicate. Des demi-réponses et des solutions sibyllines sont notre récompense. Non, il valait bien mieux venir directement ici.

– De plus, ajouta Raven d'une voix enjouée, nous souhaitons emprunter un vaisseau des Loups. L'embarcation dont nous disposons ne vaut rien. Ce sera le prix de notre aide.

– Vous ? M'aider !? beugla Sans Pitié en préférant oublier ce qu'il avait dit auparavant. Sans Pitié n'a que faire d'aide ! Sans Pitié tue, Sans Pitié détruit, Sans Pitié pille les hautes mers…

– Sans Pitié est acculé, compléta Spellbinder, et il sait bien, par tous les enfers, qu'il a besoin d'aide.

Sans Pitié se leva d'un bond et détacha la grande hache de sa ceinture. Il la fit siffler dans les airs et l'envoya contre une poutre. L'énorme fer se planta dans le bois avec un son grave et y resta fiché. La maison en frémit. Des gravats se détachèrent des parois.

Gondar tourna des regards furibonds vers Raven.

– Mais qui est ce pâté de poisson en putréfaction qui se prétend sorcier ? Est-il d'entre tes amis ? S'il ne l'est pas, je vais le massacrer sur l'instant !

– Dis à ce lombric plaqué sur ses rochers qui se prend pour un guerrier de se rasseoir et de faire passer du vin de Sara, répondit Spellbinder d'une voix sans inflexion, au lieu de cette abomination de Kragg qui emporte le gosier.

Silver n'avait visiblement pas compris qu'un jeu un peu spécial était en cours. Il se redressa d'un bond, tira son épée du fourreau et fit étinceler son visage de feux d'argent aussi luisants que la lame qu'il appuya contre la gorge de Sans Pitié. Gondar n'avait pas jugé utile de conserver des gardes dans la salle avec lui et il se figea, peu enclin à risquer la mort.

– Tu as insulté Raven et Spellbinder, rugit Silver, hors de lui. Par les Trois Gemmes de Dirth, tu mérites qu'on te tranche la langue.

Karmana éclata de rire.

– Ne te conduis donc pas comme les hommes de ta tribu, en parfait imbécile. Assieds-toi et fais ce que tu fais le mieux : lâche des pets.

Silver jeta un coup d'œil par-dessus son épaule à Raven, puis au reste de l'assemblée. Quand il reporta son attention sur Sans Pitié, il réalisa que le Loup des Mers tenait quelque chose au-dessus de sa tête. Il leva les yeux.

Avec toute l'aisance d'un homme qui rompt un fétu, Sans Pitié avait arraché sa hache à l'étreinte profonde de la poutre. L'arête brillante était en suspens, prête à fendre Silver en deux jusqu'à l'aine. L'homme battit en retraite et rengaina son fer.

Toutefois, cet incident avait impressionné Sans Pitié.

– Tu disposes d'une bande décidée, Raven. Ils me plaisent. Si cet irascible individu défend ta vie avec autant d'ardeur qu'il défend ta dignité, il doit t'être précieux. Oui, voilà des guerriers valeureux. Et des femmes splendides.

Il sourit à l'adresse de Karmana qui lui envoya un baiser aérien en réponse. Les yeux de Sans Pitié pétillaient de malice quand ils revinrent vers la femme qu'il préférait.

– J'ai effectivement besoin d'aide, vous avez raison. Et vous aurez votre bateau, car si vous pouvez franchir le récif dans un vaisseau des Loups, cela signifiera que M'rystal a levé le siège ; et comme je ne saurais disperser sa flotte à moi tout seul… Comment parviendrez-vous à le convaincre ?

– J'ai un plan, assura Spellbinder. Un sortilège pour lequel j'ai économisé mon énergie. Il assurera l'altan de ton innocence, car il nous révélera qui a effectivement enlevé sa femme.

Sans Pitié fit un geste de la main.

– Inutile d'en dire plus. Tout cela me semble parfait.

Dans le silence de la nuit, alors que les autres dormaient à proximité, Raven et Sans Pitié, assis dans les appartements de ce dernier, discutaient du passé et du présent. Gondar s'était débarrassé de son pagne et de sa ceinture et Raven se détendait dans un négligé vert, transparent et orné de dentelles qui s'étalait autour d'elle comme la corolle d'une fleur exotique tandis qu'elle reposait sur un divan.

– L'affaire est sérieuse, Gondar. Quand nous t'aurons innocenté aux yeux de l'altan, la véritable guerre va commencer.

Gondar traversa la pièce et vint s'asseoir près d'elle. Il caressa ses bras nus et elle leva les paumes pour les laisser courir sur les muscles bombés des bras et de la poitrine du Loup des Mers.

– La guerre ? Ne veux-tu pas parler plutôt de « recherches » ?

Raven secoua la tête.

– C'est bien le mot de guerre qui convient, Gondar. Spellbinder a senti une force mauvaise à l'œuvre dans le monde. Elle est apparue subitement et elle l'inquiète. Il ne la comprend pas. Se peut-il que cette affaire avec Krya se produise en même temps par simple coïncidence ?

Sans Pitié haussa les épaules.

– Pourquoi pas ? Les coïncidences ne dépendent que de deux choses qui arrivent en même temps, dit-il avec un large sourire.

Raven concéda ce robuste bon sens.

– Comme tu l'as dit toi-même, Gondar, il y a des puissances à l'œuvre qui cherchent à s'emparer de l'Altanat – y a-t-il une autre explication ? – et qui ont peut-être des visées sur la réunion de plusieurs pays. Quelle puissance un roitelet acquerrait-il avec l'Altanat ! Cela pourrait entamer un processus d'unification qui s'étendrait bien vite à tous les pays qui entourent l'Océan.

– Ce qui serait terrible, reconnut Sans Pitié. Voilà une chose au moins dont je suis sûr. Mon aide, comme je te l'ai déjà dit, t'est entièrement acquise.

Raven leva les bras et secoua ses cheveux avant de l'embrasser. Il avait goût de vin et elle sourit.

– M'appartiendras-tu cette nuit ? demanda-t-il.

Raven fit un signe de la tête.

– Non.

Avec un froncement du sourcil, Sans Pitié la lâcha et la toisa d'un air interrogateur.

– Comment cela ?

Raven répondit d'un simple mouvement d'épaules.

– Mon cher ami, il y a des moments où cela serait parfaitement envisageable…

Ses yeux semblèrent traverser le seigneur de la guerre de Kragg et la pierre des murs, jusqu'à l'endroit où reposait peut-être un mystérieux amant.

– … et des moments où cela ne serait guère approprié.

– Et ce soir, ça ne l'est pas.

– En effet. Ce soir, je ne couche avec aucun homme. Mais c'est de Spellbinder que je serai la plus proche, pendant mon sommeil.

Sans Pitié baissa la tête pour s'incliner devant cette décision.

– Je comprends, douce Raven. Cela ne me plaît guère, mais je comprends.

– Vraiment ? Par la Déesse Mère, Sans Pitié, tu t'amollis !

Elle lui décocha un solide coup de poing dans l'estomac et il grimaça. Elle lui tira la barbe, jeta ses jambes en dehors du divan et planta un baiser ferme et torride sur les lèvres gercées de sel de Gondar. Quand elle se leva, il la prit par les hanches un instant et attira le corps de la guerrière vers son visage, baisa les bourgeons durcis de ses tétons à travers l'étoffe moulante du négligé.

– Il n'y a personne d'autre qui te ressemble, Raven.

– Et personne d'autre qui te ressemble, non plus.

– Ce serait horrible si tout le monde ressemblait à tout le monde.

Raven fut surprise : elle n'imaginait pas le Loup des Mers si philosophe.

– Ma tâche est d'éviter que cela n'arrive, déclara-t-elle.

9

> Même si un outil est façonné avec amour et forgé avec soin, il n'aura jamais qu'une efficacité relative. Ne crains pas de reconnaître qu'il est devenu superflu – tu n'en créeras dès lors que de meilleurs.
>
> *Les Livres de Kharwhan*

Il y avait pénurie de chevaux sur Kragg en général et dans le fort Noir en particulier ; en conséquence, le jour suivant, seuls Raven et Spellbinder disposèrent d'une monture ; le reste de la troupe effectua le long et malaisé trajet qui menait à la forteresse principale dans un chariot ouvert. Les roues cerclées de métal étaient dépourvues de tout système d'amortisseurs et, à chaque fois qu'elles heurtaient un roc ou une ornière du sol, les malheureux passagers se voyaient projeter dans les airs en geignant.

Raven n'avait jamais eu le loisir d'admirer l'étendue et la beauté des terres perchées sur le haut plateau marin de Kragg. Le pays ondulait doucement entre des levées de roche noire et cristalline. Des forêts éclatantes embrassaient ces falaises et, en dessous, tirant le plus grand parti possible de leur abri sous le vent, se nichaient les communautés agricoles de l'île-forteresse, des fermes gigantesques couvertes de chaume, chacune assez vaste pour accueillir plusieurs familles. Tous les murs, tous les enclos étaient bâtis des pierres cristallines qui parsemaient le pays, et Sans Pitié assura Spellbinder, quand ce dernier lui posa la question, qu'ils constituaient des abris douillets à l'épreuve des vents, même quand ils n'avaient que deux pierres d'épaisseur. Les murailles des forteresses étaient épaisses de trente pierres et formaient ainsi une barrière difficile à franchir et une ligne de défense digne de la Déesse Mère elle-même, si elle s'avisait de surgir un jour en quête de vengeance.

Des animaux erraient en liberté ; des chiens pourchassèrent le petit convoi tandis qu'il se dirigeait lentement vers les basses terres qui concluaient le profond couloir entre récif et falaises. Déjà, Raven pouvait discerner le rouge et blanc des vaisseaux de l'altan, émergeant au loin des brumes sur l'océan. L'essentiel de la forteresse demeurait dissimulé sous l'abri des parois rocheuses qui s'élevaient de part et d'autre du chenal.

Des milliers d'hommes campaient au sommet de ces à-pics, supervisant sur ces remparts les onagres et les accumulations de rochers qui s'abattraient sur tout vaisseau assez fou pour tenter de forcer le chenal.

– Les Loups des Mers semblent aussi à l'aise sur terre que sur mer, fit observer Raven.

Sans Pitié secoua la tête et le soleil se refléta sur son grand casque ailé dans un éclair si intense et si éblouissant que Raven en grimaça.

– Non, belle dame, c'est une illusion. Le pont instable des bateaux, les coups de boutoir impitoyables de la mer leur manquent. Mais ils savent bien qu'ils ne retrouveront l'océan que quand ils auront défait l'altan et ils s'adaptent à la terre par nécessité.

Le voyage depuis le fort Noir avait requis l'essentiel de la journée et le crépuscule tombait quand ils franchirent les portes de la forteresse principale de Sans

Pitié. Il n'y avait aucune foule en liesse pour les accueillir au fil des rues pavées, et le défilé de chariots et d'hommes progressa bruyamment en direction du donjon, jusqu'à ce qu'ils parviennent aux cours de Sans Pitié.

– Quand prendrez-vous la mer pour aller rencontrer M'rystal ? leur demanda un peu plus tard le pillard des océans.

Il considérait Raven d'un air lugubre, l'or de ses cheveux collé et encrassé par la sueur et la poussière, ses doigts jouant nerveusement avec la pointe de ses moustaches tombantes. Il savait qu'elle ne resterait pas longtemps auprès de lui, en dépit de ce qu'il aurait souhaité.

– Immédiatement, fut la réponse de Raven.

Ils prirent quelque repos dans la grande salle de Gondar, couchés sur des fourrures devant un grand feu, gobelets et assiettes de viandes dispersés autour d'eux. Raven se sentait sale, poisseuse et elle aurait souhaité la chaleur d'un bain, mais elle sentait qu'elle ne pouvait se permettre de perdre ainsi du temps.

Karmana lui peigna ses longs cheveux, qu'elle démêla en en retirant le plus gros de la poussière, puis Raven prit le peigne et rendit le même service à la fille du Nord, dont les cheveux courts étaient plus faciles à coiffer. Sans Pitié les observa avec un sourire, une expression pensive dans les yeux. Spellbinder considérait le feu d'un air absorbé, ses traits pâles et son corps enserré de noir et de bronze illuminés par la clarté rouge et changeante. Il tenait son épée dans ses mains, la pointe fichée dans le plancher, le pommeau chatoyant d'une multitude de couleurs arrachées par le feu aux joyaux qui s'y trouvaient. Raven remarqua l'attitude méditative de son compagnon et lui en fit la réflexion. Spellbinder leva la tête.

– Je rassemble mes forces, dit-il. J'accumule assez d'énergie pour un sort qui est presque à ma portée. Tu vas me voir à l'œuvre, Raven, à l'ouvrage pour la première fois. Tu me verras plonger dans le temps pour en arracher les formules et les passes qui donnent vie au sortilège. Il tourna de nouveau les yeux vers le brasier. Je prévois que cela m'épuisera, mais ce sera un grand ouvrage de nécromancie, un véritable exploit.

– De la nécromancie ? Vas-tu invoquer les morts ? Et à quelles fins ?

– Morts, sans pourtant l'être vraiment, fut la sibylline réponse de Spellbinder. Comme ton ami Donwayne. Tu verras, belle dame, tu verras.

Une heure plus tard, rafraîchis et quelque peu remis de leur chevauchée vers le sud, ils descendirent tous au port. Il faisait nuit noire et le quai était éclairé par des torches. Le profond chenal ridé de vaguelettes luisait sous la blancheur d'une lune à demi pleine qui croisait majestueusement sur la voûte céleste. Raven regarda le satellite brillant, puis la silhouette silencieuse d'Ombre de Lune, qui fixait cette moitié de disque et semblait en aspirer la force. Elle s'émerveilla de l'étrange condition de l'homme : que son énergie décroisse avec l'effacement de l'astre des nuits et que sa détermination et la puissance de son bras soient à leur plein en même temps que la lune. Quelle sorte d'homme était donc cet Ombre de Lune… et quelle sorte de sortilège le retenait dans ses griffes ?

Un vaisseau des Loups, le *Brise-Lames*, avait été préparé pour Raven, offert par Sans Pitié en retour de la liberté d'accès à son vaste domaine océan. La grande voile en était à demi ferlée et le signe de la Déesse Mère exposé, afin que sa force et sa bienveillance guident le vaisseau en toute sécurité hors du havre. La coque noire, pratiquement invisible sur les flots sombres, dansait en jetant des éclaboussures sur les ridules de la marée montante. Deux grandes torches brûlaient en proue, signe convenu dans toutes les nations d'une demande de trêve.

Raven dit adieu à son pirate favori et bondit à bord du vaisseau, venant se placer à proximité des torches crépitant en proue, son manteau serré autour d'elle, vêtue par-dessous d'une armure et de hautes bottes de marin, également empruntées au flibustier. Sans Pitié, dont la silhouette noire était clairement dessinée sur la clarté des torches qui illuminaient le quai, se tenait les mains sur les hanches, jambes écartées pour assurer son assise. Sa formidable hache à double tranchant pendait comme si elle ne pesait rien à la lourde ceinture de cuir qui enserrait sa taille. Les ailes déployées de son heaume semblaient palpiter dans le feu virevoltant des flammes. Sous le casque, ses yeux pâles fixaient Raven comme deux pointes ardentes et lui parlaient de douleur, de désir et, plus que tout, d'amitié.

Elle lui envoya un baiser.

– J'en exigerai plus à ta prochaine visite, lui cria-t-il. Adieu et que la Déesse Mère te sourie !

Il se détourna et disparut abruptement dans les ténèbres.

Quand tous furent à bord du *Brise-Lames*, Silver prit position à la barre, et Karmana et Arreena – qui avait décidé de ne pas demeurer à Kragg – larguèrent les amarres. Le vaisseau des Loups s'éloigna doucement de la muraille du port et pointa sa proue vers le chenal.

La mer devint plus agitée tandis qu'ils abandonnaient le calme du havre. Les falaises glissaient lentement sur leurs flancs et, parfois, Raven dut tendre le bras pour repousser les parois couvertes d'algues lorsque le vaisseau s'en approchait dangereusement.

Brusquement, ils furent en haute mer et Silver dirigea le nez de l'embarcation vers les deux crocs de roc qui indiquaient les limites du goulet dont les eaux profondes permettaient de franchir le récif. Au-delà, ils pouvaient voir à ses torches la flottc qui les assiégeait, mille flammes dans la nuit piquées sur les flots à perte de vue.

Un bateau se détacha de l'armada et dansa sur la houle pour se porter à la rencontre du vaisseau des Loups, dont on reconnut les torches de trêve. Le navire vint se ranger contre leur coque et des hommes en armes à l'expression hostile apparurent au-dessus des bastingages. On vit luire des armes et Raven remarqua que, dans l'obscurité de la poupe, plusieurs hommes bandaient leurs arcs, chaque flèche visant sans doute un œil de chacun des Loups des Mers. Raven en eut la chair de poule et elle sentit ses yeux s'embrumer. Si un doigt glissait par erreur…

– Vous voguez en arborant la torche des trêves, lança un des hommes qui se tenaient au bastingage. Quelles sont vos intentions ?

Sa voix était dure, sans aménité. Il soupçonnait un piège, mais ne pouvait agir selon ses instincts sans déshonorer son rang.

– Mon nom est Raven. Mes compagnons sont des cavaliers et l'un d'entre eux a pour nom Spellbinder. Rapporte ces noms à ton altan et dis-lui que nous sommes venus, prêts à lui apporter notre aide pour retrouver Krya, car elle n'est pas sur Kragg. Va lui faire part de nos paroles, rapidement.

– Vous vous en êtes chargée, répondit le soldat, et l'homme auprès de lui ôta son heaume et sa visière.

M'rystal se tenait là, aussi inquiétant dans la pénombre qu'il l'avait été dans la pleine lumière de son palais. Il avait l'air pâle, la colère se lisait sur son visage, et une certaine tension était visible autour de sa bouche et de ses yeux.

– Je te croyais morte, Raven, lança-t-il. Quand tu as fui Kahrsaam, Belthis le Sorcier, banni et en fuite, était à tes trousses. Je vous aurais tous crus morts dans le désert de Lorn. J'imaginais que ces raids sur les caravanes d'esclaves dans le Sud étaient le fait d'une autre guerrière. J'avais espéré que c'était le cas. J'aurais dû me douter que je me trompais.

– En effet, répliqua Raven, ironique.

Mais elle réfléchissait : Belthis, chassé de l'Altanat ? La faveur dont il jouissait, sa position de conseiller auprès de M'rystal, terminées ? Elle ignorait cela, elle avait simplement imaginé que le sorcier s'était fait oublier après son dernier affrontement avec Spellbinder. Mais s'il avait été banni…

Elle échangea un regard avec Spellbinder et lut le même feu dans ses yeux, vit le même pli soucieux barrer la mâle beauté de son visage.

– Mais cela présente peu d'importance et peu d'intérêt. Ce fils des mers, Sans Pitié, a capturé ma sœur et rien de ce qui bouge sur Kragg, pas même le vent, n'échappera au massacre et aux représailles.

Doucement, hors de portée de voix de M'rystal, Spellbinder déclara :

– Il prend son temps pour ce faire.

– Il a tout le temps qu'il désire, répondit Raven sur le même ton.

– Je ne crois pas, murmura le magicien, sans expliciter davantage sa pensée.

Raven reprit, d'une voix sonore :

– Acceptes-tu notre présence à ton bord, afin que nous puissions discuter ?

– Certes, repartit la voix geignarde de l'altan. Parlez tout votre soûl, avant de mourir.

– Il va être difficile à convaincre, murmura de nouveau Spellbinder. Peut-être…

Mais quoi qu'il ait voulu dire, il fut interrompu. Des grappins sonnèrent sur le pont et s'accrochèrent au bastingage. Raven sentit les jambes se dérober sous elle tandis que le vaisseau était halé par dix paires de bras robustes. Silver bondit de la poupe et commença à trancher les cordages, son visage étincelant d'argent sous la clarté de la lune, son cri de rage résonnant dans le calme de l'océan.

Raven lui ordonna de cesser et il obéit, bien qu'à contrecœur. Le vaisseau de l'altan fit demi-tour, entraînant à sa suite le vaisseau des Loups ; les deux navires voguaient avec difficulté, s'inclinant sur la mer, mais ils progressaient effectivement tandis que cent rames frappaient les vagues et entraînaient les embarcations accouplées vers des eaux plus sûres.

Raven fut conduite sur l'immense vaisseau amiral, en compagnie des autres, par une étroite passerelle de planches. À l'entrepont, ils se retrouvèrent en présence de M'rystal, qui s'était dépouillé à présent de son armure pour reprendre les longues robes d'argent qui lui étaient plus habituelles. Ses yeux vifs, perçants et soupçonneux, démentaient l'impression de stupidité que ses lèvres molles et humides auraient pu suggérer.

Affalé dans un trône profond, il observa les prisonniers qu'on lui amenait.

– Tu as l'air plus endurcie que quand nous nous sommes rencontrés pour la dernière fois, déclara-t-il, après avoir jaugé brièvement Raven.

Il souleva son épée et indiqua de la pointe les entailles et les coupures qui constellaient la cuirasse de la guerrière. Bien que cette armure fût un cadeau de Sans Pitié, elle reconnut en son for intérieur que la sienne propre ne valait guère mieux. Peut-être M'rystal discernait-il également plus de lassitude sur son visage, plus de rides, les traces de l'âge et de ses luttes pour survivre.

Lors de leur dernière rencontre, peu de temps avant son duel avec Donwayne et le jour même où Spellbinder avait échappé aux sortilèges mortels de Belthis, M'rystal semblait lui aussi plus jeune, moins las, moins égaré. Sans ses fards rouges et verts, l'homme paraissait finalement moins humain que la créature asexuée au masque de pigments.

– Ce n'est pas une existence facile, dit Raven, que d'errer de ville en ville, de guerre en guerre.

– Et de caravane d'esclaves en caravane d'esclaves, compléta M'rystal d'une voix calme.

Ses yeux verts brasillèrent d'une colère rentrée, mais un sourire continua de flotter sur ses lèvres.

– Tu m'as coûté cher en esclaves, Raven. Tu réussis trop bien tes expéditions de sauvetage. Si j'avais su avec certitude que tu en étais responsable, j'y aurais mis un terme il y a longtemps.

– L'esclavage me répugne. Et le traitement que tu infliges aux esclaves, plus encore.

– N'as-tu pas été une esclave dans une bonne maison de Lyand ? N'as-tu pas été bien traitée ?

– Certes, répondit Raven, et l'une des rares à bénéficier d'un tel traitement. Mais même ma bonne fortune s'est terminée quand le maître d'armes Donwayne a pris possession de moi, longtemps avant d'entrer à ton service comme mercenaire. Mais Lyand n'est pas Kahrsaam. Tu ne peux te vanter de la clémence dont témoignent certaines Cités-États.

M'rystal acquiesça, un large sourire aux lèvres.

– Donwayne, dit-il. Oui, je me souviens de lui. Tu as fait un joli travail avec lui. Un combat spectaculaire. Dommage que tu l'aies gâché par la suite en incendiant une si grande partie de la ville. Il retrouva son sérieux. Pourquoi ne pas te tuer sur-le-champ ? J'ai l'intention de vous faire tous périr. Il parcourut le groupe d'un coup d'œil. Pourquoi pas tout de suite ?

– Ne sous-estime pas ma puissance, M'rystal. Tu as

déjà commis cette erreur une fois et nous t'avons glissé entre les doigts. Je suis un adepte des arts magiques et je dispose de suffisamment de force et de sorts pour isoler ce vaisseau de la réalité de l'océan qui l'environne : ma mort te condamnerait aux ténèbres éternelles.

– Un bien fâcheux destin, reconnut M'rystal d'un ton égal, en considérant Spellbinder avec attention. Peut-être vaudrait-il mieux que je vous laisse vivre quelque temps encore.

Raven sentit un froid serrer son cœur. Avait-elle sous-estimé la raison de l'altan ? Était-il sourd au sens commun, prêt à ne rien entendre qui contredise ses certitudes ? Raven jeta un coup d'œil vers Silver et Ombre de Lune debout, silencieux, l'air sombre, les mains crispées sur le vide, maintenant qu'on leur avait retiré leurs armes. La cabine semblait grouiller de soldats en armes, son atmosphère paraissait s'échauffer, s'empuantir.

Ombre de Lune se retourna pour rendre son regard à Raven, et l'expression de ses yeux était indéchiffrable ; pourtant, on y sentait de la colère, comme s'il pensait que Raven l'avait délibérément attiré dans un piège.

Raven reporta son attention vers l'altan.

– Krya n'est pas sur Kragg. Sans Pitié n'a rien à voir dans cet enlèvement.

– C'est ce que tu m'as déjà affirmé, lui rappela l'altan.

Il laissa son épée retomber au sol et se leva, puis il s'étira.

– Mais pourquoi devrais-je te croire ? Un vaisseau des Loups a remonté la Lym, des Loups des Mers en ont débarqué pour traverser les rues de Kyal, escalader les murailles du temple, s'emparer de ma femme, nue sur son lit, et mettre à la voile. Ils avaient réduit les gardes au silence et quitté la ville depuis assez longtemps pour être à l'abri des poursuites quand l'alerte a été donnée. Mais il y a mille témoins qui ont vu le vaisseau, le corps de Krya qui se débattait sur le pont arrière, qui ont affirmé qu'elle était au pouvoir d'un homme dont on a donné des descriptions variées mais concordantes : un homme grand, musclé, coiffé d'un heaume ailé et maniant une énorme hache à double tranchant. Cela ne ressemble-t-il pas à notre ami de la falaise ? Eh bien si ! Et il va périr pour son impudence. Je ramènerai sa tête à Kahrsaam, fichée sur le grand mât de ce vaisseau. Kragg, en tant que communauté, sera anéantie. Je suis en rage, bien plus que je ne me permets de le laisser paraître. Je ne désire que son sang et ses entrailles, sa tête et sa vie. Et Krya. Je veux Krya et, pour chaque minute qu'elle a souffert aux mains de ce barbare des mers, je massacrerai cent captifs de Kragg que je ferai périr dans les plus atroces souffrances.

Spellbinder fit soudain un pas en avant et M'rystal recula. Un garde jaillit d'un recoin de la cabine et plaça le large fer de sa lance contre la poitrine du sorcier. Spellbinder baissa les yeux pour la considérer, avant de sourire.

– M'rystal, tu es un imbécile.

M'rystal éclata de rire.

– Les mots ne blessent que l'orgueil. De plus, certains sont émoussés, comme ceux que tu viens de prononcer.

– Tu dois nous écouter, déclara Raven d'une voix sonore. Cette expédition qu'on t'a fait monter contre Kragg est une ruse. Tu as laissé l'Altanat sans défense, ou peu s'en faut. C'est un piège. Il ne peut en être autrement.

– Mais tu n'en es pas sûre, fit remarquer M'rystal, en agitant l'index en direction de Raven. Et je suis sûr, pour ma part, que ceci, cette défense de Sans Pitié, est également un stratagème. L'homme est coupable et il en paiera le prix.

– Tu le paieras plus encore, lui dit Spellbinder, quand tu rentreras pour trouver ton royaume aux mains d'un autre homme.

M'rystal eut un sourire sardonique et cria :

– Gorghai !

De derrière le trône de l'altan apparut un vieillard ridé qui avança d'un pas. Sa voix était grêle et haut perchée ; ses yeux luisants, dans leur lit de rides, observaient Raven.

– Je n'ai vu aucun signe de ce que tu prétends. J'ai demandé aux dieux de m'accorder une vision de Kahrsaam, et la ville demeure telle que nous l'avons laissée. Tes paroles n'ont rien pour forcer notre conviction, femme.

– Si ce n'est pas une ruse pour t'attirer loin de ton royaume, reprit Raven, alors au moins est-ce une rouerie pour t'envoyer sur une fausse piste. Ce n'est pas Sans Pitié qui a enlevé Krya. Je connais trop bien l'homme et ce n'est pas son style.

– S'il ne s'agit pas de Sans Pitié, de qui d'autre ?

– Cela sera aisément établi, déclara Spellbinder. J'ai pratiquement maîtrisé un sortilège qui nous montrera ce qui s'est effectivement passé lors du rapt de Krya.

– Un tel sortilège n'existe pas, siffla le sorcier flétri derrière M'rystal. Il ment.

– Je ne mens pas, répliqua Spellbinder. À qui crois-tu donc parler, pitoyable manipulateur de petites illusions ? Regarde donc mes yeux ! Cesse de fixer l'altan et regarde dans mes yeux ! Connais-moi !

Raven n'avait jamais entendu Spellbinder en proie à une telle fureur.

Gorghai leva son regard sur Spellbinder et son expression laissa deviner qu'une vérité se faisait lentement jour en lui ; il en demeura bouche bée.

– C'est impossible !

– Silence ! lui intima Spellbinder, et le vieillard se détourna en dodelinant du chef.

Raven se demanda si le prêtre n'avait pas reconnu en son ami sorcier un natif de l'île des Esprits, de Kharwhan voilée de brume. C'était un soupçon qu'entretenait Raven, sans que Spellbinder l'ait jamais confirmé ni démenti. Mais elle savait que les hommes versés dans les arts de la magie peuvent reconnaître de tels prêtres-sorciers, exilés d'une terre mystérieuse qui défiait les lois du temps et de l'espace.

L'altan se rassit et considéra Spellbinder d'un air pensif.

– Si tu parles vrai, si Sans Pitié est un pion innocent dans les plans d'un autre visant à me faire quitter Kahrsaam, alors je viens de me placer entre leurs mains et, quand nous attaquerons Kragg demain matin et qu'elle tombera quelques minutes plus tard, nous ne trouverons rien. D'un autre côté, votre amitié pour Sans Pitié est évidente et il se peut fort bien que vous soyez en train de risquer vos vies pour me duper, pour me faire quitter Kragg jusqu'à ce qu'il ait pu renforcer suffisamment ses défenses.

Raven secoua la tête et jeta un coup d'œil vers Spellbinder, qui souleva un sourcil pour indiquer qu'il se sentait lui aussi exaspéré par l'entêtement de l'altan.

– Gorghai, vieil imbécile marmonneur, gronda M'rystal d'une voix impérieuse, montre-moi donc une image aérienne des ports qui longent la côte.

Gorghai effectua de la main deux passes dans les airs et marmonna quelques formules en un langage archaïque qu'on pouvait encore lire sur certaines ruines en Ishkar et dans les déserts méridionaux. Immédiatement, l'espace qui séparait Raven de l'altan commença à s'emplir d'une brume qui se condensa en une vue de Lym. Tout semblait normal dans le port ; un vaisseau marchand aux mâts courts ramait pour atteindre la pleine mer. La scène changea : Salit, suivie de Vol au nord, la ville aux hautes tours qui gardait la péninsule au-dessous du fleuve Irkard. Puis Raven reconnut Irkar, le plus actif de tous les ports ; tout y semblait également en ordre et paisible.

Raven lança un regard vers Spellbinder qui étudiait l'image avec soin, une moue dubitative sur les lèvres.

– Ceci est une illusion, déclara-t-il, énonçant ce qui semblait une évidence à Raven. Les illusions, comme des pigments colorés, peuvent être aisément manipulées. Je doute de la véracité de cette vision et tu devrais en faire autant.

– Fais mieux, le mit au défi Gorghai en ricanant.

Peut-être n'y avait-il pas de meilleure méthode de voir au loin.

Gorghai était baigné d'une sueur froide et il respirait avec difficulté. Les efforts qu'avait exigés un sort aussi élémentaire l'avaient exténué. C'était un signe inquiétant, car Raven savait que celui dont Spellbinder avait le projet était autrement plus complexe, plus éprouvant, pour sa force et son endurance. Elle se souvenait du duel qui l'avait opposé à Belthis, un duel de magie disputé sur l'île de Kragg. Les deux sorciers s'étaient complètement épuisés au terme de ce qui n'avait guère duré qu'une heure mais en avait paru plusieurs à Spellbinder – il l'avait confié à Raven –, et l'essentiel de cet affrontement magique s'était limité à d'élémentaires sorts de lévitation, qui comptaient parmi les sortilèges les plus aisés à contrôler, à maîtriser, puis à utiliser.

Gorghai, remis de ses efforts, grimaça un sourire et se pencha vers M'rystal.

– L'antique jugement serait une bonne façon de mettre les dires de cette femme à l'épreuve. N'est-ce pas ?

L'altan se redressa et son visage s'illumina, comme si un barrage qui retenait ses émotions s'était subitement rompu.

– Par l'Œil, oui ! Et nous disposons du guerrier idéal pour cela !

– L'antique jugement ? interrogea Raven. Un duel ? Qu'apprendras-tu de cela ? En quoi l'issue d'un combat pourrait-elle décider de la véracité d'une déclaration ?

– Son efficacité a été prouvée au fil des temps, assura M'rystal. C'est toi, Raven, qui livreras ce combat, immédiatement, sur le pont de ce navire amiral. Tu affronteras mon Guerrier de la Nuit, l'arme secrète qui amènera la chute de Kragg. Il eut un sourire radieux. Si tu triomphes, alors tu m'auras convaincu de l'innocence de Sans Pitié et nous verrons ce que Spellbinder a dans sa manche. Si tu perds, comme c'est certain, Kragg sera envahie demain et le corps de Sans Pitié viendra rejoindre le tien sur les récifs. Emparez-vous d'elle et de tous les autres !

Des mains se saisirent sans douceur de ses bras et elle fut entraînée hors des appartements de l'altan, au long de l'abrupte échelle de coupée jusque dans la nuit, sur le pont éclairé de torches, où une armée s'était assemblée au long du bastingage et surveillait les prisonniers. Spellbinder fut halé sur le pont et, plein de fureur, y resta aux côtés de Raven.

Raven rejeta ses cheveux en arrière d'un mouvement de la tête avant d'adresser un sourire caustique à son compagnon.

– J'avoue que je ne comprends pas pourquoi nous envisageons même d'aider cet homme ?

– Parce qu'ainsi nous aidons Gondar.

– Certes, mais si je triomphe, alors Gondar n'aura

plus besoin de notre secours – en supposant bien entendu que le mot « honneur » ait un sens pour M'rystal. Pourquoi devrions-nous continuer à lui apporter notre aide, dans ce cas ?

– Il le faut. Bien que cela mette du fiel dans nos bouches et ulcère notre fierté, il faut aider M'rystal, car, à un niveau plus vaste, ce sont les forces du Chaos, nos protectrices, que nous aidons.

Raven eut un mouvement fataliste des épaules et parcourut le pont des yeux, à la recherche du champion de l'altan, le Guerrier de la Nuit. Elle vit Silver, debout contre le bastingage tribord, et Ombre de Lune près de lui. Tous deux étaient étroitement gardés. Elle ne vit aucun signe de ses autres compagnons et espéra qu'ils n'avaient pas déjà senti la froide dent de l'acier, quelque part dans l'entrepont.

On lui plaça dans le poing droit un sabre à large lame, moins agréable et moins efficace que sa propre épée. On lui offrit un petit bouclier d'osier qu'elle accepta. Elle aurait préféré son propre brassard, mais elle n'avait aucune chance de se voir proposer cette arme-là. Ses étoiles lui avaient également été retirées quand elle était montée à bord du navire amiral et elle les demanda. M'rystal, assis sous un dais de soie qui ondulait sous la brise, accéda à cette requête et elle put boucler autour de sa taille la ceinture de cuir munie de sept étoiles tranchantes comme des rasoirs, l'arme la plus meurtrière dont elle disposait. M'rystal savait qu'elle n'en userait pas dans un combat loyal mais qu'elle s'en servirait sans hésiter en cas de tricherie. En lui remettant ses étoiles, l'altan lui garantissait à sa façon l'honorabilité de ce qui allait se dérouler. Elle s'en sentit soulagée.

On la poussa en avant sur le pont, elle trébucha lorsque le navire tangua sur la mer qui devenait grosse. Un vent froid s'empara de sa chevelure, la projeta dans son visage ; elle la repoussa de ses doigts et se retourna pour chercher son adversaire.

Elle entendit quelqu'un approcher derrière elle, des pas lourds sur le plancher, et virevolta pour l'affronter. Il n'y avait personne !

Elle pivota de nouveau, puis surprit le bruit d'une respiration à côté d'elle, frappa d'estoc et sentit son sabre arrêté par un coup terrible. Sa main trembla et la fit souffrir. Elle recula en titubant, leva son bouclier presque par réflexe et le sentit entamé par le fil d'une épée.

Mais il n'y avait personne de visible !

Un Guerrier de Nuit ! Un guerrier invisible qui pourrait s'avancer sans se faire remarquer derrière les lignes de défense de Kragg et déchaîner la mort parmi les assiégés. Ainsi, c'était donc là l'arme secrète de M'rystal !

Et maintenant il revenait sur Raven, sans qu'elle le voie, sans qu'elle entende autre chose que ses pas et sa respiration.

Raven courut, sentit une épée frôler son cuir chevelu et une longue mèche blonde tomba légèrement sur le pont.

L'escrimeur invisible écarta la mèche d'un coup de pied et Raven frappa à l'endroit où il se tenait, pour sentir son sabre heurter le métal d'un bouclier. Elle aurait aimé disposer d'un peu de temps pour réfléchir, car il y avait de la magie à l'œuvre ici, en contravention avec les lois de l'honneur, mais elle n'avait guère le temps de présenter des objections ! Elle bondit en arrière, exécuta un mouvement de parade ; la lame invisible du Guerrier de la Nuit s'abattit sur la sienne et faillit l'arracher de sa main.

Les soldats de l'altan rugirent. Spellbinder cria des encouragements à Raven tandis qu'elle esquivait un coup sifflant et, revenant d'un bond, frappait et manquait, consciente que ce n'était qu'une affaire de minutes avant qu'il ne déjoue sa concentration, la seule défense dont elle disposait.

Puis elle remarqua, dans la pénombre, que Silver lui adressait des signes de sa main gauche d'argent étincelant. Elle entendit l'épée du Guerrier de la Nuit qui s'abattait, estima au son de l'arme la position que celui-ci occupait et dévia l'assaut. Elle recula et le guerrier vint s'interposer entre elle et Silver.

La main de Silver fit un signe et la silhouette spectrale de l'homme apparut, pour s'évanouir quand il se déplaça.

En cet instant, elle avait distingué le guerrier gigantesque, ses cheveux longs, ses muscles proéminents, l'armure épaisse qui garantissait ses hanches et son crâne. Il portait, à ce qu'il lui avait semblé, un sabre très semblable au sien et un petit bouclier rond, un disque de bois cerclé de métal.

Elle frappa à l'endroit vers lequel le Guerrier de la Nuit s'était déplacé et sentit qu'on déviait son épée, tandis que l'assistance hurlait sa satisfaction. Quelques instants plus tard, elle fit un pas en arrière, sentit une entaille sur son bras et vit la fine ligne écarlate que le coup du Guerrier de la Nuit lui avait infligée. Il était passé près.

Elle se déplaça de façon à le ramener entre elle et l'étrange guerrier des tribus du Nord. Silver, avec un large sourire, étendit ses deux mains scintillantes devant lui, ce qui attira l'attention de ses gardes. Raven vit le Guerrier de la Nuit sous forme d'une silhouette argentée, d'une apparition immatérielle, qui brillait, indécise, sous le feu réfléchi par les mains luminescentes de Silver.

Raven le frappa et remarqua combien la parade était indolente. Elle recula, feinta, passa sous la garde de l'homme et lui porta au visage un coup de son bouclier d'osier. Il poussa un grognement de surprise, avant de hurler quand le sabre de Raven plongea dans son ventre. Elle se baissa, tomba à genoux et tourna son arme afin que la pointe soit dirigée vers le haut. Elle hésita un bref instant pendant lequel le Guerrier de la Nuit demeura figé, à la regarder, conscient de l'intervalle infime qui le séparait de la mort. Puis elle poussa de toutes ses forces. La lame ressortit dans le dos de l'homme, avec sur la pointe des lambeaux de son cœur.

L'arme fut arrachée des mains de Raven. Le Guerrier de la Nuit tituba, invisible, sur le pont. Lorsqu'il tomba, un grand flot de sang apparut lentement, recouvrant les planches.

Dans le silence soudain qui suivit, M'rystal se leva, il se dirigea vers le guerrier vaincu et décocha un coup de pied dans l'air à l'endroit où reposait le corps ; puis il regarda Raven.

Il ne dit rien et la dépassa pour regagner l'entrepont. L'équipage et les gardes se dispersèrent. Silver et Ombre de Lune se précipitèrent pour la féliciter.

– Beau combat, déclara Ombre de Lune, quelle guerrière tu es, en vérité !

– Ses amis l'ont un peu aidée, corrigea Silver à voix basse.

Raven s'empara de ses mains pour les serrer avec chaleur. Il poursuivit :

– J'ai reconnu l'homme, un étrange mutant originaire des bords du fleuve Ish. J'avais remarqué au cours de nos guerres avec les tribus des Corgani que je pouvais rendre visibles leurs Guerriers de Brume, comme on les appelait, par l'éclat de ma peau. Un don utile, non ?

– Merveilleux, déclara Raven, haletante.

Sa respiration était encore douloureuse.

– … J'ai craint pour ma vie, je n'ai pas honte de le reconnaître, ajouta-t-elle.

– Tu n'avais aucune crainte à avoir, reprocha Spellbinder. Je n'ai pas quitté ton adversaire des yeux et j'étais prêt à l'abattre.

Raven secoua la tête avec désespoir.

– Je frôle la mort et tout ce que tu trouves à me dire, c'est que je n'avais aucun souci à me faire ! Dis tout de suite que je ne courais aucun danger !

– Tu pourras parler de danger le jour où je ne serai pas à tes côtés, dit Spellbinder en riant. Mais pour l'heure, je pense que nous devrions nous reposer. Au matin, j'imagine que M'rystal nous fera à nouveau convoquer.

10

> Le temps qui s'efforce de réduire chaque chose à son état de nature est le premier agent du Chaos. Et cependant, la nature est la forme la plus élevée de l'Ordre. La magie fleurit de ce paradoxe.
>
> *Les Livres de Kharwhan*

Deux types de sensations présidèrent au réveil de Raven : les bras d'un homme autour d'elle, une respiration lourde et profonde contre son cou ; et le roulis du vaisseau, qui laissait penser qu'une grosse mer le ballottait.

Elle se dégagea des bras qui la retenaient et se retourna pour voir qui avait dormi si près d'elle. Silver ouvrit les yeux et lui sourit, avant de pousser un soupir de contentement et de se mettre sur le dos.

– Il se peut que tu ne t'en souviennes pas, dit-il, yeux mi-clos, sourire aux lèvres, mais nous avons fait l'amour mille fois, cette nuit. Et chaque fois…, il bâilla,… était mille fois meilleure que la précédente. Mes lèvres sont douloureuses de trop de baisers. Mon ventre souffre de s'être tant épanché.

Il se releva brusquement, jeta un coup d'œil à la ronde sur les autres membres de la troupe, qui dormaient encore, puis sur Raven.

– Encore une fois, supplia-t-il, pour me prouver que ce n'était pas un rêve.

Raven éclata de rire et le repoussa. Il retomba sur le dur plancher du pont. Elle grimaça quand l'estafilade de son bras la piqua l'espace d'une seconde.

– Je suis éreintée. Je ne suis qu'une frêle enfant, incapable de soutenir l'endurance d'un Nordique comme toi.

– Je n'en suis guère surpris, répondit Silver.

Il tendit le bras vers la ceinture et son épée, que M'rystal lui avait fait restituer la nuit précédente et les boucla autour de sa taille.

– Avons-nous levé l'ancre ? demanda-t-il.

Ils jetèrent un regard vers le ciel qu'on apercevait par le panneau de l'écoutille qui donnait sur le pont supérieur.

Raven signifia son ignorance d'un mouvement d'épaules, avant d'ouvrir la voie au long de l'échelle de coupée, jusqu'à l'air glacé et brumeux de l'aube.

L'ancre avait été jetée à un kli environ des falaises de Kragg et, en dépit de la profondeur en ce point, des déferlantes agitaient la flotte au mouillage comme autant de navires de papier. Le vaisseau des Loups était toujours là et ils virent Spellbinder, déjà à son bord, accroupi sur le pont, enveloppé de son lourd manteau noir. En apercevant Raven au bastingage, le sorcier lui fit signe d'approcher.

M'rystal sortit de l'entrepont du vaisseau de Kragg et jeta un regard à la guerrière, par-dessus l'eau qui séparait les deux bâtiments. Raven courut aux câbles des grappins et tira pour rapprocher le vaisseau des Loups jusqu'à ce qu'elle puisse franchir l'intervalle avec aisance. Silver alla réveiller les autres compagnons et tous se rassemblèrent autour de Spellbinder.

– Le siège de Kragg est donc terminé ? demanda Raven.

M'rystal hocha la tête et indiqua du doigt le grand mât de son vaisseau amiral. Raven plaça la main en visière sur son front et vit, fichée sur la pointe du mât, la tête de Gorghai, la mâchoire tombante.

– S'il avait été plus expert en son art, il aurait sans doute survécu un peu plus longtemps, déclara l'altan. Il soupira. Une période de troubles s'annonce sur les océans, à cause de ce siège. Je doute que, pendant quelques mois, Sans Pitié montre beaucoup de mansuétude pour les vaisseaux marchands battant pavillon de l'Altanat qui tomberont entre ses mains.

– Vous récoltez ce que vous avez semé, fit observer Karmana qui se tenait à proximité. Quant à moi, je suis étonnée que vous ayez été si facilement détourné de vos desseins.

L'altan se tourna vers elle, puis il regarda Raven, avant de secouer la tête et de s'intéresser à la silhouette de Spellbinder, en pleine méditation.

– Elle ne comprend pas les exigences de l'honneur, dit-il, sans s'adresser à quiconque, à moins que ce ne fût à Raven.

Celle-ci eut honte de sa méfiance première. En dépit de ses nombreux défauts et de ses faiblesses, M'rystal, comme son père avant lui, était un homme de parole.

– Silence, ordonna Spellbinder. Il s'adressa ensuite à Jirrem. Conduis ce vaisseau en pleine mer, à l'écart de la flotte.

– J'ai vingt soldats à l'entrepont, lui rappela M'rystal. Si tu tentes la moindre perfidie, tu serviras de repas aux serpents de mer.

– Une situation dont nous avons une certaine expérience, murmura Raven.

Le petit vaisseau s'écarta prestement de la flotte qui se

balançait sur l'océan et piqua sa proue hors du vent, pour monter et descendre avec une amplitude qui donnait la nausée tandis que la mer s'efforçait de le retourner. Mais les vaisseaux de Sans Pitié n'étaient pas de ces plates embarcations qui faillissent à la première contrariété, et il aurait fallu une énorme tempête pour le faire chavirer. Le voyage fut inconfortable, mais le navire franchit les vagues avec une admirable maîtrise.

Enfin, Spellbinder ordonna qu'on amène la voile et qu'on jette l'ancre. La tache grise et indistincte de Kragg était un masque de brume au-dessus de la mer. La flotte était pour sa majeure partie invisible, mais deux navires chargés de soldats qui avaient suivi le vaisseau se trouvaient sur tribord, et leurs capitaines exerçaient une surveillance sans faille.

M'rystal s'assit près de la dunette et frissonna. Raven faillit lui demander pourquoi il se sentait obligé d'exposer sa frêle constitution aux éléments, mais elle supposa qu'il avait ses raisons et garda le silence. Elle s'assit, selon son exemple, dans l'abri de la resserre aux voiles. Au centre du pont, Spellbinder gardait les paupières closes.

Au bout d'un moment, elle l'entendit murmurer son nom, un chuchotement à peine plus fort qu'un souffle, mais pourtant audible d'elle.

– Ne t'effraie de rien de ce qui va se passer. Souviens-toi de ce que je t'ai appris de ma maîtrise des sorts.

– Je n'ai pas peur, l'assura Raven d'un ton égal.

– Je plonge par-delà le voile des ans, poursuivit le sorcier. En cet instant même, mon esprit explore les ères futures et je cherche chez les dieux et les sorciers à venir le sort qui m'est nécessaire. J'en possède déjà une moitié mais les formules qui en sont la clé résident dans l'esprit d'un homme qui n'est pas encore né, dont le peuple n'a pas vu le jour et dont le monde naîtra de celui que nous connaissons quand nous tous, ainsi que nos terres, serons fine poussière.

Ce flot de paroles presque silencieuses cessa. Tout en les prononçant, Spellbinder avait à peine bougé. Raven comprit qu'il l'amenait graduellement à prendre conscience de l'étrangeté qui était en lui ainsi que des arcanes du rôle qu'elle-même serait appelée à jouer en ce monde. Fragment après fragment, elle découvrait des faits et des informations. Elle était Raven, la maîtresse du Chaos, et elle savait au fond de son cœur, même si rien ne prouvait cette intuition, que son destin était guidé par les mystérieux prêtres de Kharwhan, l'île des Esprits. Ce que pouvaient être ces prêtres, Raven l'ignorait ; et pourtant Spellbinder, ce séduisant guerrier dont les prouesses à l'épée ne le cédaient en rien à celles de sa magie, cet exilé, était presque certainement un de ces énigmatiques prêtres, un homme… plus qu'un homme, peut-être… qui avait émergé des falaises noyées de brumes de la terre interdite.

Et pourtant, comment en être certaine ? Rien ne l'y autorisait, de fait. Il se pouvait que ce fut là ce que Spellbinder voulait qu'elle croie. Peut-être était-il bien autre chose qu'un prêtre-sorcier de Kharwhan.

À en croire Spellbinder, elle constituait, elle, Su'aan, Raven, le point focal des événements passés et à venir. Sa venue avait été prophétisée avant sa naissance ; elle était l'instant en mouvement vers lequel convergeaient toutes les puissances du destin. Elle était la messagère du Chaos et, par là même, c'était par elle que le monde futur prenait forme. Des mains invisibles la protégeaient, ainsi que celles de Spellbinder et les serres aiguës comme des dagues du grand oiseau qui volait si souvent à ses côtés.

Destinée à souffrir, destinée à conquérir, ignorant les ouvrages sacrés…

Les vers de la litanie lui revinrent à l'esprit et elle en fut glacée. Leur signification se tordait et se retournait dans sa tête. Une pauvre ritournelle qui lui avait paru dépourvue de sens quand Spellbinder la lui avait fredonnée pour la première fois. L'élégie d'une tribu antique, les derniers feux de leur religion, sans doute. Elle en avait entendu mille comme celle-là. Une berceuse qu'on chantait aux enfants au maillot, des paroles incohérentes dont seuls comptaient le rythme et la mélodie, son message et sa signification oubliés. Et pourtant, ce n'était pas une berceuse, une comptine douce et consolatrice qui aurait eu pour but d'endormir son âme et de tarir ses questions. Chaque fois qu'elle se la répétait, les paroles semblaient tonner, résonner sous son crâne, comme si quelqu'un ou quelque chose les lui hurlait pour qu'elle les comprenne, qu'elle entre en elles.

La vie, la mort, toutes deux sont enfouies, au fond de son regard enfantin.
Un nouveau monde est né, l'ancien se meurt. Qui peut comprendre ce jeu divin ?

Elle fut brutalement arrachée à ces sombres ruminations par une exclamation que poussa un des passagers sur le vaisseau des Loups.

Le spectacle qu'elle découvrait en se relevant lui retourna l'estomac. Seul Spellbinder, de tous ceux qui étaient présents, resta immobile, car il en était l'auteur.

La mer était devenue aussi calme qu'un étang, et sa surface argentée paraissait aussi luisante qu'une lame nouvellement forgée : aucune ride, aucune vague n'en gâchait le miroir. Autour d'eux, les murs de brume dansaient et se tordaient comme un tourbillon gigantesque, s'élevaient dans les airs selon une spirale, un maelström qui accélérait son flux pour devenir vertigineux.

Un son s'éleva alors dans le silence spectral, un piaulement, pleurard comme une bourrasque entre de hautes tours ou comme un cri lointain émietté par l'espace et le vent. Ce son s'enfla pour atteindre une ampleur terrifiante, et devenir un hurlement qui traversait le tournoiement des murailles de brume. Quand Raven jeta un coup d'œil vers Spellbinder, elle le vit les lèvres entrouvertes, les dents serrées, et elle se demanda si c'était lui qui produisait ce cri que le monde irréel qui cernait le vaisseau des Loups aspirait ensuite.

Le hurlement se fragmenta en une suite de cris distincts, des mots vraisemblablement, mais aucun qu'on ait jamais entendu dans les pays autour du Cœur du Monde. Chacun s'achevait en un sanglot essoufflé, cri de désespoir ou soupir involontaire aspiré dans un bruit strident pour tâcher de compenser l'effort prodigieux d'une entreprise aux proportions inhumaines.

La sueur ruisselait sur le visage de Spellbinder. Raven l'observait et se demandait s'il fallait courir à lui pour l'aider et lui essuyer le visage ; mais elle demeurait rivée sur place, comme le reste des passagers du navire, à observer les volutes de brouillard et à se demander où ils naviguaient. Dans quel espace, dans quel temps ? Elle leva la tête et, dans l'espace qui s'était ouvert au milieu du tourbillon de brume, elle aperçut les frémissements d'une lumière dorée, une ronde de bleus et de rouges, et de grandes langues de flamme colorées s'étiraient brièvement avant de disparaître.

C'est alors que se produisit le phénomène le plus dérangeant, car la mer s'enfonça, comme un mince bouclier de métal sous l'impact d'une hache ; il s'y imprima une grande entaille dont le vaisseau des

Loups occupait les profondeurs. Les bouillonnements de l'eau s'élevaient sur chacun des flancs, comme saisis par un courant qui se ruait vers eux et sous leur quille, sans que la petite embarcation en frémisse ni ne semble en aucune façon se ressentir de la fureur des flots. L'eau regorgeait de formes, de masses gigantesques et d'images effrayantes – des crânes noirs et des haumes brillants, qui se retournaient pour les regarder. Des personnages vêtus de robes exécutaient des gestes fous, des chariots tirés par des chevaux tournaient en cercle, des hommes nus les tenaient en respect du large fer de leurs lances. Des flammes passaient dans cette confusion, s'enroulaient autour des formes sous le satin des eaux avant de les consumer.

Brutalement, Spellbinder poussa une exclamation :

– Je le tiens ! Je le tiens ! Enfin !

Immédiatement l'encoche qui fendait l'océan se résorba, le vaisseau entreprit une vertigineuse ascension qui donnait la nausée, jusqu'à ce qu'il regagne le niveau de la mer. Le brouillard ralentit son mouvement, puis s'arrêta. Il élevait une dense muraille circulaire, comme ces formidables cyclones qui se déchaînaient parfois sur l'océan au Cœur du Monde.

Les vagues recouvrèrent leur mobilité et le vaisseau des Loups commença à tanguer de façon rassurante.

Spellbinder se leva, les yeux sombres, tout son corps en tension sous les légers vêtements de cuir qu'il portait. Il traversa le pont jusqu'au bastingage et regarda vers le large. Raven pouvait l'entendre marmonner des paroles incompréhensibles. De la main gauche, il exécuta les passes les plus complexes qu'elle l'ait jamais vu décrire et Raven se demanda où il avait acquis une telle dextérité.

C'est alors que l'autre nef jaillit de la brume.

M'rystal se précipita vers la lisse et se pencha par-dessus bord, le visage brillant d'étonnement et d'excitation. Ombre de Lune grimpa dans les premiers cordages et les autres se pressèrent en divers endroits pour observer le nouvel arrivant.

Le vaisseau, aussi spectral que l'avait été Argor dans l'arène, appartenait à la flotte de Sans Pitié ; sa gracieuse coque noire filait bas sur les flots, sa farouche figure de proue ricanait en fixant le navire où se tenait Raven tandis qu'il s'approchait. Au centre de la voile immense, gonflée à son maximum, l'œil mi-clos de la Déesse Mère, brodé en rouge, guidait le navire.

La mer et la brume brillaient à travers la structure immatérielle du vaisseau. Une mouette qui décrivait des cercles au-dessus de l'océan piqua vers la surface singulièrement calme et passa au travers du navire !

– Que voyons-nous ? interrogea Raven, saisie d'un effroi mêlé de fascination dont elle ne savait pas exactement la cause.

– Le vaisseau qui a enlevé Krya, répondit Spellbinder, et on entendit M'rystal pousser un cri de rage.

– Par le Crâne ! On m'a trompé ! S'il ne s'agit pas là d'un vaisseau des Loups de cette vermine des mers qui niche sur Kragg, je veux bien être un paysan de Kahrsaam ! Essaierais-tu de te jouer de moi, Raven ?

– Calme-toi, lui conseilla Spellbinder. Nul n'a affirmé que le bateau n'était pas un vaisseau des Loups, ni qu'il ne semblait pas conduit par des flibustiers de Sans Pitié, et même par Sans Pitié en personne. Mais regarde encore.

Le vaisseau fantôme approchait dans le plus parfait silence. Sur le pont, gardée par deux des hommes de Sans Pitié, se trouvait Krya, les cheveux empoissés de sel, le visage défait et hébété, et sa frêle silhouette n'exprimait qu'abattement et faiblesse. Les hommes à la manœuvre des voiles et à la barre étaient des Loups des Mers. Il eût été presque aussi impossible de disputer ce fait que de nier que la mer était verte. Jambes écartées, les yeux fixés sur les lointaines falaises de Kragg, Sans Pitié était là en personne : son heaume, sa barbe, sa hache et son attitude arrogante, tout témoignait sans conteste de l'identité de leur vieil ami Gondar.

Raven se sentit saisie par la crainte et le doute ; elle frissonna ; elle retint son souffle tandis que le vaisseau les croisait.

– Peuvent-ils nous voir ? chuchota-t-elle l'instant d'après.

– Non, la rassura Spellbinder, nous les voyons voguer ainsi qu'ils l'ont fait il y a plusieurs jours de cela. Le temps nous sépare, seul mon sortilège tiendra réunis les deux instants tant que je pourrai conserver à l'esprit les formules qui le suscitent. Pour l'instant, la tâche est aisée, mais dans quelques heures, ce sera épuisant, dans quelques jours, je faillirai et le sortilège sera perdu. Mais nous devrions bénéficier d'un laps de temps suffisant pour observer la course de ce vaisseau de faux Loups. Regardez, croyez-vous toujours que ce soit Gondar ?

La nef spectrale était à moins d'une portée de javelot de leur vaisseau. Raven s'aperçut que l'homme barbu qui en était capitaine n'était pas leur ami. En dépit d'une ressemblance saisissante, ce n'était là qu'un individu vêtu de façon à se faire passer pour Gondar. Son visage était plus fin et ses bras ne possédaient pas les muscles proéminents, les veines noueuses qui caractérisaient l'impressionnante puissance physique du seigneur de la guerre de Kragg.

– Ce n'est pas Sans Pitié, acquiesça Raven. On a cherché à donner le change.

M'rystal appelait Krya, comme si ses paroles avaient pu traverser la barrière du temps et attirer sur lui les regards de sa femme. Elle sanglotait, secouait la tête, pleurait à chaudes larmes, pourtant aucun bruit ne leur parvenait. M'rystal pleurait aussi ; il abandonna le bastingage et courba la nuque.

– Elle est au-delà de ma portée, s'écria-t-il. N'y a-t-il aucun sortilège qui puisse me la ramener ?

– Tu la vois telle qu'on l'a conduite vers Kragg, il y a plusieurs jours, dit Spellbinder sans répondre directement à sa question. Elle est ailleurs, désormais ; en suivant ce vaisseau, nous découvrirons l'endroit exact où elle est retenue captive.

Le cri de fureur poussé par Ombre de Lune surprit tout le monde. Spellbinder se tourna pour regarder le guerrier et le découvrit accroché dans les cordages, le visage blême, les phalanges blanchies par l'effort. Il fixait le vaisseau fantôme qui s'éloignait et, quand Raven se tourna pour voir ce qui avait attiré son attention, son cœur cessa de battre et un hurlement de rage jaillit de ses lèvres.

– Donwayne ! s'exclama-t-elle.

Karmana accourut à ses côtés, choquée et folle de colère d'être passée si près de l'ignoble personnage. L'épée tirée, Raven se pencha au-dessus des flots, comme si elle avait pu le capturer dans les replis de son manteau pour le ramener vers elle. Le maître d'armes se tenait là, les regards perdus en direction de l'est et, si ses yeux traversaient Raven, ils donnaient l'impression de bien la voir, car Donwayne avait sur le visage un sourire qui laissait transparaître sa satisfaction autant que la noirceur de son âme. Il semblait dire : « Je vis, garce ; ton épée n'a frappé que le vide. Je vis et ton viol demeure impuni. »

– Poursuivez le vaisseau ! s'écria Raven. Je veux avoir sa tête ! Je veux avoir sa vie !

– Non, l'interrompit Karmana en se retournant vers

elle. Il m'appartient ! C'est à moi que revient l'honneur de sa mort. Tu as déjà eu ta chance. Maintenant, tu dois me le laisser !

La fureur baignait ses traits d'une expression presque inhumaine, ses yeux étaient plissés, sa respiration sifflait entre ses dents crispées. Raven se retourna lentement vers elle, prête au combat, prête à abattre rapidement la femme des tribus nordiques afin qu'elle ne puisse frustrer sa quête de vengeance. Spellbinder les incita au calme.

– Regardez plutôt qui se tient à ses côtés. Regardez qui est l'instigateur de cet enlèvement.

Raven se retourna et, pour la première fois, elle vit l'homme qui se tenait auprès de Donwayne.

– Belthis, souffla-t-elle et son cœur se changea en glace.

Vêtu d'une robe rouge et blanc, de l'argent luisant sur son front et autour de son cou, Belthis était à peu près tel que Raven se le rappelait. En dépit de son corps frêle et racorni, c'était le froid et l'implacabilité qu'il suggérait. Ses yeux d'ambre brûlant franchissaient le gouffre de la mer et des jours ; ses traits cadavériques, la barbe blanche duveteuse emplissaient Raven d'un sentiment d'horreur et de crainte. Il ne souriait pas ; c'était plutôt de l'étonnement qu'on lisait sur son visage. Il fouillait les cieux, baissait les regards sur l'océan, reniflait. Il paraissait nettement contrarié.

– Par l'île des Esprits, murmura Spellbinder, il nous sent. Il peut percevoir le sortilège. Non… attendez… il perçoit quelque chose, mais sans savoir de quoi il s'agit. Belthis est un imbécile, ou peut-être est-ce le froid ou l'inconfort de la traversée. Voyez ce haussement d'épaules ! Il a choisi de ne pas tenir compte de ses soupçons. Il nous a perçus et n'a accordé aucun crédit à cette impression. Spellbinder adressa un sourire à Raven. Il n'y a aucune magie, aucune protection, là-dedans, Raven. Nous avons eu de la chance, voilà tout.

– Belthis, depuis le début..., répéta Raven, incrédule. Mais qu'est-ce qui le pousse à cela ? Une vengeance contre M'rystal qui l'a chassé ? Et pourquoi avoir choisi une route aussi complexe ? Pourquoi aller en direction de Kragg ? Oh ! Spellbinder, il n'y a là-dedans aucune logique ! Et que fait Donwayne à ses côtés ?...

De nouveau, elle fixa d'un œil dur la forme arrogante du maître d'armes et elle en eut la chair de poule, son estomac se tordit d'un malaise, réel ou imaginaire.

– Toutes les questions trouveront leur réponse, déclara Spellbinder. Cela fait quelque temps que je soupçonnais Belthis de tremper dans cette affaire, sans pouvoir en avoir la certitude. Nous avons au moins mis son rôle en lumière. Quand nous aurons identifié le lieu où il emporte Krya, nous pourrons rendre service à M'rystal et régler une vieille dette.

L'altan, debout à ses côtés, hocha la tête avec empressement.

– Je vous rétribuerai bien pour un tel service. Vous aurez de l'or, les portes de toutes les grandes métropoles de mon royaume vous resteront éternellement ouvertes, nous oublierons tout ce qui a pu nous opposer.

– Il faut faire demi-tour et suivre le vaisseau spectral, déclara Spellbinder, tandis que Belthis quittait la poupe et disparaissait dans l'entrepont.

La nef fantôme se glissa dans les murailles de brume. Raven se retourna vers Ombre de Lune, vers l'endroit qu'il avait occupé dans les cordages, afin de lui demander la raison de son cri de rage.

– Il a disparu, s'écria-t-elle. Ombre de Lune ! Où es-tu ?

– Là, indiqua Silver.

Raven se pencha par-dessus la lisse et vit Ombre de

Lune nager entre les vagues à la poursuite du fantomatique navire. Il avançait comme si une énergie inconnue le poussait en avant. Ses bras soulevaient des gerbes d'écume, ses pieds battaient la surface et pourtant il nageait plus vite qu'on ne l'aurait cru possible avec un style aussi rudimentaire.

– Ombre de Lune ! Le navire est immatériel !

L'étrange personnage ne sembla pas entendre. On l'entendit prononcer un mot unique, étouffé par la mer qui giflait sa bouche. Le mot « Crugoan ».

– Quel est ce nom ? demanda Spellbinder, l'air troublé. Il m'emplit de crainte, or je ne le connais pas.

– Il est à la poursuite de cette chose appelée Crugoan, expliqua Raven. J'ai appris cela de l'oracle d'Uthaan. Mais je ne sais rien de plus.

Ombre de Lune avait atteint la coque spectrale du vaisseau et, épuisé, il se laissait flotter, réalisant que l'objet de sa quête, quel qu'il fût, était pour l'instant hors de portée de sa vengeance. Spellbinder guida le vaisseau des Loups dans sa direction et Jirrem sauta par-dessus bord pour tirer le guerrier épuisé des eaux glacées. On déploya la voile et la poursuite commença. Spellbinder conservait la nef fantôme bien en vue tandis qu'elle quittait la zone de brume et franchissait, suivie par le *Brise-Lames*, les rangs des navires qui formaient la flotte de l'altan.

Il dépassa le goulet de l'étroit chenal qui menait à Kragg, et Raven éprouva un solennel triomphe à voir Sans Pitié si totalement, si complètement lavé de tout soupçon.

Incapable de supposer plus longtemps que Raven et Spellbinder étaient ses ennemis, M'rystal prit congé du vaisseau des Loups et regagna son navire amiral.

– Suivez-les, ne les perdez pas de vue, demanda-t-il à Raven, pour moi et pour Krya. Quand vous saurez où ils se terrent, nous établirons une stratégie commune pour la délivrer. Avez-vous besoin de renforts ?

– Pas pour le moment, répondit Raven. Il ne s'agit encore que de jouer au chat et à la souris. Rentre sur Kahrsaam avant d'apprendre qu'elle n'est plus que ruines.

M'rystal eut un rire.

– Certes, je suis demeuré éloigné trop longtemps déjà. J'attendrai vos nouvelles avec impatience.

Tandis que la puissante flotte était engloutie dans les replis de la brume, le vaisseau des Loups entama la poursuite véritable.

Ombre de Lune était couché dans l'entrepont, où il se tordait en hurlant. Il répétait sans cesse ce mot étrange, « Crugoan », et rien de ce que Raven ou Spellbinder purent lui dire ne sembla parvenir à sa conscience.

Raven savait qu'Ombre de Lune cherchait à présent la même chose qu'elle, mais était-ce sous les traits de Donwayne ou sous ceux de Belthis qu'il avait reconnu le Noir Sorcier ? Elle resta assise sous le pont, dans la pénombre de la cabine et observa l'homme blême en proie à une succession de cauchemars. Il finit par succomber à un sommeil profond et difficile.

Et tout près, séparé pourtant par les vents et le temps…

L'océan était calme, brouillé par la réverbération du soleil en ce milieu d'après-midi. Les grandes colonnes rocheuses de Kragg montaient des eaux dans le lointain, piton sombre et menaçant au cœur de l'océan. Un homme observait l'île et songeait à la piètre et futile existence qui avait cours sur ce plateau. Il eut un sourire sardonique en songeant à la manière dont il avait mis à profit cette vie, mais ses ambitions embrassaient de plus grands empires que le monde de boue et de roc qu'englobait la forteresse du flibustier des mers.

Soigneusement enserré dans son manteau et son épaisse tunique, l'homme s'adossa au bastingage arrière du navire et observa l'embarcation qui tanguait doucement sous la houle. Il sentait la sueur âcre des esclaves affairés dans les gréements et à la barre et, plus près de lui, l'odeur morte d'un guerrier, le noir guerrier qui ne lui servait à rien pour l'instant mais dont la présence en ce monde se révélerait bientôt tellement précieuse.

Aussi immobile que les rochers de Kragg, le guerrier se dressait sur la dunette et regardait la mer sans la voir. L'esprit, si on pouvait le qualifier ainsi, sans doute empli de l'image des morts et des agonisants et du sifflement d'une lame qui frappe dans la chair et dans l'os.

Par-delà ces odeurs et la puanteur entêtante de la mer même, le petit homme n'avait perçu aucun indice de magie, pas plus que le fumet âcre de l'homme qu'il haïssait et dont il ambitionnait la mort avec autant de ferveur qu'il souhaitait la puissance.

Le vaisseau fendait les flots en direction de l'est et l'homme se détendit, plein de l'arrogante certitude que cette phase de son voyage avait échappé à tous les observateurs.

11

> Orgueil et efficacité sont antagonistes. Quand ils cohabitent, ils constituent une faiblesse qu'on peut trancher comme la gorge d'un homme.
>
> *Les Livres de Kharwhan*

Si le plan de Belthis était rapidement devenu limpide, les raisons de l'enlèvement demeuraient obscures. Raven pensait qu'une vengeance contre M'rystal était bien invraisemblable. Toutefois, la lucidité du sorcier apparut bientôt.

Après le rapt de Krya, le faux vaisseau des Loups, spécialement construit, sans aucun doute, avait suivi une route directe et nette en direction de l'ouest, distançant tous les navires qui s'en étaient approchés, non sans leur donner tout loisir d'apercevoir la nature du bâtiment, le simulacre de Gondar et le corps de Krya qui se débattait à son bord. La rumeur du forfait de Sans Pitié s'étant rapidement répandue, quel marchand aurait risqué l'abordage à suivre un vaisseau des Loups ?

Belthis avait longé de nuit l'embouchure du chenal vers Kragg. Spellbinder mit en évidence les indices qui lui permettaient de conclure que la nef fantôme avait ensuite poursuivi sa course de nuit et non de jour. Nul sur Kragg n'avait perçu la ruse et, à l'aube, suivi à distance par Raven et ses compagnons, le navire de Belthis avait jeté l'ancre sous l'escarpement précis à l'abri duquel se trouvait encore l'embarcation de Raven.

La brume n'avait pas tardé à apparaître, dans les jours passés où évoluait la nef fantôme, et le vaisseau trompeur en avait profité pour se risquer à nouveau sur l'océan.

Personne parmi ceux qui avaient pu le croiser n'avait pu douter qu'il filait vers Kragg. Mais désormais, il revenait vers le nord-est, en abandonnant le royaume de Gondar.

Raven, qui avait profité du retour sous la corniche pour prendre à bord du *Brise-Lames* le restant de ses mercenaires, fit de nouveau voile à la poursuite de Belthis.

– Je m'épuise déjà, avoua Spellbinder, tandis que Kragg disparaissait derrière eux, gommée par le lointain et les brumes marines. Il faudra rapidement localiser la destination de Belthis, car je vais être incapable de soutenir ce sortilège plus d'un jour ou deux.

Raven, assise à ses côtés, lui caressait le visage de ses mains, essuyait la sueur de son front. Spellbinder s'amaigrissait, il devenait squelettique pratiquement sous les yeux de la guerrière. Sa peau tirée jaunit et prit une coloration effrayante. Ses yeux devenaient vitreux et, quand Raven lui saisit les mains, elle sentit combien elles étaient froides, combien elles tremblaient.

– Abandonne immédiatement, lui dit-elle. Il se dirige sûrement vers quelque crique sur la côte nord de l'Altanat, au-dessus du fleuve Irkard.

Spellbinder secoua la tête.

– Je ne suis pas aussi mal en point que j'en ai l'air, je suis simplement affaibli. Je sais combien de temps je peux tenir et, tant que je ne me sentirai pas en danger, je conserverai le vaisseau fantôme devant nous. Quand mon esprit ne sera plus à même d'assurer son rôle, je laisserai les forces du temps reprendre l'illusion, ainsi que le sortilège que j'ai puisé dans le lointain futur. Il sourit. J'ai une certaine habitude de ce genre de choses. J'utilise des sorts qui appartiennent à toutes les ères concevables. Je connais parfaitement le prix à payer et j'y suis accoutumé. Ne crains rien, Raven. Réserve plutôt la chaleur de tes attentions pour Ombre de Lune. Quand nous découvrirons la destination de Belthis, il voudra lancer l'assaut, alors qu'il nous faudra d'abord revenir auprès de l'altan.

– C'est à Donwayne que je réserve mes plus brûlantes attentions. Il ne m'échappera pas deux fois.

Spellbinder parut troublé.

– Méfie-toi des spectres, dit-il. Méfie-toi des illusions. Ne t'engage pas dans une vengeance personnelle contre un spectre.

– Je me consume, Spellbinder, je me consume intérieurement. Mon ventre est embrasé, mon cœur, ma chair… Je bous de me défaire de son ignoble contact. Je brûle de le voir à nouveau mort, et bien mort cette fois.

– Pourras-tu un jour être certaine de l'avoir tué ? L'absence de certitude rend futiles toutes les quêtes.

– Repose-toi, lui dit Raven, pour mettre fin à cette discussion dont l'imparable logique l'irritait.

Quelques heures plus tard, le vaisseau qu'ils poursuivaient changea brutalement de cap. Un vent s'était levé dans le monde présent et le vaisseau des Loups en affrontait les fureurs. Il se retrouva drossé vers le nord, en grande peine de maintenir son cap derrière le vaisseau fantôme qui connaissait des eaux plus calmes.

– Il se dirige vers Lym, annonça Ombre de Lune, en étudiant avec une attention soutenue les cartes de la côte orientale. Si nous ne l'avions pas poursuivi jusqu'ici, nous nous serions imaginé qu'il avait fait escale du côté de Salit.

– Il retourne à Lym ? demanda Karmana, étonnée. Ça n'a pas de sens.

– C'est le dernier endroit auquel nous aurions pensé, fit remarquer Ombre de Lune. Cette seule considération est déjà une justification, particulièrement maintenant qu'il a fait repeindre la coque et qu'il arbore de nouvelles couleurs.

Raven l'approuva.

– Mais s'il a changé de direction une fois, il peut recommencer.

Dans la cabine voisine, Spellbinder gémit sous l'effort de concentration et Raven courut le retrouver, pour l'apaiser et lui baigner le visage. Il avait les traits tirés et tendus, ses yeux étaient vitreux et sa peau, parcheminée de façon inquiétante, était froide et moite sous les doigts.

– Je ne pourrai guère tenir plus longtemps, annonça-t-il.

Raven acquiesça, la mine sombre.

– Belthis joue la prudence. Il y a cent ports au nord de Lym et il ne fera pas voile vers sa destination réelle avant d'être certain qu'il a confondu tous les observateurs éventuels. Il faut absolument que tu tiennes encore un peu. Tu trouveras bien l'énergie suffisante quelque part.

Spellbinder ferma les paupières et frissonna. La sueur perla sur son visage et Raven l'épongea avec sa manche.

Quand le sorcier parla, ce fut d'une voix faible, comme s'il était au bord de l'effondrement.

– Nous n'avons qu'un avantage : Belthis ignore qu'on l'observe et il aura cherché à donner le change sur sa destination réelle par simple acquis de conscience. Il s'estimera bientôt suffisamment rassuré pour mettre le cap sur son port effectif. Je soupçonne que ce sera vers le nord. Observe-le sans faillir.

Le lendemain, la nef spectrale amena la voile et mit quelque temps en panne. Raven, debout sur le pont, surveilla l'activité à son bord. Belthis allait et venait sur le pont d'une allure empressée ; il humait l'air, il estimait les vents. Il restait par instants les yeux perdus vers les lointains. Donwayne l'accompagnait dans tous ses déplacements d'une démarche puissante mais mécanique : son armure et sa masse musculaire lui interdisaient des mouvements plus fluides.

Au bout d'un long moment, Raven, qui le scrutait par le truchement d'une lentille grossissante, vit Belthis secouer la tête et sourire. Il donna une claque sur l'épaule du maître d'armes, et la guerrière vit bouger les lèvres de Donwayne quand celui-ci communiqua de nouvelles instructions à l'équipage.

La nef fantôme s'orienta vers le nord selon une route qui la mènerait au-delà de Vol.

La chasse reprit. Des vents favorables, qui soufflaient dans le temps spectral, creusaient rapidement l'écart qui les séparait de Belthis. Les mercenaires maudirent le ciel plus serein de la réalité, qui ne leur permettait pas d'atteindre une vitesse comparable. Mais, la nuit écoulée, la situation se renversa et le lendemain, le vaisseau immatériel était de nouveau en vue.

Au bout de quelques heures, la destination de Belthis et de la captive qu'il ramenait en butin ne faisait plus aucun doute.

– Le fleuve de Glace, annonça Raven à Spellbinder. Il vient de dépasser Vol et il n'y a plus aucun endroit où jeter l'ancre à part la cité en ruine sur l'estuaire du fleuve.

– Quelqu'un aurait-il… chuchota Spellbinder, qui

désormais n'avait plus guère la force de parler, quelqu'un aurait-il le sentiment qu'il cherche encore à nous donner le change ?

– Non, c'est bien là sa destination, nous en avons tous l'intime conviction.

– Alors, je libère le sortilège, de cette manière, et il ouvrit les paupières, cria des mots étranges et exécuta deux passes rapides de la main.

Raven ne remarqua rien de particulier, mais, un instant plus tard, Jirrem leur cria que le vaisseau fantôme s'était évaporé.

Raven sourit à Spellbinder : il respirait avec peine et chercha à prendre la main de la guerrière. Elle lui essuya le visage avant de serrer le corps secoué de frissons du sorcier contre le sien.

– Beau travail, mon mystérieux ami.

– Laisse-moi dormir, demanda-t-il. Je serai bientôt sur pied.

Désormais certains de la destination de leur ennemi, ils rebroussèrent chemin vers le sud, avec l'intention de doubler Vol et de jeter l'ancre à Salit, avant d'aller à cheval instruire M'rystal des nouvelles. Ombre de Lune accueillit cette nouvelle avec un calme surprenant. Ses regards s'attardèrent vers le nord, mais on avait l'impression à le voir d'un homme qui n'a pas renoncé à ses plans personnels en se conformant à une stratégie plus globale ; simplement, il semblait regretter la perte du contact et le feu que cela avait entretenu dans son âme.

Spellbinder recouvra rapidement ses forces et ses couleurs, quoiqu'il demeurât encore hâve et hagard. Mais, revêtu de son armure noire, l'épée pendue sur la hanche, il paraissait bien loin de l'homme épuisé qui avait tenu si longtemps captive une vision du passé qu'il avait failli en mourir.

Spellbinder, Raven, Ombre de Lune, Silver et Karmana se regroupèrent autour d'une carte remarquablement détaillée. Elle indiquait les courants marins et les hauts-fonds, décrivait les routes possibles et les pistes qui s'enfonçaient dans les terres à partir des côtes périlleuses de l'Altanat.

Elle couvrait le Nord jusqu'au-delà de Vol, où commençaient à apparaître des lacunes. Entre le fleuve de Glace et l'Irkhard se déployait un no man's land de vallées encaissées et de rudes collines, de lacs stagnants et de voies fluviales sinueuses dont les méandres enserraient de petites communautés peu enclines à se réclamer d'une quelconque allégeance, que ce soit auprès des communautés voisines ou des royaumes principaux qui entouraient l'océan au Cœur du Monde. Au-dessus du fleuve de Glace jaillissaient les monts Gelés, des montagnes infranchissables, dont les cimes vertigineuses étaient prises dans des calottes de neige et de glaces éternelles. La cité en ruine, une immense métropole fracassée, gardait l'embouchure du fleuve et constituait un avertissement terrible, annonçant que les déserts glacés en cette partie du monde ne devaient pas être abordés à la légère. Les glaciers étaient autrefois descendus des montagnes et avaient broyé la majeure partie de la ville sous leur inexorable progression. Ils avaient également écrasé les habitants entêtés dont les ossements, Raven le savait, se trouvaient encore sur les lieux, mêlés aux ouvrages de brique qu'ils s'étaient refusés à quitter tant de siècles auparavant.

Par-delà les pics, c'était Quwhon, un pays inconnu dont n'existait aucune carte, craint par tous, et rarement visité. Il y en avait pour prétendre qu'ils y étaient entrés et en étaient revenus, pour parler de visions, de peuples et de créatures extraordinaires et fabuleux. Mais il n'y avait pas deux relations de voyage qui concordaient et il était difficile de penser qu'elles pouvaient être autre chose que des racontars colportés par les mineurs de l'étroite bande côtière de Quwhon, la seule portion accessible de ce pays mystérieux, longée par une piste de caravanes au nord-ouest. On croyait plus volontiers qu'aucun des explorateurs qui s'étaient risqués à l'intérieur de ces territoires n'en était revenu. D'ailleurs, à qui aurait même voulu tenter l'aventure, Quwhon n'avait que la folie à offrir, et la mort.

– Il a sûrement un refuge dans les monts Gelés, déclara Spellbinder. C'est là qu'il l'a emmenée. Mais regardez combien le fleuve se divise sur ce qu'on connaît de son cours ! Il a pu aller n'importe où et remonter n'importe quel affluent.

– Mais il est là, déclara Raven en posant le doigt sur les monts. Et M'rystal doit en être rapidement informé. Toute ses ressources seront nécessaire pour faire sortir Belthis de sa tanière.

– Peut-être pas, répondit Spellbinder, songeur. Ce n'est pas par simple goût de la vengeance que Belthis a agi. Il a une idée derrière la tête. Il se peut qu'il sorte de sa cachette sous peu. En fait, j'en suis pratiquement certain.

Comme en écho de cette remarque, un cri tomba de la vigie. Raven escalada d'une traite la courte échelle de coupée pour émerger sur le pont, la main posée sur son épée. Elle leva les yeux vers l'origine de la clameur et vit Arreena, suspendue dans les sangles de vigie à la pomme du mât.

– Plein est, à l'horizon, annonça-t-elle. Vol. Et voyez ce qui la garde…

Raven, suivie de près par Spellbinder, courut au bastingage tribord. Perçant les embruns, son regard se porta au loin sur les hautes collines où s'adossait Vol. Elles offraient une vision réconfortante de terre ferme. Le port et la ville proprement dite tranchaient comme un éclair vague sur le flanc fauve des collines. Mais entre le vaisseau des Loups et le port s'interposait une flotte de navires. Un blocus !

– Rapproche-toi de la côte, que nous puissions voir à quoi ressemble cette armada.

Le *Brise-Lames* changea de cap et la voile fut en partie amenée afin de réduire la vitesse de leur course.

Ils purent bientôt distinguer la pataude tour de bois qui se dressait sur un îlot rocheux, à un kli du port environ. Aucun feu de bienvenue n'était allumé sur ce phare et Raven aperçut les cadavres qui jonchaient le roc noir. Ceux qui avaient envahi Vol s'étaient assurés qu'aucun message ne risquait de franchir les vastes distances qui séparaient les villes de la côte de celles de l'intérieur des terres.

L'armada semblait cousue de fragments disparates, venus de nombreux pays. Il n'y avait pas deux vaisseaux semblables, aucun pavillon qui aurait permis une identification ne flottait aux mâts. On trouvait côte à côte des bateaux à un seul ou à trois mâts, des vaisseaux des Loups et les jonques pansues à proue carrée sur lesquelles les Conil Nachta écumaient les fleuves. Ces dernières étaient les plus nombreuses. Spellbinder, le premier, nota ce détail, qui devint alors évident. Pour chacun des bâtiments malmenés mais capables de flotter venant de l'ouest ou du sud, on comptait une jonque élégante et bien armée appartenant à la ligue des Conil Nachta, un royaume tribal qui occupait les territoires au nord du fleuve de l'Acier. Elles avaient deux mâts, chacun pourvu de deux larges voiles triangulaires dont le tissu vert ondulait sous le vent, avec les emblèmes de différentes tribus : des crânes à deux faces, un cercle d'os, des épées croisées au-dessus d'un casque ailé.

– Nous avons affaire aux Viikrach, aux Dowfraich et aux Wiafrach, dit Spellbinder quand les voiles furent complètement déployées et que la flotte se tourna pour leur faire face.

– Ce sont des tribus puissantes, qui se sont emparées de tous ces vaisseaux au cours de leurs batailles, génération après génération. Mais elles vivent en paix avec l'Altanat et ne guerroient qu'entre elles, ou avec les Lorns, qui traversent le fleuve Nachta pour effectuer des raids. Que font-elles ici ?

L'un des bâtiments se porta à leur rencontre. Jirrem lança un avertissement en voyant qu'on installait un grand onagre en proue. Les vaisseaux disposaient de passerelles et de rampes capables de supporter les hommes et de permettre des abordages, mais une telle utilisation de la puissance navale des Tribus était rare ; certes, il avait été une époque, quelques années auparavant, où de féroces batailles navales les avaient opposées sur le lac des Morts aux tribus de la rive orientale. Mais leurs instincts belliqueux avaient été en sommeil depuis lors. Était-ce Belthis qui les avait réveillés ?

Une grosse pierre siffla près de leur vaisseau et s'abîma dans les flots, trop près d'eux pour ne pas les inquiéter sérieusement ; le nuage d'embruns glacés soulevé passa sur le pont et Spellbinder ordonna à Karmana, à la barre à ce moment, de tourner à nouveau le *Brise-Lames* vers le sud. Le navire Viikrach les poursuivit un moment, mais ils ne tardèrent pas à le distancer.

– Avez-vous remarqué le petit nombre de vaisseaux qui suffit au siège du port ? leur demanda Spellbinder tandis que Vol s'estompait au loin.

– Guère plus d'une quinzaine, mais voilà l'un des plus efficaces blocus que j'ai jamais vus.

– Si les Conil Nachta sont derrière tout cela, s'enquit Raven, disposeront-ils de suffisamment de bâtiments pour opérer le blocus de tous les ports de l'Altanat ?

– Largement, affirma Jirrem. On raconte que les tribus orientales de la Ligue sont les ultimes vestiges d'une grande nation navale qui avait autrefois la maîtrise de toutes les côtes qui bordent le grand désert de Nachta. Leur habileté n'a jamais été perdue et l'on sait bien qu'ils ont construit des navires sur le lac des Morts et dans les eaux dormantes du fleuve Nachta. Je l'ai d'ailleurs constaté de mes yeux. Il y a des communautés entières qui vivent sur des jonques comparables à celles qui assiègent Vol ; elles sont camouflées sous des feuillages et dissimulées par les méandres naturels du fleuve. Il y en a plusieurs centaines, toutes parfaitement capables de naviguer sur l'océan. On les maintient en parfait état à cause des légendes de la reine guerrière, Irika : elle a disparu au cours d'une grande bataille navale, il y a mille ans, mais on prétend qu'elle vogue toujours dans les brumes au Cœur du Monde, en attendant de revenir pour conduire son peuple de tribus réunies vers une victoire triomphale sur les tribus, tout aussi légendaires, de Dunaag.

– C'est fascinant, reconnut Raven, mais je ne crois pas qu'un tel jour soit arrivé. Nous ne sommes pas en présence de l'accomplissement d'une légende, mais d'une guerre sérieuse.

Arreena descendit du pont, rompue au terme de son tour de garde à la vigie.

– Tous les petits ports de la côte sont surveillés par la mer et par la falaise, annonça-t-elle. Celui qui s'est emparé de l'Altanat a fait le nécessaire pour que personne ne puisse y pénétrer par aucune route.

– Une conquête admirable, si c'est bien de cela qu'il s'agit, conclut Spellbinder.

Raven remarqua que son visage avait retrouvé une pâleur mortelle.

Le vaisseau fit précipitamment voile vers le sud-est et parvint enfin en vue des eaux de Salit, le plus grand des ports, dont le réseau de quais et de canaux s'enfonçait profondément dans les terres pour compenser le manque d'un système fluvial adéquat. Lorsque la côte et les bâtisses en brique de la ville mordirent sur l'horizon, elles furent accompagnées d'un panorama de voiles. Tout le champ de vision qui s'offrait en proue aux passagers du *Brise-Lames*, du port, à l'est, jusqu'à l'ouest, était envahi de bateaux : des voiles vertes, rouges et blanches, des navires noirs et courtauds, d'autres, fins et élancés, peints de lignes jaunes et couverts de visages et de dessins qui les faisaient ressembler à des oiseaux grimaçants posés sur les eaux brillantes.

Raven et ses compagnons s'approchèrent et se mirent de nouveau en panne pour observer la situation ; ils purent alors distinguer deux flottes en présence.

Au retour de Kragg, c'est vers Salit que M'rystal avait fait voile, avec l'intention, en chevauchant vers l'intérieur des terres avec une petite troupe jusqu'en son palais de Kharsaam, de s'épargner le délai que lui aurait coûté la traversée du fleuve Lym à son embouchure. La surprise, toute récente, avait été de taille.

Salit, comme Vol, comme tous les petits ports entre les deux cités portuaires – sans doute comme Lym même – était assiégée. Cinquante vaisseaux au bas mot, chacun disposé en des points stratégiques qui décuplaient sa valeur. Raven reconnaissait les jonques des Conil Nachta et les mêmes regroupements de vaisseaux étrangers. Elle distingua un autre type de bateau à l'aspect remarquable, dont la coque haute et la proue dressée indiquaient qu'il s'agissait d'un transport de chevaux. L'un d'entre eux arborait au sommet de son mât unique, au-dessus de la voile carguée, un pavillon que Raven ne sut identifier : un long gonfanon, mince, bifide comme la langue d'un serpent des sables. L'emblème était formé de deux yeux étroits, séparés par un grand sabre recourbé.

– Par la Déesse Mère, murmura Jirrem, c'est le pavillon des Fils de Lorn, les nomades du désert qui s'étend par-delà la Lym.

– Des nomades en bateau ? s'étonna Ombre de Lune en secouant la tête. En vérité, certains de vos pays défient toute compréhension.

– Ce ne sont pas de simples nomades, expliqua Jirrem, ils possèdent de grandes villes, dont beaucoup sont cachées de la mer derrière de hautes falaises. Leurs chefs sont nombreux, mais un seul seigneur de la guerre les domine et gouverne Lorn : Cru'arthaa Yeux de Jade. Leur flotte modeste est d'ordinaire utilisée pour la capture d'un occasionnel navire de commerce qui se sera aventuré dans leurs eaux. Ils gardent leur pays avec la dernière férocité et se combattent perpétuellement. Mais, par-dessus tout, ils sont en lutte avec la ligue tribale des Conil Nachta. Une bataille fluviale est un extraordinaire spectacle. J'ai combattu pour les Dowfraich en tant que mercenaire. Ils ne s'affrontent que dans l'eau et on accorde à tous ceux qui périssent le libre passage vers la mer. Des mois après un grand massacre, l'estuaire du fleuve Nachta est engorgé de cadavres et l'air s'alourdit de leur puanteur.

– Ainsi donc, Lorn et Nachta sont alliés, unis contre l'altan et en possession de son royaume.

Spellbinder tapotait la carte du doigt pendant qu'il parlait.

– Peu d'hommes auraient été capables de conclure une telle alliance, poursuivit-il.

– Et combien pourraient la briser ? demanda Raven.

Quand Spellbinder leva les yeux vers elle, elle sourit.

– Les alliances difficiles sont faciles à rompre. Tout ce qui retient ensemble Lorn et Nachta, c'est la promesse d'un butin à se partager ; la cupidité n'est pas une base solide pour une alliance, dit le sorcier.

– Nous n'en savons rien, fit remarquer Silver. D'ailleurs, si je peux parler en mon nom propre, la cupidité me semble une excellente raison. C'est la cupidité qui me fait désirer une alliance avec toi, Raven. En fait, je veux bien me reposer sur toi sans contrepartie et je me verrais défait avec joie.

Raven poussa un soupir sonore. Elle ignora Silver et ses phrases équivoques, mais sans animosité.

– Ce qui m'intrigue, reprit-elle en indiquant la flotte de M'rystal, c'est qu'il n'ait pas attaqué. Le blocus tiendrait quelques heures, mais M'rystal est le plus fort, sans aucun doute.

– Certes, concéda Spellbinder en roulant la carte. Il regarda le ciel. La nuit sera tombée d'ici une heure. Je doute que l'altan fasse quoi que ce soit avant l'aube, maintenant.

– Votre M'rystal m'a l'air d'un homme qui souffre d'indécision chronique, commenta Ombre de Lune. S'il n'a rien fait à l'heure qu'il est, il serait étonnant qu'il ait accompli quoi que ce soit de plus demain soir à la même heure.

Raven hocha la tête, l'air sombre.

– Tu ne m'apprends rien. Mais M'rystal a déjà conduit son pays à la guerre et je ne vois pas de raison pour qu'il n'agisse pas de même cette fois-ci. Je suppose, en sa faveur, qu'intervient ici un élément dont nous ne savons rien.

Sous le couvert de la nuit, le vaisseau des Loups glissa de nouveau vers le nord, quelques klis plus haut sur la côte jusqu'en un point où celle-ci, si elle ne permettait pas de débarquer ne fût-ce que quelques hommes, restait toutefois accessible à un bon nageur. Raven, Karmana et Ombre de Lune enjambèrent le plat-bord et fendirent les flots glacés jusqu'à ce qu'ils sentent le roc sous leurs pieds.

En grelottant de froid, ils virent le salut que leur adressait Spellbinder, tandis que le vaisseau des Loups s'enfonçait dans la nuit, vers une nouvelle confrontation entre le sorcier et M'rystal.

Trempée et glacée, Raven, entraînant ses compagnons, parvint à atteindre le haut de la falaise. Là, couchés sur le ventre dans l'herbe, tous observèrent le territoire obscur qui s'étendait devant eux en tentant de déchiffrer dans les rares lumières tout indice d'un mouvement ennemi.

– On dirait qu'il y a une sorte de bâtiment en face de nous, mais aucune ville.

Ombre de Lune s'était à demi redressé pour mieux voir. Raven le tira pour qu'il se recouche.

– Il y a une petite ville à deux klis à l'intérieur des terres. Nous obtiendrons toutes les informations nécessaires dans une des tavernes que nous y trouverons.

– Je ne vois aucun signe des Conil Nachta, chuchota Karmana. Mais je ne m'attendais pas vraiment à en trouver.

– Et pourtant, souffla Ombre de Lune, presque trop bas pour être entendu, je sens des mouvements autour de nous.

Raven avait remarqué les rudimentaires tours de guet qui flanquaient leur position actuelle, certaines à un demi-kli au nord, d'autres un peu plus loin au sud.

Maintenant elle avait la désagréable intuition que des hommes rampaient vers eux.

– Courez, chuchota-t-elle.

À l'instant où elle émit cet ordre, elle se releva et détala, coupant à travers la prairie dans la direction opposée à la mer. Elle entendit la foulée lourde d'Ombre de Lune derrière elle et Karmana, rapide et silencieuse, qui filait dans les ténèbres sur sa droite. Un instant plus tard, une torche fut allumée avec un silex et projeta une vive clarté devant eux.

Ils firent halte. D'autres torches s'embrasèrent et Karmana recula devant leur éclat, pour se rapprocher de Raven. Tous les trois tirèrent leur épée et la brandirent, soudés en un groupe compact, Ombre de Lune assurant la défense sur le côté qui regardait la mer.

– Une dizaine, pas plus, murmura-t-il.

– Certes, reconnut Raven. Mais pas n'importe quelle dizaine !

Dans le feu des torches, elle vit pour la première fois de sa vie les guerriers de Lorn. Un frisson glaça sa peau.

C'étaient de grands guerriers, aux épaules larges, solides. Leurs visages étaient dissimulés sous des masques de métal luisant, et des casques formés de minces bandes de métal enserraient leurs crânes comme des cages ; seuls leurs yeux étaient visibles : des yeux sombres qui les observaient attentivement, dans l'énigme silencieuse de leur face.

Ils arboraient des robes amples et flottantes d'un tissu très réfléchissant qu'ils portaient enfoncées dans leurs bottes de cuir juste au-dessous du genou. Leurs chemises étaient ouvertes jusqu'à la taille et Raven vit des poitrines puissantes et velues, une toison embroussaillée, plus sombre encore que leur peau tannée. Chacun portait un large sabre dans une main et une dague mince et bifide, fort déplaisante, dans l'autre.

Raven hésita juste assez longtemps pour prendre la mesure complète du danger, puis sa main se détendit comme un éclair, fila à sa ceinture pour s'en détacher immédiatement. Un sifflement de faux fendit les airs et, une seconde plus tard, l'un des guerriers de Lorn s'abattit en arrière en hurlant, une étoile de jet profondément enfoncée dans le front.

Les autres piquèrent leurs torches en terre et firent mouvement vers l'avant. Les lames déchirèrent la nuit comme des vents aigres, visant la tête de leurs adversaires. L'acier solide et affûté des mercenaires les stoppa net.

Durant le bref engagement, Raven constata qu'elle semblait atteindre un guerrier à chaque assaut. Peut-être les Fils de Lorn étaient-ils plus habitués aux combats dans le désert ; dans la nuit, sur le sol rocailleux, ils paraissaient en difficulté. La lame de Raven s'enfonçait dans les chairs encore et encore, et bien qu'elle ait utilisé toutes ses étoiles de jet, elle trouva le temps de tendre la main vers les cadavres tombés pour retirer les armes redoutables des corps qui refroidissaient déjà.

Quand elle sentit que la victoire leur appartenait et qu'elle vit, tout en combattant, que Karmana et Ombre de Lune repoussaient aisément leurs opposants, Raven fit voler le sabre des mains de son ultime adversaire et le contraignit à se rendre. Il laissa tomber sa dague, mais demeura debout, dans une posture ridige, les yeux dardés sur la femme.

Raven, en souriant, piqua sans ménagement de la pointe de son épée la poitrine haletante de l'homme et s'empara d'une torche qui flambait sur le sol. Elle éclaira son captif et lui ordonna de retirer son masque et son casque.

– Je ne reçois pas d'ordres d'une femme, rétorqua-t-il d'un ton rogue.

Karmana, amusée, vint se placer derrière Raven.

– Il va nous obéir, à nous, décida-t-elle, et elle lui enleva le masque.

Des cheveux noirs tombèrent sur les épaules de l'homme, et ses lèvres pleines et humides s'entrouvrirent de rage, révélant des dents limées. Ses yeux brûlaient de fureur en les toisant l'une et l'autre.

Ombre de Lune acheva sa part du combat, mais resta où il était, accroupi, à scruter le noir de la nuit et le ciel semé d'étoiles avec cette expression impénétrable que Raven lui avait vue lors de leur première rencontre.

– Dis-nous pourquoi tu combats et quels sont tes alliés, ordonna-t-elle au guerrier Lorn. Vite, si tu tiens à la vie.

Le guerrier cracha au visage de Raven. La salive coula au long de sa joue et elle passa la torche à Karmana afin de pouvoir essuyer cette insulte sur sa peau.

– Je te le demande une deuxième fois, insista-t-elle, et la pointe de son épée mordit jusqu'au sang la poitrine de l'homme. Pour qui combats-tu ?

– Je ne reconnais pas une défaite infligée par une femme, décréta le soldat d'un ton sec.

– Ce qui n'empêche pas que tu sois bel et bien vaincu. Si tu veux vivre, tu aurais tout intérêt à m'obéir.

– Je préférerais mourir plutôt que de concéder une défaite devant la chienne d'un peuple de chiens.

Raven n'éprouva aucune colère, aucun ressentiment. Elle ne connaissait pas grand-chose des Fils de Lorn, mais ils avaient à l'évidence peu de respect pour les femmes. Ce n'était pas une attitude inconnue autour du Cœur du Monde, pas plus, d'ailleurs, que l'inverse. Il arrivait que les hommes soient considérés comme du bétail par les femmes. Raven, en tant que guerrière, se considérait comme asexuée et ne comptait que sur sa rapidité et sur ses prouesses à l'épée pour remporter une victoire. Sa situation de femme revêtait moins d'importance pour elle que son statut de bretteuse, parmi les plus habiles que le monde ait connues.

– C'est une épée supérieure qui t'a vaincu, comme elle a vaincu tes amis. Vous avez tous commis l'erreur de croire en votre victoire avant même le début du combat, simplement parce que votre arrogance et votre orgueil vous interdisaient de seulement imaginer qu'il était possible d'être battus par des femmes, ce qui a signé votre perte et consacré notre victoire. Si tous tes compatriotes ont une vision aussi courte, alors la guerre sera vite gagnée.

Un bref éclair d'inquiétude passa sur les traits du guerrier. Raven y lut son avantage et l'exploita, sa patience presque à bout.

– Oui, mon ami : une guerre. Votre coalition sera vite brisée. Réponds à mes questions et tu vivras pour combattre et pour défendre l'alliance, je t'en fais le serment.

Mais le guerrier recouvra son attitude inflexible.

– Je n'écoute pas les caquetages d'une femme.

L'irritation à son comble, Raven jeta :

– Alors, écoute la lame d'une femme ! Et, d'une botte rapide et impitoyable, elle lui trancha la gorge.

12

> Rien n'est vraiment ce qu'il semble. Porté par la marée, dans le silence de la nuit, un homme ne sent pas le mouvement qui l'entraîne.
>
> *Les Livres de Kharwhan*

Ils étaient épuisés quand ils parvinrent enfin aux premiers abords de la bourgade dont Raven avait repéré l'emplacement sur la carte à bord du *Brise-Lames*. Au sortir des ténèbres glacées, la ville leur offrait sa chaleur, la promesse d'un repas, d'un feu, d'un lit douillet pour quelques heures.

Comme ils n'avaient pas de manteau pour travestir leur apparence et leur nature, ils s'infiltrèrent avec un luxe de précautions entre les bâtiments serrés les uns contre les autres, usant de l'abri des arbres courts et des basses allées voûtées qui séparaient chaque demeure. La rue était humide, sans doute à cause de la pluie ou d'une abondante rosée nocturne, et la pierre nue luisait sous les lueurs disséminées qui filtraient de quelques fenêtres.

Si Raven trouvait l'endroit sympathique, ce n'était pas le cas d'Ombre de Lune.

– Je n'ai jamais vu plus piètre lieu, se plaignit-il. On n'y accueillerait pas un chien.

– Les apparences sont parfois trompeuses, murmura la guerrière.

Elle les conduisit jusqu'à une auberge clairement signalée par son enseigne grinçante et poussa la lourde porte pour y pénétrer.

Ce fut une vague de clarté, celle de plusieurs lanternes pendues aux poutres ; une bouffée d'air chaud, chargée d'un doux fumet de viande, qu'ils humèrent à pleines narines, tandis que l'eau leur venait à la bouche ; un brouhaha de voix satisfaites, une musique plus plaisante que le gémissement du vent dans les maigres broussailles du désert à l'ouest de la ville.

Un homme, assis dans la salle à une table grossière, leva les yeux, surpris, puis arbora un sourire ravi.

– Des voyageurs ! s'exclama-t-il. Entrez ! Soyez les bienvenus !

Raven dégagea des bribes de viande coincées entre ses dents et claqua des lèvres avec satisfaction ; elle n'avait pas cessé d'observer Ombre de Lune, qui chipotait en contemplant le bol de viande grasse et de légumes à demi cuits posé devant lui. Karmana avait depuis longtemps englouti deux portions du ragoût ; assise en arrière sur sa chaise de bois, les paupières mi-closes et les mains croisées sur le ventre, elle était repue.

Ombre de Lune finit par repousser son écuelle en secouant la tête. Raven éclata de rire. Mais tous deux ouvrirent des yeux ronds quand Karmana, après un bref et silencieux débat avec sa bonne conscience, se pencha en avant, s'empara de la nourriture graisseuse abandonnée sur la table et l'avala avec gourmandise.

– Rien de tel que la graisse pour remettre les papilles gustatives en ordre, énonça-t-elle avec un sourire luisant.

Ombre de Lune prit une coloration plus pâle que son teint naturel.

Puis Raven héla l'aubergiste, Orlak, un homme pauvre mais satisfait de son sort, d'âge mûr, mal rasé et assez peu soigné, que son commerce contentait. Il s'essuya les mains, vint s'asseoir près d'eux et versa à chacun une sorte de bière aigrelette dans des chopes d'étain. Raven l'interrogea sur les événements des semaines écoulées.

– Que voulez-vous que j'en dise ? M'rystal a été attiré hors du pays, avec sa flotte et son armée, par on ne sait quelle ruse. Sans Pitié de Kragg a dû toucher une rançon de roi pour sa forfaiture, mais il le regrettera un jour.

Raven ne dit rien, ne voyant aucun intérêt à entamer une discussion stérile.

– Il n'avait pas franchi la ligne d'horizon, enfin, il s'était peut-être passé quelques jours, qu'un million de guerriers ont déferlé sur la Lym et le long des côtes. C'est à peine s'ils ont eu besoin de répandre une goutte de sang. Ils occupaient un pays sans défense.

– Il est donc vrai que Nachta et Lorn sont alliés.

Orlak opina.

– Ils n'occupent pas de ville en commun, mais ils ne se battent pas entre eux et ils ont mis fin à leurs hostilités. Ils se sont partagé le territoire. À Kahrsaam, ils ont formé un Conseil qui gouverne le pays et s'occupe de l'altan. Le Conseil s'appelle les Fils des Morts, car la mort et le lac des Morts sont les seules choses que Lorn et Conil Nachta ont en commun. Mais la trêve tient bien et la promesse de conquêtes est si puissante qu'elle leur a fait oublier leurs querelles personnelles.

– Pourquoi M'rystal n'a-t-il pas abordé entre deux ports ? Pourquoi ne livre-t-il pas bataille pour récupérer son royaume ?

Orlak sourit et secoua la tête. On pouvait lire dans ses yeux quelque chose qui ressemblait à de la douleur.

– Le chef du Conseil, un sorcier qui a échafaudé ce plan de conquête, lui a envoyé un message : s'il jette les armes et rentre en paix, ses troupes et son peuple seront autorisés à vivre. Il a ajouté une condition : que M'rystal lui-même accepte d'être exécuté. En même temps, ce sorcier a fait savoir à tous les habitants de l'Altanat que si nous coopérions et vivions en bonne intelligence avec l'envahisseur, nos compatriotes, dont l'entrée est actuellement empêchée par le blocus, auraient l'autorisation de revenir. Il y a des milliers de vies et de familles en jeu. Les gens n'ont pas envie de se battre pour l'honneur et la patrie. Ils souhaitent la paix et le retour de ceux qu'ils aiment.

Ombre de Lune secoua la tête.

– Je n'arrive pas à comprendre pourquoi M'rystal n'envahit pas les territoires vulnérables du Sud, la patrie de l'envahisseur, dit-il.

Orlak rit.

– Un désert, un millier de tribus disséminées, difficiles à localiser ! Les terres qui ceinturent le lac des Morts ne ressemblent pas à celles que nous connaissons ici. Il n'y a aucune cité, aucune ville… aucune grande ville. Les forteresses côtières de Lorn peuvent soutenir un siège pendant un siècle et, bien qu'elles soient isolées, M'rystal n'y gagnera que des arpents de sable et des oasis éphémères. Il sait que cela n'a aucun intérêt. Il lui faut reprendre l'Altanat par la force, ou le perdre à jamais.

– Et tant que le Conseil des Morts conserve son pouvoir de vie ou de mort sur les familles de ceux qui sont prisonniers sur la flotte de M'rystal, l'altan n'a même pas la ressource de combattre. Ses hommes s'y refuseront, ajouta Raven, songeuse.

Ombre de Lune secoua une nouvelle fois la tête.

– Je trouve véritablement insensé que M'rystal ait laissé son royaume sans défense.

– Il n'était pas en guerre, argua Orlak. Comment aurait-il pu deviner ce qui se tramait ? Sans Pitié est notre seul véritable ennemi, et il ne dispose pas d'assez d'hommes pour envahir un pays.

– Imprudent, peut-être ; insensé, certainement, conclut Ombre de Lune d'un air sombre.

Raven s'aperçut de l'intense expression des yeux du guerrier. Dans la clarté des lampes, son visage semblait vivant, comme si les muscles sous la peau translucide se nouaient et se contractaient et cherchaient à échapper à son contrôle. Pourtant, Ombre de Lune n'était pas tendu : grave, mystérieux, plutôt. Ses yeux gris se posèrent sur Orlak, tandis que l'aubergiste décrivait, pour le bénéfice de Raven, les silhouettes familières de Belthis et de Donwayne. Raven s'était enquise des hommes qui dirigeaient le Conseil des Morts. Quand Orlak eut terminé, Ombre de Lune poussa un soupir tranquille, laissa descendre son regard vers ses mains écartées sur la table. Il les déplaça afin que Raven puisse voir ce que l'une des deux dissimulait. L'émeraude araignée était posée là et elle se déplia lentement pour révéler ses pattes grêles et le hideux frémissement de son corps.

– Le Crugoan, dit-il, je suis près de le découvrir. J'avais raison de t'accompagner, Raven.

– Lequel des deux est l'être que tu recherches ? demanda Raven, détournant l'attention du pâle guerrier de la créature verte devant lui.

Ombre de Lune leva les yeux vers elle ; ses cheveux blancs comme la lune retombèrent sur son front.

– Quel est le plus puissant d'entre eux ? demanda-t-il.

– Chacun l'est à sa manière. Donwayne par le corps, Belthis, par l'esprit ; tous deux par l'ampleur de leur soif de conquêtes. Peut-être Belthis l'est-il davantage. C'est un magicien maléfique, venu de Kharwhan, j'en suis certaine. Un exilé. Ses pouvoirs magiques sont très étendus, mais pas autant que ceux de Spellbinder, je pense.

Ombre de Lune passa sa langue sur ses lèvres et referma la main sur l'araignée.

– Spellbinder a eu de la chance, beaucoup de chance. Le Crugoan choisit pour se dissimuler les hommes les plus puissants dans les mondes où il se réfugie… Il aurait pu adopter aussi aisément la forme de notre ami que celle de notre ennemi.

– Mais lequel des deux ?

Ombre de Lune ne répondit rien. Il y eut un silence de quelques instants, jusqu'à ce qu'Orlak se lève et demande de l'aide pour préparer les lits de ses trois clients. Raven se rendit sans traîner à la paillasse couverte de fourrure et se coucha sur l'épaisse couverture, le regard perdu entre les poutres au-dessus d'elle. Ombre de Lune, lui aussi, semblait ravi de se reposer. Derrière les nuages, la lune arrivait vite au terme de son cycle et, bientôt, le guerrier pâle se retrouverait dans sa phase la plus insubstantielle, faible, malade et effrayant.

Avant de s'endormir, Raven tendit la main vers lui et le secoua. Il se redressa sur un coude et la regarda. Peut-être la vit-il pour la première fois comme une femme. Karmana grommela quelque chose d'indistinct en sombrant dans le sommeil, croupe en l'air, couverte par un mince drap fait d'une étoffe tissée à la main.

– Tu ne te contentes pas de commander un groupe de guerriers, Raven.

La jeune femme se méprit sur le sens de ces paroles :

– Je suis une femme, c'est vrai ; et c'est parfois plus important pour moi que d'être une combattante.

Elle souriait d'un air timide et ses yeux observaient Ombre de Lune ; l'homme pâle soupesait cette déclaration.

– Tu es plus qu'une guerrière d'un monde belliqueux et désuni. Tu sembles… tu sembles occuper une position clé. J'ai des difficultés à exprimer ce que je ressens.

Raven rit, étonnée pourtant que l'homme ait perçu tant de choses.

– Je ne peux guère l'expliquer moi-même, aussi, laissons cela. De toute façon, les soucis de ce monde te seront bientôt étrangers.

Ombre de Lune poussa un soupir. Il se recoucha sur le dos, dégrafa son justaucorps de cuir et passa unc main sous sa chemise pour se gratter la poitrine.

– J'attends ce moment avec impatience. La liberté de retourner d'où je viens. Très loin d'ici… dans l'espace… et dans le temps…

– Plus loin même que Quwhon.

– Assurément.

Il sourit comme d'une plaisanterie qu'il était seul à comprendre, avant de reprendre :

– Plus loin même que Quwhon. Il y a de nombreux mondes, Raven, des milliers de mondes qui dorment en paix, ou non, sous la caresse des rayons de la pleine lune. Ce n'est pas la distance qui les sépare, ni le temps non plus. C'est quelque chose d'indéfinissable, d'inimaginable. À l'endroit où nous sommes couchés en cet instant, il y a, dans mon monde, une grande ville, serrée contre une falaise cent fois plus haute que celles de Kragg. Dans un autre monde, un désert occupe cette position, dans un troisième, c'est un lagon de cristal, mort et sec, des aiguilles de sel gemme dressées dans son bassin comme d'immenses forêts aux couleurs chatoyantes. J'ai traversé tous ces mondes à la poursuite de mon tortionnaire. De tous les mondes, c'est celui-ci qui s'est avéré le plus… stimulant.

Il se retourna pour jeter un coup d'œil de côté à Raven.

– Ma force s'enfuit, continua-t-il, et, quand elle me reviendra, je ne patienterai sans doute pas assez longtemps pour te connaître. D'ici très peu de temps, je ne te serai d'aucun secours et, quand je retrouverai à nouveau la pleine possession de mon énergie, j'irai droit au Crugoan et j'en terminerai avec lui, une fois pour toutes. Pour l'heure, Raven, mes désirs ont moins à voir avec la vengeance qu'avec… toi.

Pour la première fois, le visage d'Ombre de Lune trahissait des couleurs. La clarté de la lanterne était faible, les ombres qu'elle jetait, sombres et tourmentées, mais même dans cette pénombre Raven pouvait voir que son ami avait le feu aux joues, et peut-être faisait-il montre d'une gaucherie inattendue. Quant à elle, elle se sentait fortement excitée par ce mince guerrier coulé dans l'acier lunaire.

Mais elle continuait d'être intriguée par lui et voulait en savoir plus : son passé, pourquoi refusait-il de nommer l'hôte dans lequel le Crugoan était dissimulé ?

– Que t'a-t-il fait, ce Crugoan ? Pourquoi le traques-tu ?

Pendant un long moment, Ombre de Lune ne répondit rien et demeura étendu, appuyé sur un coude, à regarder la jeune femme. Raven sentit ses pommettes s'échauffer dans le silence, sans savoir s'il fallait le rompre par un éclat de rire ou attendre qu'Ombre de Lune parle, même si c'était pour annoncer qu'il ne voulait rien dire. Finalement, il baissa les yeux et son front se plissa.

– C'est mon tortionnaire. Le Crugoan est un puissant sorcier, un démon qui n'a de racines en aucun monde, mais prêt à accorder son aide en échange de certains pouvoirs. Lui-même, il n'est pas le pion de forces bien plus puissantes que ton Spellbinder ou ces prêtres fantômes de Kharwhan qui semblent tisser la trame de ton monde, Raven.

Il en savait plus encore qu'elle ne l'avait cru !

– Dans mon monde, poursuivit-il, j'étais le noble fils d'un grand seigneur guerrier. Comme tel, j'étais protégé de la mort par d'antiques traditions que même les maîtres des runes ne pouvaient rompre ou contourner. Mais il leur fallait à toute force se débarrasser de moi, car ils savaient que quand j'accéderais au pouvoir, je me débarrasserais d'eux. Incapables de me tuer, ils ont fait appel à un Crugoan.

– Il y en a plus d'un ?

– Certainement… ils sont nombreux, très nombreux. Le Crugoan avait accès à certain royaume qui était interdit aux maîtres des runes. La Lune. Sur leur ordre, il a emprisonné mon corps là-bas, dans une geôle profonde. Immobile, figé : seul mon esprit restait vivant. Ce que tu vois, cette chair sans substance, est une sorte de spectre, concrétisé grâce au secours de gens que j'ai rencontrés dans ma poursuite du Crugoan. Il n'avait jamais pensé que mon esprit échapperait à sa tombe, ni qu'il acquerrait une certaine corporalité, même si elle est transitoire et faiblit, comme tu as pu le constater, quand diminue l'orbe de la lune, en étouffant un temps ma force vitale. Mais je suis là-haut, Raven, à regarder mon esprit qui cherche à se déprendre de cette terrible malédiction.

Cette pensée donna un frisson à Raven. Elle ouvrit la paume et plaça ses doigts en coupe pour évoquer le joyau dont il était le dépositaire.

– Ton allié si effrayant peut venir à bout du Crugoan ?

– Une seule morsure pour vider les poches à venin de

ses chélicères et, le Crugoan détruit, le sortilège sera rompu. Je redeviendrai aussi réel qu'au moment où il me fut infligé.

– Tu es assez réel pour l'heure, déclara Raven dans un souffle.

Elle se sentait bien, sous l'effet du bain qu'elle avait pris un peu plus tôt, les onguents frustes mais sensuels qu'Orlak avait trouvés pour son usage avaient rendu sa peau soyeuse. Elle avait longuement peigné ses cheveux, dont la douceur était désormais de soie sous ses doigts. Le seul contact discordant était celui de sa tunique et de sa ceinture, froids et hostiles dans la douce chaleur de cet instant. Elle balança ses jambes pardessus le bord de la paillasse et se mit debout, enleva le brassard et retira la ceinture de sa taille. Ombre de Lune la regarda tandis qu'elle laissait glisser ses vêtements sur ses chevilles, puis rejetait sa chevelure en arrière afin qu'il la puisse voir sous cet éclairage flatteur, une femme douce et mince, aux seins ronds et fiers, à la mâchoire volontaire et féminine.

Ombre de Lune s'assit, tendit les mains vers elle et l'attira à lui ; elle ferma les yeux tandis que les doigts pâles, inquisiteurs, glissaient sur sa peau. Elle frissonna quand ils pincèrent le téton ferme qui pointait sur ses seins, puis elle sourit quand les lèvres d'Ombre de Lune, légèrement froides, suivirent le chemin tracé par ses doigts.

Il s'écarta pour la considérer, les mains posées sur la rondeur de ses hanches.

– Dans les batailles, tu as la terrifiante violence de vingt guerriers Lorn. Pourtant, en cet instant, tu es nue et tu me désires, tu es douce et tu m'invites. Il est difficile de croire de quelle brutalité tu es capable. En vérité, tu es une femme pétrie de contradictions merveilleuses. Jusqu'à ce nom que tu portes, Raven, le corbeau, l'oiseau sombre, alors que ta chevelure est d'or filé et ta peau aussi lumineuse que le miel.

– Les poètes perdent trop de temps en paroles ; leurs actes exprimeraient leur amour avec plus d'éloquence, le réprimanda doucement Raven en le poussant pour le recoucher sur le lit.

Elle le débarrassa de ses vêtements et parcourut de ses paumes le corps offert avant de s'étendre sur lui, de l'embrasser longuement ; les mains d'Ombre de Lune reprirent leur tendre exploration, courant délicatement sur sa peau et tordant la jeune femme de plaisir au-dessus de lui. L'onde blonde de ses cheveux vint emprisonner leurs deux visages dans une cage d'or.

Puis elle se coula plus bas sur le corps pâle, ses lèvres embrassèrent, sa langue pointa et ce fut au tour d'Ombre de Lune de frissonner. Il crispa les poings, serra les paupières. Elle lui saisit le membre entre ses doigts habiles et l'amena à elle.

– La beauté d'un homme ne se juge pas à sa taille, mais à sa force. Tu sembles fort, Ombre de Lune.

– Ce n'est pas la force de l'arme qui fait le succès de l'homme, répliqua-t-il, mais la dextérité avec laquelle il en use.

Elle rit et abandonna la caresse qu'elle lui prodiguait pour venir s'allonger contre son corps, s'étirer sur toute la longueur du lit et plaquer le corps robuste contre elle. Le bord de la couche barrait sa croupe d'un trait dur et devint le seul support de Raven quand il la prit, trop brutalement d'abord, puis avec plus de retenue et de douceur, pour accroître lentement la puissance de ses assauts jusqu'à ce qu'il découvre ce qui convenait le mieux à la jeune femme. Elle se sentit écartelée, offerte sur un barreau, vulnérable, ouverte à l'homme qui lui faisait l'amour. Des doigts couleur de lune jouèrent sur ses seins tandis qu'Ombre de Lune disposait ses jambes par rapport à celles de Raven pour qu'elle l'enserre de ses cuisses et soude leurs deux corps en un seul qui se tordait et ruait et transpirait.

L'aube n'était pas encore levée quand le cri rauque d'un oiseau au-dehors les éveilla.

– L'oiseau, s'exclama Raven, et elle se dégagea de la couverture de fourrure pour sauter du lit.

Elle enfila ses vêtements, jeta un coup d'œil rapide à Ombre de Lune qui s'extrayait à son tour de la confortable chaleur de sa nuit, puis courut à la porte.

Dehors, la nuit était noire comme de la poix ; une épaisse couverture de nuages privait même de la clarté des étoiles la forme noire qui planait là. Pourtant, ils la distinguaient : ses ailes déployées battaient à un tel rythme que l'air tourbillonnait autour d'eux, giflant leurs corps de leurs chevelures et de leurs vêtements. Les yeux de l'oiseau géant luisaient d'une clarté intérieure et Raven crut voir son bec courbé, ouvert sur une gorge humide. Une modification des cris de l'oiseau fit comprendre à Raven que l'animal exigeait qu'ils le suivent.

Il s'enleva d'un coup d'aile et plongea dans la nuit. Ombre de Lune avait compris instantanément qu'ils devaient regagner la côte. Karmana sortit en courant de la bâtisse, habillée de pied en cap, armée et les cheveux en désordre.

– Nous rentrons, annonça Raven. Spellbinder réclame notre présence.

Elle n'ajouta plus rien. Ils dévalèrent en silence les dunes qui descendaient sur la plage de rochers et nagèrent dans l'océan glacé jusqu'au vaisseau des Loups qui les attendait à l'ancre, des torches en proue et en poupe brûlant comme des fanaux pour les guider et les accueillir.

Spellbinder la tira à bord et la couvrit d'un manteau bien chaud. L'aube commençait à poindre.

– Pourquoi nous as-tu fait convoquer avec une telle urgence ? s'enquit-elle.

– Il n'y a plus de temps à perdre. Nous voguons vers le sud pour rompre l'alliance et puis nous nous mettrons en quête de Belthis. Il faut agir avec rapidité, ou les marées de la fortune remporteront nos seules chances.

13

> La plupart des outils sont incapables de discuter la manière dont on en use ou de se plaindre des tâches qu'ils accomplissent. Quelques-uns le peuvent. Seul un homme stupide ignore alors leur voix.
>
> *Les Livres de Kharwhan*

Ils faisaient voile vers le sud, en suivant le vol aisé de l'oiseau au-dessus d'eux, qui les guidait vers l'endroit choisi pour l'escale. Spellbinder maudissait la torpeur des mers et la faiblesse des vents, implorait des cieux la puissance qui les pousserait plus rapidement vers Lorn. Raven et les autres regardaient la mer filer sous leur coque, la voile tendue à craquer et se sentaient pris de vertige devant la vitesse avec laquelle le vaisseau des Loups fendait les vagues. Pourtant, Spellbinder, trempé d'embruns, sa silhouette vêtue de noir enracinée solidement à la proue, hurlait sa rage de voir les éléments les traiter si mal et tant ralentir leur progression.

Son impatience finit par gagner les partisans de Raven, qui vinrent le rejoindre au bastingage, phalanges blanchies sur la rambarde de bois, leurs visages empreints d'inquiétude et de tension tournés vers le sud, suppliant les grands déserts d'apparaître sur l'horizon.

Le plan de conquête et d'unification des territoires orientaux tel que Belthis l'avait concocté avait été mis en œuvre avec rapidité et hardiesse. Il ne s'était pas contenté des armes conventionnelles de la guerre pour faire tomber l'Altanat entre ses griffes ; il avait joué avec subtilité des peurs et des désirs du petit peuple. M'rystal était condamné, simplement parce qu'il posait un obstacle entre ses soldats et leurs familles. Et les gens refuseraient de se soulever contre Belthis car, s'il parvenait à les vaincre, il ne leur rendrait pas leurs fils.

La psychologie employée pouvait sembler élémentaire ; c'était pourtant l'arme la plus efficace que Belthis ait jamais eu en sa possession : elle tranchait comme une lame, brillait comme un soleil, torturait comme une blessure au ventre.

Mais Belthis, dans son arrogance et son empressement, avait perdu de vue une facette de la nature humaine qui allait précipiter sa chute. Il avait uni Lorn et Conil Nachta dans une alliance ténue, fragile, avec comme enjeu commun la richesse et les terres, pour faire oublier l'éventualité d'un raid de représailles mené par M'rystal sur leurs contrées d'origine. Belthis avait jugé que la cupidité et l'offre de richesses qui dépassaient l'imagination de ces guerriers du désert seraient des dieux plus puissants que ceux qui régnaient dans leurs pays. L'épée de M'rystal, armée par la vengeance, frapperait moins douloureusement les communautés au long de la rivière Nachta maintenant que la promesse de terres plus riches et plus vertes qu'aucune de celles qu'arrosait la Nachta mettait du baume au cœur.

Mais, dans sa soif de conquête, Belthis avait négligé l'évidence.

Autrefois, Argor avait dit à Raven : « Ne conclus jamais d'accord avec quelqu'un qui préférerait te voir morte plutôt qu'alliée à lui. Il t'accordera aussi peu de confiance que tu lui en accorderas toi-même. La défiance détourne une lame aussi sûrement qu'une pierre. »

Ils faisaient voile vers le sud pour détourner des lames.

Quand on la découvrait des hautes terres qui bordent le désert de Lorn, la Nachta était un immense ruban argenté qui serpentait vers le grand océan. Son flot tumultueux, semé de gorges et de cataractes, qui prenait sa source dans le lac des Morts, ne s'assagissait qu'à peine en atteignant son embouchure. Trois gués ponctuaient la rivière, qui restait infranchissable sur l'essentiel de son cours. De formidables forteresses en défendaient l'accès sur chaque berge.

La rivière formait une barrière entre les peuplades, une muraille qui divisait deux cultures, deux milieux. C'était un rempart qui rendait la haine tolérable, en gênant la guerre. Depuis des générations, les farouches tribus des bruns Conil Nachta, de leurs forts de bois et de leurs redoutes dans les montagnes, avaient regardé avec haine les communautés de tentes des Fils de Lorn. Pendant le même temps, les Fils de Lorn, revêtus de robes flottantes et le visage masqué de métal ou de tissu, avaient observé de leurs tunnels dans le sable et de leurs tentes claquant au vent les terres ombrées de nuages des chasseurs de têtes au sud.

L'herbe verte et les vallées magiques de Nachta appelaient les nomades de Lorn, battus par les sables, recrus de chaleur. Les fruits insolites et les paysages prodigieux de Lorn étaient une lancinante invite pour les guerriers des Conil Nachta. Chaque nation était longée par un désert qui les limitait et les contenait. Ils n'avaient que les charmes de l'autre rive pour reposer leurs yeux.

Le long de la côte de Lorn, au sud du désert et étirées jusqu'à l'estuaire béant de la Nachta, on trouvait de grandes villes de briques et de mortier qui s'érigeaient bien au-dessus des falaises et des plaines côtières. L'élite de Lorn y résidait, dans de vastes villas aux sols de marbre, irriguées d'eaux fraîches. La guerre était pour eux un jeu et ils s'entraînaient à l'usage d'armes exotiques. Ils ne retiraient les masques qu'ils portaient que dans l'intimité de leurs demeures.

C'est d'une telle cité que Cru'arthaa Yeux de Jade gouvernait Lorn, qu'il avait consenti à une alliance avec Nachta, car il était fort cupide et couvait depuis longtemps les cités-États du Sud d'un œil gourmand. Il savait, comme tout le monde, que, quand les nations orientales seraient réunies, les cités-États ne tiendraient pas devant leurs armées. Les dépouilles seraient plus somptueuses et plus douces que celles qu'on glanait dans les raids sur les replis vallonnés des terres de Nachta.

Il se souciait moins de son peuple que de son confort. Ceux qui habitaient les cités de la côte partageaient ce point de vue. Mais la plus grande partie de la population vivait dans un cadre moins splendide, dans des villes de tentes au fil des grasses terres qui bordaient le fleuve et la force expéditionnaire que Cru'arthaa Yeux de Jade avait lancée sur l'Altanat avait été puisée dans ces communautés.

Tandis que les villes goûtaient la paix, le luxe et la certitude que ni M'rystal, ni même la puissance combinée de toutes les cités-États ne pouvaient les envahir, des yeux hostiles observaient le royaume de Cru'arthaa depuis les territoires de la ligue des Conil Nachta. Ils se situaient en un point où la rivière était profonde et large et où une nombreuse communauté des Fils de Lorn était confortablement installée sur la rive opposée.

Une vallée, profondément engoncée entre les collines tourmentées, menait aux territoires tribaux des

Conil Nachta, mais il n'y avait là aucune ville : la gorge ne semblait guère mériter de telles précautions défensives.

Un seul garde se tenait sur une haute plate-forme de bois sur le bord Lorn de la rivière. Il sommeillait à moitié. La journée était chaude, ses robes épaisses, inconfortables. À cette altitude, à l'abri des regards éventuels des femmes et des enfants, il avait retiré son masque en forme de tête de mort et sa protection contre le sable ; il regardait avec nonchalance la toile des tentes et les magnifiques dais à l'entrée des salles souterraines onduler sous le souffle du vent. Des bêtes allaient et venaient, bêlements et bramements entremêlés en une seule rumeur entêtante. Des enfants riaient et, des tentes-cuisines montait le son des graines que l'on broyait, des légumes que l'on débitait.

Quand une flèche le frappa en pleine tempe, il crut sans doute qu'il s'endormit. Il s'abattit au pied de la tour de guet et heurta lourdement le sol desséché au pied du bâtiment. Il y eut un instant de silence stupéfait, des enfants et des femmes vinrent s'agglutiner autour de son corps. Quelques hommes coururent à lui et l'un d'entre eux, un grand guerrier qui arborait l'insigne des bretteurs sur la poitrine, arracha la flèche du crâne du mort.

Des chiens aboyèrent.

Quelqu'un cria que des cavaliers arrivaient de la rivière et, en une seconde, la foule amassée autour du cadavre remarqua les lointaines gerbes d'eau. Ils levèrent la tête.

Cinquante hommes, vêtus des robes si typiques des Conil Nachta, traversaient les eaux profondes avec célérité, leurs épées brillant au soleil, le visage enflammé de triomphe devant la surprise qu'ils créaient.

Ils remontèrent la berge au galop et traversèrent les tentes, semant la mort et la destruction sur leur passage. Des torches projetées sur les toiles les embrasèrent instantanément et le grondement des flammes couvrit bientôt les gémissements des mourants et les hurlements des femmes.

La défense, étique puisque les hommes étaient pour la plupart partis au nord, fut insignifiante et brève ; une troupe des Fils de Lorn jaillit d'un vaste dais blanc et se jeta parmi les envahisseurs, leurs grands sabres recourbés fauchant des vies à chaque coup. Mais ils furent écrasés par le nombre sous les flèches qui volaient comme des mouches autour d'un cadavre.

Le sang macula bientôt les prières aux dieux du désert gravées sur chaque lame ; mais personne, pas même les dieux, ne pouvait plus sauver ce campement de la destruction.

Une voix s'écria, avec l'accent épais des Conil Nachta, un accent familier aux Fils de Lorn :

– C'était une proie facile. Nos frères de la Ligue tiendront le pays en moins d'une journée !

– Fourberie ! hurla un guerrier ivre de fureur dont le visage était dissimulé par un masque d'animal.

Il frappa les guerriers qui l'encerclaient, leva son sabre pour l'abattre sur l'un d'entre eux qui s'approchait, en rupture d'équilibre sur sa selle.

Le vent du désert enleva la cagoule que portait le cavalier et des cheveux dorés dégringolèrent de leur cachette. Ce n'était pas un homme, mais une femme, et le guerrier de Lorn cracha de mépris et se détourna, sans daigner souiller sa lame d'une victoire aussi peu glorieuse.

La femme le tua d'un geste vif. La tête roula sur le sol durci ; son masque arraché révélait toujours la même expression de dédain.

Quand le campement fut enfin dévoré par l'incendic et que la moitié des guerriers jonchèrent le sol, décapités ou baignant dans leur sang, les guerriers des Conil Nachta rebroussèrent chemin, franchirent le fleuve et disparurent aux regards, vers l'ouest, derrière une élévation de terrain qui ne tarda pas à les dissimuler. Les survivants éprouvés de la communauté Lorn se rassemblèrent, dans les lamentations, les sanglots et les imprécations. Il y en eut pour aller jusqu'à la rivière et plonger le regard dans ses profondeurs bouillonnantes. Il n'y avait aucun passage à gué en ce point ; il n'y en avait jamais eu. Les envahisseurs avaient traversé la Nachta comme par magie.

D'une crête qui surplombait la rivière, un homme observait le campement en flammes. Il avait un goût amer dans la bouche, mais il savait qu'il avait agi pour le mieux. Il épia la conférence des guerriers survivants, vit les anciens, masqués, offrir un sacrifice barbare aux dieux de la guerre et du désert. Au bout de quelque temps, il aperçut un lâcher d'oiseaux noirs dans l'atmosphère surchauffée et observa le cercle qu'ils décrivirent au-dessus des tentes qui achevaient de se consumer, avant de filer vers le nord et de disparaître au loin.

À cette vue, il sourit et tourna bride. La tenue d'un guerrier de la ligue des Conil Nachta était liée en travers de sa selle. Lui-même portait du cuir noir. Ses jambes étaient protégées par de hautes bottes, un bandeau d'étoffe verte maintenait ses cheveux en arrière.

Son nom était Silver.

– Je n'aime pas beaucoup ce que nous venons de faire, marmonna Ombre de Lune, l'air sombre.

– Moi non plus, reconnut Raven, mais c'était un faible prix à payer en regard de ce que nous allons accomplir.

Le fleuve Nachta grondait près d'eux sur les derniers klis qui le séparaient de l'océan. Ils étaient assis sur les racines proéminentes d'un arbre qui poussait pratiquement dans l'eau. Sur l'autre berge, de hautes falaises cachaient à leurs yeux les pâturages moutonnants de Lorn, comme elles les abritaient d'une possible patrouille de guerriers cheminant entre deux villes.

Des zones forestières très denses couvraient cette rive, et de nombreuses tribus s'y étaient éparpillées. Plus tôt dans la journée, des colonnes de fumée et de flammes étaient montées au loin, à l'intérieur des terres, qui apprenaient à Raven que Spellbinder avait lui aussi joué son rôle dans la rupture de l'alliance.

Au bout d'un moment, Spellbinder et sa troupe de guerriers de l'Altanat s'approchèrent de la rivière et le sorcier descendit de cheval en se débarrassant des robes flottantes Lorn dont il était revêtu.

Il baigna son visage dans le fleuve puis se redressa et inspecta les cieux.

– Avez-vous vu des messagers ?

Raven répondit que non.

– Mais ils se seront envolés, Spellbinder, tu peux en être assuré. Lorn a envoyé les siens quelques minutes à peine après notre raid.

Spellbinder sourit, s'essuya les mains sur sa tenue de cuir avant de remettre sa chemise de maille sombre.

– L'amitié entre Lorn et Conil Nachta ne survivra pas au premier cri d'indignation. Il n'y a pas un homme sur le territoire de l'altan qui imaginera une seconde qu'il puisse s'agir d'une ruse. Ils ne penseront qu'à une traîtrise et tourneront bride pour regagner leur patrie et y mener la guerre.

– Et la guerre restera l'état normal des choses sur ces terres, insoluble et éternel.

Spellbinder sourit encore et tendit la main vers la broche où une petite carcasse d'animal refroidissait après la cuisson.

– Nous ne sommes pas chargés des conflits insolubles, Ombre de Lune, mais de ceux qui s'achèvent sur un triomphe, car dans le triomphe, apparaît un ordre et dans cet ordre réside, pour l'heure du moins, un mal.

Un vol d'oiseaux s'éparpilla bruyamment dans les ramures derrière eux. Raven bondit immédiatement sur ses pieds, les yeux réduits à deux fentes, fouillant les ténèbres. Silver se courba, l'épée brandie, avant de s'écrier :

– Regardez !

Au loin, filant à tire-d'aile vers le nord, les oiseaux messagers des Conil Nachta allaient rejoindre ceux qui les avaient entraînés et leur avaient appris leur destination. Silver eut un sourire puis se redressa d'un bond quand un énorme javelot vint se ficher dans le feu devant lui, lui projetant au visage un nuage de cendres et de braises.

Les épées glissèrent instantanément du fourreau et les hommes de l'Altanat se regroupèrent, épiant les frondaisons à la recherche du danger.

– Ils nous ont suivis, lança Spellbinder, préparez-vous à livrer bataille !

Il n'avait pas achevé sa phrase que les guerriers des Conil Nachta déboulèrent dans la clairière. Chacun avait la puissance et la carrure d'Argor et montait un cheval robuste avec toute la confiance et l'arrogance d'un homme qui se sait invincible. Ils portaient des vêtements d'un brun foncé que des lanières de cuir retenaient contre leur corps. Du bronze luisait à leur taille, l'argent de leurs casques étincelait sur leur tête. S'ils ne portaient pas de masques, leurs yeux cruels d'un bleu intense régnaient sur des visages bruns et tannés. La plupart de ces cavaliers arboraient de longues barbes hirsutes, ni peignées ni taillées. Leurs casques supportaient des cornes aussi larges que celles de Sans Pitié, mais courbées vers le sol. Tous portaient de courtes capes, retenues sur leur poitrine par de minces dagues au manche d'ivoire.

– Par les Sables ! s'exclama le chef. Ils cherchent à nous abuser en dissimulant leur nature véritable.

– Ils puent pourtant bien Lorn, cracha un autre cavalier.

Il banda son arc et lâcha une flèche qui se ficha dans le cœur d'un des soldats de M'rystal. L'homme hurla, projeté en arrière sous l'impact. Profitant de l'émoi passager, les Conil Nachta sortirent de la forêt et plongèrent dans les rangs des partisans de Raven.

Les forces étaient inégales. Les cavaliers, guère plus d'une poignée, succombèrent vite, assaillis de toutes parts.

Répugnant à prendre plus de vies qu'il n'était nécessaire, Raven se jeta dans les flots de la Nachta, suivie par Ombre de Lune. Quand ils refirent surface, ce fut pour constater qu'un guerrier musclé les avait poursuivis à cheval dans les eaux profondes et les frappait de son épée courte.

Raven se défendit de son mieux, mais elle se retrouva sans arme quand l'homme, de sa position avantageuse, lui fit voler son épée des mains. Il se laissa tomber de sa selle et entraîna la jeune femme sous les eaux, en abaissant violemment son poignard, tandis qu'elle luttait pour tenir la lame éloignée de sa gorge. Sous l'eau, il ressemblait à un véritable animal, plus terrible qu'auparavant, avec ses cheveux déployés dans le courant et ses joues gonflées de l'air qu'il retenait. Elle était coincée sous lui et manquait d'air pour alimenter son corps qui faiblissait.

À l'instant où elle se sentait prête à aspirer de l'eau et à périr, une main hissa le guerrier à la surface. Raven jaillit à sa suite, retrouva l'air libre qu'elle aspira goulûment, avant de chercher une issue à cette périlleuse situation.

Ombre de Lune luttait par-derrière contre l'homme, dont il enserrait la gorge de son bras, tout en retenant la dague mortelle loin de Raven.

Silver sauta dans le fleuve et appela la jeune femme. Elle lui jeta un regard et vit qu'il lui lançait une épée. Elle la saisit au vol en dépit des coups de pied désespérés de l'homme qui lui faisait face et du courant qui les entraînait en direction de l'océan.

Elle lui plongea la lame dans le cœur ; il poussa un cri bref, aigu. Ombre de Lune relâcha son emprise, le guerrier flotta un instant auprès de Raven, ses yeux ronds fixés sur elle, comme s'il ne parvenait pas à comprendre la réalité de sa mort. Enfin, il coula à pic et une brume rouge teignit les eaux autour de Raven. Ombre de Lune remonta le courant d'une brasse vigoureuse et plongea vers le fond, pour refaire surface au bout de quelques secondes, l'épée de Raven à la main. Alors qu'elle la lui reprenait, une lance vint frapper la rivière tout près d'elle, lui rappelant que le danger n'était pas encore passé.

Elle se saisit de l'arme par sa hampe de bois et regagna la berge d'une nage rapide, pour plonger la lance d'un coup ascendant dans les entrailles de l'homme qui menait la bande des Conil Nachta. Elle la lui enfonça entre les côtes d'une secousse brutale. Il trouva la force de lui adresser quelques coups d'épée, ainsi qu'aux hommes qui le harcelaient ; puis il éperonna sa monture, échappa aux rangs des soldats de l'altan et galopa vers la forêt. La lance était fichée, comme rivée dans son corps.

Il se retourna, jeta un regard mauvais à Raven. Son visage était couvert de sueur, son sang coulait en abondance. Quelques-uns de ses hommes le rejoignirent, abandonnant le combat.

Raven éprouva une émotion terrible à contempler ce

fier guerrier en train de mourir sur son cheval et qui, jusqu'au bout, la défiait du regard. Elle le vit arracher la lance de ses poumons et la rejeter avec une grimace ; puis il laissa échapper un hurlement aigu de rage, de douleur et d'amertume. Il s'abattit en avant sur sa selle et l'un de ses hommes vint saisir la bride de sa monture pour la conduire dans la forêt.

– Par le Crâne ! s'exclama Raven, profondément émue. Nous faudra-t-il détruire tout ce qui a de l'orgueil, tous les hommes de valeur ?

Spellbinder chercha à l'apaiser en posant une main sur son épaule. Elle rengaina son épée. Sa mine était sombre sous ses cheveux trempés et raides qui tombaient sur ses épaules.

– C'est la préservation de l'orgueil et de la valeur qui constituent l'un des buts de ta vie, Raven, déclara le sorcier. Tu dois toujours ravaler tes propres sentiments, comme ta haine de Donwayne, pour obéir à l'appel de ceux qui te guident.

Raven secoua la tête, avec un sentiment proche du désespoir.

– Je suis l'instrument de l'écoulement du temps, je le sais. Mais dois-je également être celui de l'écoulement du sang, de la vie de ces territoires ?

– C'est une tâche qui comporte plus de douleurs que de joies, répondit Spellbinder. Mais tu es sensible au changement et tes instincts te dirigent plus sûrement que n'importe quel esprit du destin et du sort. La mort que tu apportes, Raven, tu l'offres en réponse à tes certitudes intérieures.

Puis, plus bas, il ajouta :

– Ainsi vont les choses.

– Oh ! Spellbinder, assez, assez !

Tout ce mysticisme la fatiguait. Elle détourna la tête. Ombre de Lune lui faisait face, et lui aussi avait une expression morose. Ses yeux brûlaient d'une intensité qu'elle lui avait rarement connue. Le guerrier pâle avait recouvré ses forces après deux jours de traversée vers le sud à bord du vaisseau, deux jours passés dans les tourments de sa fièvre des ombres.

– Je dois retourner vers le nord, dit-il. L'heure de l'affrontement final est arrivée, pour moi, pour le Crugoan. Il me faut te dire adieu, Raven.

– Nous faisons tous route vers le nord, Ombre de Lune, répondit Spellbinder. Nous avons tous un but commun.

– Mais je ne peux plus me permettre de perdre du temps, déclara l'étrange guerrier. Celui dont je dispose touche à son terme. Je ne pourrai pas survivre à une nouvelle plongée dans les affres de la nouvelle lune. Avant que le cycle lunaire ne soit accompli, il me faudra affronter le Crugoan et l'anéantir.

– Reste avec nous, lui demanda Raven. Nous cherchons l'hôte du Crugoan, que ce soit l'un ou l'autre. Nos destins nous mènent vers le nord, vers les monts Gelés, et il serait insensé de chevaucher séparément.

Ombre de Lune se rendit à son argument, sans manifester toutefois le moindre enthousiasme.

14

> Pour un homme puissant, la perte de son pouvoir sera plus cruelle que celle de sa virilité. C'est cette attitude qui a fait de lui un homme puissant.
>
> *Les Livres de Kharwhan*

Karmana était émerveillée.

– En si peu de temps, une attaque si simple réussit à briser la puissance d'une alliance qui donnait tant d'inquiétudes !

Spellbinder eut un sourire malicieux.

– Dans la mythologie ishkarienne, le géant Kragiriag a été défait par un simple chalumeau de paille et un grain de poussière qu'une fillette de dix ans lui a ainsi soufflé dans les yeux. Il regarda la femme des tribus du Nord. Vois l'exemple de ton peuple, des gens simples, selon certains points de vue : un empire aurait du mal à vaincre ses guerriers. Le point faible de toute grandeur, c'est qu'elle devient vulnérable à des choses insignifiantes.

Une déferlante projeta le vaisseau sur tribord et tous deux s'agrippèrent fermement à la lisse. Un brouillard se levait sur l'ouest ; poussés par un vent frais, les embruns amers balayèrent le pont et firent frissonner les deux interlocuteurs.

Le vaisseau avait depuis longtemps dépassé Lym, de nouveau ouvert au trafic des navires : la flotte du blocus avait été la première qu'ils aient dépassée durant leur passage vers le nord. Ils n'avaient sans doute pas vu tous les navires qui retournaient dans le sud, mais chaque aube était saluée par un cri poussé par la vigie : « Voile sur bâbord » ou « Flotte en vue ». Ils avaient observé avec la plus grande méfiance les vaisseaux qui les croisaient toutes voiles dehors avant d'aller se perdre dans la brume ou par-delà l'horizon. Et nul doute que l'histoire fût la même sur terre, où les armées de chaque race traversaient ou contournaient à marches forcées le grand désert, pour regagner leurs pays d'origine.

M'rystal avait retrouvé son royaume.

Ils accostèrent à Salit, d'où ils poursuivirent sur l'est, à cheval, en direction de Kahrsaam. Raven fut la première de la troupe à franchir les portes de la ville, peu avant le crépuscule, quelques jours plus tard. Mais qui tenait encore le compte de leurs jours de voyage ? Belthis et Donwayne avaient eu le temps de fuir vers leur repaire dans les monts Gelés, nul n'en doutait, et Raven et ses compagnons auraient encore loin à aller avant que leurs tribulations ne touchent à leur terme.

Les rues de Kahrsaam étaient bordées de cadavres. Grotesques et bouffis, ils pendaient à des potences improvisées au coin de chaque rue, sur chaque place. Des Fils de Lorn, des guerriers des Conil Nachta, capturés par le déferlement des armées de l'altan avant de pouvoir s'échapper en franchissant la Lym. Le cœur de Raven se glaça devant un tel carnage. Tant d'hommes braves, de nobles guerriers, se balançaient de si ignoble façon par des cous étirés et noircis.

M'rystal était un homme cruel et elle ne s'attendait guère à un autre châtiment pour ceux qui s'étaient dressés contre lui.

Elle s'interrogea sur ce qu'il était advenu de Belthis. Avait-il bel et bien réussi à fuir l'Altanat, si tant est qu'il y fût jamais vraiment allé ? Et Donwayne ? Raven ne cessait guère non plus de penser au maître d'armes.

Elle jeta un regard vers Karmana. La jeune femme brune était pâle, tendue, en découvrant le panorama de cadavres nus qui se balançaient. Pourtant, elle les inspectait, afin de reconnaître, dans les dépouilles éventrées et mutilées, un corps, un visage qui auraient été ceux de Karl ir Donwayne.

Puis l'odeur de putréfaction, les remugles infects des entrailles en décomposition lui firent presser son manteau contre son nez, comme ses compagnons.

Comment un homme pouvait-il infliger à ses sujets une aussi épouvantable puanteur ? Raven comprit que c'était là sa façon de les punir.

Il était à l'abri, pour sa part, dans l'air pur au sommet de la colline qui se dressait au centre de Kahrsaam. Ses sujets, pour avoir refusé de se révolter par crainte de ne plus revoir leurs fils, allaient suer et mariner dans l'air bleuté, bruissant de mouches, jusqu'à ce que le courroux de l'altan perde substance, comme les cadavres des Fils des royaumes du Sud semblaient perdre la leur pour devenir gaz.

M'rystal accueillit Raven et ses compagnons aux accents d'une fanfare de cors et de trompes, et avec des réjouissances dont Raven, ou même Jirrem, n'avaient jamais connu la pareille. M'rystal, revêtu de ses longues robes bleues flottantes, un cimier d'or luisant sur sa tête, ouvrit les bras, debout sur les degrés supérieurs de son palais, et, dans l'immense cour, tous les soldats en tenue d'apparat tombèrent à genoux et levèrent leurs lances tachées de sang au-dessus de leurs têtes.

Raven conduisit son cheval entre les rangs de ces guerriers qui lui rendaient hommage, et la cour résonna du sabot des chevaux tandis que la petite troupe de mercenaires s'engageait à sa suite. L'air était vrillé par les éclats puissants des grands instruments de bronze. Des prêtres et des aruspices descendirent les marches en essaim pour la recevoir en héroïne et en salvatrice.

Raven les renvoya tous sèchement : elle n'était pas d'humeur à supporter de telles effusions. Silver d'un côté, Karmana de l'autre, elle escalada les marches au pas de course, pour se retrouver face à M'rystal.

– Raven, s'exclama-t-il, le visage éclairé d'une expression ravie. Tu t'es vue ce jour élever au rang de divinité de l'Altanat. Comme vous tous. Et quand vous ramènerez ma chère Krya, et je sais que vous y parviendrez, votre puissance divine sera décuplée.

Spellbinder éclata de rire en rejoignant Raven en haut des marches.

– Et Spellbinder également, ajouta M'rystal. Tu deviendras, si tel est ton désir, mon sorcier personnel. Tu te tiendras à mes côtés…

Raven lui coupa la parole.

– Il suffit, M'rystal. Nous venons réclamer notre paiement et quelques promesses. Nous ne ferons rien de plus tant que tu n'auras pas conclu certains traités et rempli nos fontes de monnaies universelles.

– De l'or, suggéra Karmana.

– Et de l'argent, renchérit Silver avec un sourire.

– Bien entendu, concéda M'rystal, légèrement vexé.

– Et pour l'heure, trancha Raven, nous ne désirons rien tant qu'un bain, un festin et un lit. À chaque homme de ma troupe, tu fourniras une femme ; à chaque femme de ma troupe, tu fourniras ce qu'elle préférera. Pour moi, ce sera du repos pendant une nuit et un jour. Je suis lasse des batailles et plus lasse encore de toi.

Elle dépassa l'altan pour pénétrer dans le palais. Sa cape volait autour de ses épaules tandis que ses longues jambes fermes et solides foulaient le dallage de marbre poli.

Silver haussa les épaules et adressa à l'altan un regard qui pouvait signifier : « Les femmes ne changeront jamais. » Puis il emboîta le pas à Raven, courant un peu pour la rattraper, et passa son bras sur le sien.

– Tu n'es pas aussi en colère que tu as voulu nous le faire entendre, est-ce que je me trompe ?

Raven éclata de rire.

– Pas le moins du monde. Mais ça m'a fait plaisir.

On les convoqua plus tard devant M'rystal, et ils trouvèrent l'altan plongé dans un vaste bassin aux eaux teintées de rose. C'était sa façon de leur rendre la monnaie de leur pièce et de se venger de leur brusquerie en arrivant. Raven se pencha et trempa ses doigts dans le liquide ; il était chaud et curieusement stimulant sur sa peau. Les yeux noirs de M'rystal l'observaient, un chagrin, un souci évidents peints sur ses traits. Silver et Karmana semblaient impressionnés par les ors de la pièce, ses piliers de marbre et ses sols translucides. Tout était dur et lisse au contact, mais pourtant d'une chaleur inattendue. Une brise douce soulevait les tentures, frappées des emblèmes des dieux de l'Altanat, et les chassait vers l'intérieur de la salle, mais Raven ne percevait aucun courant d'air.

M'rystal se laissait flotter dans l'un des coins du bassin hexagonal, les bras déployés au long du bord, la tête massée avec tendresse par une Xandronienne nue, une esclave qui, à en juger par le tatouage qu'elle portait au poignet, était tenue en haute estime par l'altan. Le hideux tatouage qui marquait sa cuisse donna le frisson à Raven et elle porta la main au sien, presque sans y réfléchir. M'rystal surprit le geste, sans faire plus que de laisser ses yeux parcourir lentement le corps de Raven, pour l'admirer dans les nouveaux vêtements qu'on lui avait donnés.

Tous ses partisans étaient revêtus d'armures de cuir luisant, de chemises et de pantalons neufs de belle étoffe. Seul Spellbinder avait conservé son armure noire, mais Ombre de Lune était ceint d'une cuirasse en peau de xand et il portait des bracelets de cuir de cheval rehaussés de bronze et d'épaisses bottes de fourrure retournées au-dessous du genou. Peut-être prévoyait-il déjà la froidure extrême des contrées vers lesquelles le destin allait les entraîner. Le froid n'avait jamais gêné Raven. Celui qui régnait en son cœur et en son âme était le seul qu'elle se permette jamais de souffrir.

Ils se regroupèrent autour de l'altan et baissèrent les yeux vers lui. Karmana eut un petit rire, peut-être dû à la blancheur du corps de cet homme, à sa maigreur ; les os n'en saillaient pas comme ils l'auraient fait sur un chien affamé, mais il y avait peu de chair sur la carcasse de l'homme le plus puissant des royaumes orientaux.

– Sa joie et son enthousiasme quand il nous a accueillis étaient-ils un masque pour couvrir son chagrin, ou son chagrin est-il un masque pour dissimuler le plaisir qu'il ressent d'avoir récupéré son royaume ? chuchota Silver à Raven.

Elle eut un mouvement d'épaules.

– Aucune femme, même pas Krya, ne valait pour lui son royaume. Mais je présume qu'il retrouve un certain désespoir maintenant que son royaume est de nouveau assuré. Il tient absolument à la retrouver et il est prêt à payer tout ce que nous exigerons.

M'rystal perçut un chuchotement dans son dos et

donna une tape dans l'eau, congédiant la femme qui le massait.

– J'imagine que vous parlez de mon chagrin, dit-il. Je te le dis, Raven, c'est une douleur insupportable. La seule idée de ma merveilleuse Krya entre les griffes d'un monstre malfaisant capable de magie…, mon corps en dépérit, et mon esprit se fige.

Raven s'assit sur le rebord en marbre du bassin. Spellbinder s'accroupit de l'autre côté, Silver près de lui. Karmana et les autres s'amassèrent derrière l'altan, le contraignant à demeurer enfoncé dans son coin. Raven passa la main dans les eaux du bassin, éclaboussa la poitrine de l'altan du revigorant liquide parfumé. M'rystal regarda les mercenaires qui l'entouraient avec un sourire indécis. Ils lui retournèrent son regard et son sourire.

– Vous voulez quelque chose, dit-il.

Une expression fourbe passa sur son visage comme la bouffée brûlante d'une bourrasque traverse le désert. Il avait jeté un coup d'œil en direction de la porte et Raven, en se retournant, y découvrit des gardes lourdement armés, déployés en un large éventail, prêts à accourir pour assurer la protection de M'rystal à la plus petite plainte de leur altan.

Raven éclata de rire.

– Nous avons défait deux grandes alliances tribales et reconquis un royaume pour un homme. Moi, Raven, j'ai tué le Guerrier de la Nuit de cet homme avec plus de facilité que je n'en ai à cracher de mépris. Tu crois qu'une poignée de gardes nous inquiète ?

– Oui, répliqua le rusé M'rystal. Car je connais ton ami Argor qui est actuellement en route vers l'ouest à la recherche d'un nouvel emploi. Je sais ce qu'il t'aurait dit. La confiance, le bluff sont des armes magnifiques ; mais ils ne peuvent arrêter une lame de fer. Il sourit. Mais aucune menace ne pèse sur toi, sur aucun d'entre vous. J'ai besoin de votre aide pour sauver Krya et je vous rétribuerai bien.

– Tu vas acquitter le prix de ce que nous avons déjà accompli, annonça Spellbinder. Et c'est un prix qui va t'être amer.

M'rystal haussa les épaules, ce qui le fit glisser dans l'eau rose ; mais il recouvra son équilibre et recommença à flotter avec nonchalance.

– Vous avez de nouveaux vêtements ; et des armes, ce me semble, du plus bel acier de Tirwand, forgé et reforgé à sept reprises, taillé et plus solide que le roc. Mais vous avez raison, il faut autre chose. De l'or et de l'argent… ou peut-être des joyaux seraient-ils davantage à votre goût ?

Karmana sourit, les yeux brillant de convoitise. La pensée de ces trésors semblait pareillement inspirer quelques-uns des mercenaires. Raven secoua la tête avec solennité.

– Nous voyageons à cheval, dit-elle. Comment pourrions-nous transporter de l'or ? Un peu, soit ; mais c'est surtout une promesse que nous allons exiger de toi, M'rystal.

L'altan arqua un sourcil d'un air soupçonneux.

– Une promesse ?

– Celle de ne jamais plus entrer en guerre contre aucun pays. Celle de ne prendre aucune mesure de représailles contre les Lorn et les Conil Nachta. De devenir pacifique et de conduire ton royaume sans entretenir chez ses habitants la soif des conquêtes. Promets cela et nous serons payés de nos services. Promets cela et Krya te sera rendue. Si tu t'y refuses, tu pourras chercher Krya seul.

M'rystal était blême d'incrédulité et d'horreur.

– Je ne peux pas… je ne peux pas promettre de n'entrer en guerre contre aucun pays…

Dans son émotion, sa confusion, devant une exigence aussi inattendue, il dérapa et tenta de retrouver son équilibre dans le bassin. Jirrem se pencha en avant et, sans se faire remarquer, enfonça la tête de l'altan sous la surface et l'y maintint tout en lui parlant d'un ton qui ne laissait rien deviner de ses actions. Karmana et Raven étaient penchées l'une vers l'autre et cachaient leur maître aux yeux des sentinelles. M'rystal donna des coups de pied et se débattit dans les eaux du bassin, puis Jirrem le laissa remonter à la surface. L'eau ruisselait sur le visage de l'altan et il hoquetait, cherchant à retrouver son souffle, considérant Raven, puis Spellbinder, sans bien savoir s'il devait hurler ou se soumettre.

– Veuillez m'excuser, murmura Jirrem. J'ai perdu l'équilibre.

M'rystal regarda l'autre extrémité du bassin, où ses orteils crevaient la surface. Il avait une expression misérable.

– Je ne pourrai jamais retrouver Krya seul. Belthis saura frustrer toutes mes tentatives de la localiser par la magie… n'importe quelle magie, sauf la tienne, Spellbinder. J'ai besoin de toi, je le reconnais. Krya m'est nécessaire et je ne saurais vous le dissimuler. Il regarda Raven. J'accepte donc. Je consacre mon royaume à la paix jusqu'au jour où un seigneur belliqueux me déclarera la guerre. Quand cette heure viendra, je considérerai mon serment rompu. Je ne peux en promettre plus.

– Oh ! tu le pourrais certainement, grommela Raven, avant de pousser un soupir. Mais nous ne t'y forcerons pas.

Elle savait que M'rystal, en dépit de ses nombreux défauts, était homme de parole. Il respecterait son serment.

Ils repartirent donc en quête de Belthis et lorsqu'à l'aube ils franchirent la poterne du nord, quittant ainsi Kahrsaam, Raven sentit tout son corps se contracter à la pensée de l'inévitable confrontation. Il leur faudrait de nombreux jours pour atteindre enfin le pied des monts Gelés, et d'autres encore pour localiser Belthis. Mais ni Ombre de Lune ni Spellbinder ne semblaient inquiétés outre mesure par l'ampleur de la tâche qui s'offrait à eux. À l'instar de Raven, ils ne redoutaient que la confrontation elle-même.

Ils suivirent une piste nettement tracée qui se faufilait en direction du ponant, dans l'échancrure de gorges vertigineuses et sur le bouclier de vertes prairies bosselées. Des bourgades et des villes s'éparpillaient un peu partout et ils dépassèrent cent caravanes qui remontaient lentement vers les grands centres et leurs marchés. En un laps de temps somme toute réduit, ils atteignirent les rives du lac Thaal.

Ils s'y arrêtèrent pour se reposer et se rafraîchir. Les eaux du lac étaient d'un froid mordant et leur couleur sombre suggérait d'insondables profondeurs. Raven refusa d'y nager mais Karmana se déshabilla avec joie et nagea vigoureusement dans les hauts-fonds. Silver vint la rejoindre et, un temps, leurs rires supplantèrent avantageusement le lourd silence qui paraissait attaché aux pas de la troupe.

Raven se réjouissait que les deux guerriers du Nord oublient chaque jour un peu plus leurs différends. C'était ainsi qu'il devait en être.

Une ville de pêcheurs et de tisserands s'étalait sur cette rive du lac et Spellbinder s'était rendu auprès des anciens et des guetteurs de l'endroit, les plus susceptibles de remarquer le passage d'étrangers.

Il apprit qu'un homme dont la description évoquait

irrésistiblement Belthis avait traversé la bourgade quelques jours auparavant. Il avait l'air de fuir. Il chevauchait en compagnie d'un autre homme, un géant, vêtu d'une armure noire et rouge, et qui portait une barbe en broussaille qui couvrait sa poitrine et des cheveux raides et graisseux qui dépassaient du métal nu et brillant de son heaume. Il avait été maître d'armes, et un maître d'armes particulièrement fidèle, car il suivait les ordres de l'autre homme sans une seconde d'hésitation.

Leur identité ne laissait aucun doute à Raven. Ombre de Lune écouta, impassible, sans laisser soupçonner lequel des deux était l'être qu'il se réservait.

Aucune femme ne les accompagnait, mais ce n'était pas une surprise. Pauvre Krya, songea Raven. Prisonnière du froid de ces montagnes durant tout ce temps. Elle doutait que la malheureuse, fragile comme une fleur, puisse survivre à un tel traitement. Son cœur se serra d'inquiétude, car elle gardait de Krya des souvenirs affectueux.

Après avoir enfermé son otage dans son repaire des montagnes, Belthis était venu prendre le commandement de son nouveau royaume. Il semblait bien qu'il n'ait guère joui du palais plus de deux ou trois jours avant de découvrir que les armées de Lorn et des Conil Nachta l'abandonnaient. Il n'avait pas perdu de temps en tergiversations. Il s'était enfui immédiatement et avait quitté l'Altanat – c'était pratiquement certain – avant que M'rystal ait effectué son entrée triomphale dans Kahrsaam.

À la suite de ces révélations, Raven reprit la route d'Irkar, un port aux confins de l'Altanat qui défendait l'embouchure du fleuve Irkard, la porte qui menait aux montagnes Perdues.

Irkar était perchée au sommet de falaises abruptes ; la ville était sale, noire, grouillante de troupes, regorgeant de marchands venus de tous les pays autour du Cœur du Monde. Des animaux et des enfants galopaient et jouaient dans les grossières rues pavées. De hautes tours de guet, laides et bâties en bois, se haussaient sur les murailles comme si le point de vue obtenu au sommet des falaises n'était pas suffisant. Sur la place, on ressentait une vigilance inquiète, redoublée depuis l'occupation par les armées du Sud. C'est en silence qu'Irkar accueillit Raven et ses compagnons, avec un regard de défiance.

Les bâtiments, bas et massifs, leur étaient apparemment fermés de façon permanente et ils traversèrent les étroites venelles, dépassèrent les places noires de monde sans s'arrêter, jusqu'à ce qu'ils parviennent à la rue en pente raide qui filait vers les quais, à des centaines de pieds au-dessous d'eux.

Leurs chevaux descendirent vers la mer qui scintillait en contrebas, d'un pas prudent, en renâclant et en trébuchant. Enfin, ils arrivèrent au port et trouvèrent le vaisseau qui les attendait, le vaisseau des Loups de Sans Pitié, le *Brise-Lames,* que des soldats de l'altan avaient convoyé jusqu'ici sur la demande de Raven.

En enjambant le bastingage, en parcourant de l'œil les équipements fonctionnels, inconfortables qui les entouraient, ils eurent l'impression de retrouver un vieil ami. Raven alla droit à la proue et elle laissa courir ses doigts sur le museau de l'animal figé en un grognement.

– Ah ! s'exclama-t-elle, voilà exactement ce que je ressens.

Spellbinder et Silver s'enquirent auprès des débardeurs sur le quai d'un éventuel passage de Belthis, mais, à leur surprise, personne ne pouvait dire s'il avait vu le sorcier et son compagnon si particulier.

– Il a dû opter pour un voyage à cheval, estima le sorcier à la barre du vaisseau des Loups quand ils eurent quitté Irkar pour remonter vers le nord une côte qu'ils avaient déjà fouillée une fois durant le mois qui venait de s'écouler.

– C'est probablement plus rapide pour lui, supposa Raven. Mais après tout, il sait où il va.

– En effet, répondit Spellbinder en levant la tête vers la ligne de crête des falaises qu'ils longeaient.

Le vent s'engouffra dans la grand-voile et la gonfla. Le bateau tangua et fut propulsé vers l'avant avec une secousse.

– Entre l'Irkard et le fleuve de Glace se trouve un territoire que je connais très mal. Des vallées encaissées, des crevasses que bordent des montagnes. Il faudrait être brave pour les traverser à cheval. Il s'y dissimule cent mystères, dont seuls parlent des aventuriers, enfin, le même genre d'aventuriers que ceux qui se vantent d'avoir visité Quwhon.

Raven opina du chef. Bien que moins mystérieux que Quwhon, l'entre-deux-fleuves, elle le savait pertinemment, n'avait jamais rendu les corps expéditionnaires de l'Altanat qui s'y étaient, à de rares occasions, engagés. Il ne fallait sans doute pas chercher d'autres explications que celle de tribus hostiles, qui se trouvaient en terrain familier et savaient en tirer avantage, mais ce territoire l'intriguait. Il fallait que Belthis soit fou pour le traverser à cheval ; fou, ou familiarisé avec les vastes espaces qui séparaient les deux cours d'eau.

Le gros temps rendit Raven et Silver malades et les retint sous le pont, le visage vert et l'âme en déroute. Ombre de Lune resta en leur compagnie, ses yeux presque vides fixés sur le mur en face de lui. Parfois, il sortait le joyau vert de sa cachette pour laisser la hideuse araignée courir sur sa main et remonter au long de son bras. Son jeu avec la créature donnait la chair de poule à Raven qui découvrit que l'arachnide la rendait nerveuse. Mais quand elle demanda à Ombre de Lune de ranger l'animal, il parut ne rien entendre. Ce n'est que quand on l'appelait pour manger ou qu'il allait se soulager par-dessus les bastingages qu'il émergeait de sa méditation personnelle sur le Crugoan. Ce n'était que dans ces moments-là que Raven pouvait lui parler et espérer une réponse.

Un cri jailli des sangles de vigie, tout là-haut au-dessus du pont, les fit tous accourir en proue du vaisseau des Loups ; un froid cruel régnait sur ce milieu de journée, et des nuées ventrues obscurcissaient le soleil. La mer démontée se pailletait de grandes plaques de glace en partie fondues que charriait la rivière.

À l'endroit où la côte était entamée par l'estuaire du fleuve de Glace, ils pouvaient voir la cité en ruine qui avait jadis gardé l'embouchure du cours d'eau. Elle brillait de givre et d'acier sous la lumière du jour si bien que, rsquo;un instant du moins, la grande métropole retrouva sa vie et sa splendeur, joyau de gel en bordure d'un océan en furie. Elle faisait face, par-delà les flots tumultueux, aux falaises de la grande péninsule qui prolongeait vers le sud les contreforts des monts Gelés et déterminait la frontière entre l'océan connu et les mers plus hostiles de Quwhon.

Ils étaient littéralement à la limite des cartes et Raven eut un frisson en pensant à ce qui s'étendait plus loin vers le nord, par-delà les barrières de la nature, au-delà de la compréhension de mortels comme ses amis et elle.

Quand le vaisseau des Loups s'approcha de la ville, l'illusion de vie s'effaça. De grandes entretoises, des flèches de métal montaient des bâtiments rassemblés qui embrassaient comme des barnacles le pied des plus orgueilleuses structures ; partout luisait une brillante pellicule de gel, rompue par places, où elle étincelait en aiguilles de cristal. La glace était omniprésente ; elle pendait en longues dents aux corniches et se déployait comme de baroques formes de vie, à partir du sol, ou dans les structures fracassées et rompues de bâtiments dont les formes originelles étaient depuis longtemps tordues et cassées.

Sur l'une des plus hautes tours que surchargeait une calotte de glace, une silhouette noire et familière les fixait. Ses yeux jaunes ne cillaient pas. Ses ailes étaient repliées, ses serres enfoncées dans la croûte gelée sur laquelle elle était perchée. Son souffle s'éleva en givre de son bec ouvert quand l'oiseau poussa son cri de bienvenue, un son rauque et métallique qui déchira l'air paisible.

15

> Une vision, comme une arme, est un outil, rien d'autre : si elle n'est pas aiguë et précise comme une épée, elle ne te sera d'aucun service.
>
> *Les Livres de Kharwhan*

Glissant et dérapant dans les rues gelées, Raven mena la petite troupe jusqu'au bâtiment où le grand oiseau était toujours perché.

Ombre de Lune manifestait une telle exaltation qu'il était presque impossible de lui parler. Il était persuadé que le Crugoan se dissimulait en ce lieu que l'oiseau leur indiquait. Raven se montrait plus prudente. Elle connaissait l'oiseau et les chemins détournés qu'empruntait son aide : il ne lui facilitait jamais les choses au point de les lui livrer sur un plateau doré – ou glacé. Mais il voulait attirer leur attention sur quelque chose, elle en était certaine. Et Spellbinder partageait cette opinion.

Les dix guerriers grimpèrent les rues en pente et les escaliers escarpés en se cramponnant à la moindre aspérité, à la moindre projection de glace ou de fer : leur gauche progression avait quelque chose de comique. Raven gardait son épée à portée de main, de même qu'Ombre de Lune. Les efforts de Silver l'avaient coloré d'argent et une lumière aveuglante se réfléchissait sur lui.

Par instants, fusait un cri de colère, suivi d'une exclamation de douleur, et l'un des mercenaires disparaissait pour dévaler la colline verglacée, bras et jambes écartés, corps tournoyant. Au pied de l'éminence, il se remettait debout, débarrassait ses vêtements et son manteau de la glace qui les couvrait et reprenait l'éprouvante ascension.

Raven fut la première à atteindre le replat et la base de l'immense tour sur laquelle était toujours perché l'oiseau aux yeux implacables.

Quand elle leva les yeux en les plissant pour affronter la brutale clarté du ciel, l'oiseau poussa un nouveau cri et déploya ses ailes, dont il battit quelques instants avec une sonore puissance, avant de prendre son essor dans l'air glacé et de décrire des cercles gigantesques au-dessus des ruines.

– Ne t'éloigne pas trop, mon ami, murmura Raven ; puis elle aida Spellbinder qui venait de déraper sur le dernier tronçon de la route. Silver se hissa sur le replat et tous, un par un, les rejoignirent pour se regrouper devant la mince plaque de verglas qui bouchait la porte triangulaire de la tour.

L'épée tirée, l'œil à l'affût de tout mouvement, Silver et Jirrem s'approchèrent de la barrière de glace et la fracassèrent de leurs armes. Le rideau gelé s'effondra avec un tintement curieusement mélodieux. Une bouffée d'air chaud s'exhala des entrailles de la tour où Raven, aux aguets, pénétra la première.

Ils se retrouvèrent dans une chambre immense, aussi large que longue, qui semblait occuper toute la hauteur de la tour. Les ténèbres noyaient la plus grande partie de la pièce, mais les yeux de Raven furent attirés par l'immense écharpe de couleur qui s'étirait dans la salle d'un mur à l'autre : un arc-en-ciel ! Il brillait de sa propre lumière sans pourtant que la chambre où ils se trouvaient en soit éclairée. Il était là, voilà tout, scintillant et moiré, et il les appelait.

Raven se souvient des paroles de l'oracle d'Uthaan : « Au nord, là où un arc-en-ciel détient la clé. »

Elle avança jusqu'à ce que la grande arche multicolore s'élève au-dessus d'elle, comme un pont entre les murailles.

– Où est la clé ? s'écria Raven d'une voix forte, intriguée, sans savoir quelle conduite adopter.

– Je n'ai aucune clé, répondit une voix étrange issue de l'ombre. Mais je suis le rêveur de l'Arc-en-Ciel et une vision de cauchemar me harcèle.

Stupéfaite, Raven recula jusqu'à ce qu'elle entende la respiration de Silver à ses côtés. Une silhouette voûtée et chenue sortit des ténèbres qu'enjambait l'arc-en-ciel, pour émerger dans la fragile clarté que dispensait la porte ouverte ; un vieillard, aux longs cheveux gris, aux robes en haillons serrées contre son corps par des lanières de peau. Les mains qu'il tendait vers Raven étaient malingres et quand la guerrière abandonna son inspection du corps du nouveau venu pour regarder ses yeux, elle découvrit des orbites laiteuses, striées de rouge, des pupilles mortes, aveugles. Les lèvres du vieillard remuèrent.

– Avancez, qui que vous soyez. Ne me dites pas que je suis un homme à vous frapper de terreur, allons. Je suis le rêveur de l'Arc-en-Ciel et vous pénétrez dans ma demeure. Je vous y accueille volontiers. Mais veuillez vous faire connaître.

Raven avança et saisit la main droite du vieillard tout en rangeant son épée au fourreau.

– Je suis Raven, annonça-t-elle. Mes compagnons viennent de divers pays autour de l'océan au Cœur du Monde.

– Sois la bienvenue, Raven, répondit le rêveur. Mon

nom est Roblak. Comme tu peux le voir, je ne suis plus l'homme que j'ai pu être, mais, après tout, je vis dans ces solitudes glacées depuis si longtemps que je préfère n'y pas songer. J'étais autrefois le voyant d'un grand roi, mais le temps et les revers de la fortune ont conspiré pour l'effacer de ce monde, en même temps que son royaume. Quand les glaces sont venues, j'ai trouvé un refuge, un abri contre les forces qui me traquaient inexorablement. Je n'appartenais pas à cette ville, mais elle m'a recueillie à l'heure où je le demandais.

Spellbinder retint son souffle et Raven lui jeta un regard. Le sorcier considérait l'aveugle avec une expression de stupeur.

– La glace recouvre cette ville depuis cent générations. Elle était là quand les monts Gelés ne portaient pas plus de neige que les montagnes de Feu de l'extrême sud.

– Peut-être, répondit le rêveur, et un sourire joua brièvement sur ses lèvres exsangues, peut-être le temps prend-il un sens différent selon les personnes ? Je suis un vieillard, est-il besoin d'en savoir davantage ?

– Non, concéda Spellbinder, rempli d'émerveillement devant cet étrange vestige d'une ère révolue.

Raven, qui tenait toujours la main de Roblak, regarda les yeux aveugles et secoua la tête.

– Quelle était donc ta patrie d'origine ? demanda-t-elle.

Roblak sourit.

– Le destin t'y conduira à son heure. Du moins, à ce qu'il en reste.

Il se détourna et s'enfonça dans les ténèbres qu'enserrait l'arc-en-ciel. Raven et Spellbinder le suivirent et ils découvrirent en s'enfonçant dans le cœur de la tour qu'ils parvenaient à une zone de lumière d'un vert doux, invisible pour qui ne s'y trouvait pas. Une chambre éclairée dans un cocon de ténèbres, sans muraille qui la limite. Un phénomène extraordinaire que Raven se surprit à accepter aisément dans ce lieu de prodiges.

– J'ai rêvé d'un sorcier, annonça Roblak. Il voyage aux côtés d'un géant, vêtu de rouge, vêtu de noir et vêtu d'or, qui porte une épée terrible qui n'a pas de nom. C'est un bretteur d'une habileté redoutable. Un homme féroce, brutal. Et le sorcier, en dépit de sa petite taille et de son grand âge, est un immense récipient de mal. Une ombre court avec eux… Je n'en discerne pas plus. Ils fuient vers cette haute montagne à la bifurcation du fleuve de Glace et des guerriers de givre gardent leur domaine avec une détermination farouche. Ils gardent une femme avec eux. Une créature fragile et terrifiée. Le géant a connu son corps à de nombreuses reprises, il a assouvi ses appétits de mille façons avec elle et cette femme approche désormais du trépas. Elle est de noble naissance, et fière, mais son orgueil est prêt de se rompre et ses forces s'épuisent.

Dans les ténèbres d'où elle suivait ce discours, Karmana proféra quelques obscénités. Raven les entendit et partagea son sentiment. Elle aussi, elle avait éprouvé le frisson de la peur et de la haine quand le rêveur de l'Arc-en-Ciel avait évoqué la barbarie de Donwayne. Pauvre Krya, songea Raven. Le viol est une terrible épreuve pour une femme robuste, mais Krya était si fragile et si frêle que les outrages perpétrés à son encontre avaient dû la conduire aux portes de la mort.

Un doute la troublait pourtant :

– Vous avez rêvé cela, mais est-ce nécessairement ainsi que les choses se sont passées ?

– Quand je rêve, je ne rêve que de la vérité, l'assura Roblak. Ce cauchemar me hante depuis des jours. J'ai suffisamment d'expérience pour savoir que, quand une vision maléfique aussi puissante s'impose dans mes rêves, une force de nature opposée trouvera bientôt sa voie vers moi. Il en a toujours été ainsi. J'ai rêvé de l'homme que tu poursuis, n'est-ce pas ?

Raven hocha la tête. Roblak sembla percevoir cette réponse et poursuivit :

– Il se terre dans les monts Gelés, dans une caverne qui s'ouvre sur un vertigineux à-pic couvert de glace. Le chemin qui y conduit franchit une porte d'ossements, au long du premier affluent du fleuve de Glace. Quand vous aurez passé cette porte, vous trouverez un tunnel qui s'enfonce dans le flanc de la montagne ; à l'autre extrémité, la spirale d'un escalier, taillé en un âge inconcevablement reculé de notre passé, s'élève au cœur du roc. Mais le tunnel est gardé. Prenez garde.

– Et tout ceci, tu l'as vu en rêve, s'émerveilla Raven. Mais est-ce encore vrai ? Comment savoir si l'homme maléfique n'a pas quitté sa grotte de la montagne ?

Roblak tendit la main et lui frôla le visage, laissant ses doigts glisser doucement sur sa peau, étudiant le paysage de ses lèvres et de ses yeux.

– Tu as un visage fort, et d'une grande beauté, conclut-il. Je n'y sens pas le doute. Tu sais que tu crois en ma vision, Raven. Tu dois toujours suivre ce que te dicte ton instinct. Il sourit. Regardez l'arc-en-ciel.

Un peu honteuse de ses doutes, Raven se retourna et observa le chatoiement de la grande arche.

– L'arc-en-ciel est une somme de tout ce qui est visible. Tout ce que vos yeux peuvent découvrir au loin, ils le peuvent grâce à la couleur : les verts et les rouges et toutes les gradations des couleurs intermédiaires. Tout ce que l'on peut voir dans un arc-en-ciel, Raven, je le vois dans mes rêves. Vous n'avez guère de temps à gaspiller ici en réflexions. Le cours du fleuve de Glace s'oppose à votre avance et le vent est inconstant. C'est un voyage rigoureux et difficile que vous allez accomplir.

Raven échangea un bref regard avec Spellbinder, puis ils ramenèrent leur attention sur le vieillard qui s'assit sur un vieux fauteuil bas et branlant, en enserrant ses bras de ses mains comme s'il s'attendait à le voir s'écrouler à chaque instant. Ses yeux fixes semblaient regarder la porte ouverte de la tour.

– Allez, leur enjoignit-il. Je perçois la pitié que vous éprouvez pour moi, et j'ose dire qu'elle est sans fondement. Je suis heureux et en paix, plus encore maintenant que la vision de mon cauchemar a été partagée. Elle ne me hantera plus.

Raven tourna les talons et quitta la zone de lumière. Spellbinder lui emboîta le pas et toute la troupe sortit de la tour noire pour retrouver la solitude glacée de la ville.

À l'extérieur, le froid brutal dont ils avaient perdu l'habitude dans la douce chaleur de la tour les fit frissonner.

Derrière eux crépita un long craquement de banquise qui se brise : en se retournant, ils découvrirent qu'une carapace de glace montant de partout à la fois refermait hermétiquement la porte triangulaire.

Ombre de Lune s'assit sur la chaussée en pente et se poussa pour la descendre d'une glissade de plus en plus rapide, mais sans cesse contrôlée, jusqu'à ce qu'il déboule sur le quai au terme de quelques secondes et arrête sa course en effectuant quelques tonneaux. Son éclat de rire, bienvenu après le terrible sérieux qu'il avait affiché ces derniers jours, fut aussi bref que tonnant. Il fit signe frénétiquement aux autres de suivre. Il était impatient de reprendre la chasse.

Dans les premiers temps, les vents marins se décidèrent en leur faveur et les poussèrent contre le courant du fleuve de Glace. Ils voyageaient plus vite qu'un cheval ne l'aurait fait, mais pas si vite que Spellbinder à la barre ne puisse manœuvrer le vaisseau des Loups avec virtuosité entre les grands blocs de glace charriés tout autour d'eux.

La cité s'évanouit à l'ouest, ses tours scintillantes prestement avalées par l'éclat du soleil couchant, qu'estompaient des nuages orange. Les monts Gelés, dressés dans les brumes du lointain, semblaient promettre toute l'hostilité glacée de l'hiver, des parois enneigées, des pistes congestionnées de glace. On aurait dit que le fleuve s'allongeait, à sinuer dans un sens, puis dans l'autre, quand les glaces ne fermaient pas les plus étroits de ses méandres. Spellbinder dut puiser dans ses forces à plusieurs reprises et user d'un sort élémentaire pour briser la glace.

Pour finir, le vent changea et souffla contre eux. À la tombée de la nuit, ils amarrèrent le vaisseau des Loups sur des rocs qui émergeaient du lit de la rivière et se préparèrent à passer une nuit inconfortable.

Au matin, la journée s'annonça plus dégagée, moins nuageuse, mais le vent s'acharnait contre eux et ils n'étaient pas assez nombreux pour vaincre le courant à la rame. Raven observa un moment les montagnes, éblouie par leur altitude et leur vertigineux profil, qui évoquait les canines d'un fauve gigantesque.

Quand le vent retomba un peu, ils s'aperçurent qu'en peinant sur les avirons ils parvenaient à avancer à contre-courant à une allure acceptable. À l'aide d'un cordage qu'ils nouèrent en proue, les plus robustes d'entre eux halèrent le vaisseau à la main. Raven, aux avirons, aperçut le grand oiseau, son compagnon, qui volait à elle en provenance du nord, d'au-delà des montagnes.

Elle comprit ce que cela signifiait et frissonna : l'oiseau avait volé jusqu'à Quwhon. Les barrières qui protégeaient ces territoires inconnus n'existaient pas pour lui.

Et si l'oiseau pouvait voler aussi facilement vers Quwhon, cela laissait supposer que Raven aurait à en faire autant au cours de sa quête au service du Chaos.

C'est une idée qui n'avait pour elle rien de plaisant !

À la première fourche de la rivière, le vent leur accorda de nouveau ses faveurs.

La voile chanta dans un grand bruit de toile et se gonfla immédiatement, le signe de la Déesse Mère fixé devant eux sur la masse formidable des monts Gelés.

Les tourbillons créés au confluent des deux cours d'eau ballottèrent le vaisseau quand il s'y trouva pris, mais il s'en affranchit bien vite pour se hâter d'une course hardie vers le dernier point d'amarrage sur leur route.

Le cri de Spellbinder fit accourir Raven qui discutait à l'entrepont avec Ombre de Lune. Ce dernier commençait à s'affaiblir, c'était assez évident. Sa peau était froide au toucher et reprenait cet étrange aspect translucide qui avait tellement effrayé Raven la première fois qu'elle en avait été témoin. La lune commençait à diminuer, aspirant dans son sillage les forces d'Ombre de Lune.

Quand Raven arriva sur le pont, Spellbinder était à la proue et Jirrem à la barre. Devant eux, une porte carrée gigantesque enjambait le fleuve sur toute sa largeur. Haute comme dix hommes, elle était édifiée d'ossements, les fémurs et les radius de géants, ou peut-être de quelque bête inconnue qui hantait les chaînes montagneuses du Nord. Du linteau de la porte pendaient cent crânes, brisés et fendus de façon épouvantable, accrochés par des longueurs de cordes tressées qui tranchaient par leur noirceur sur les pics enneigés en arrière-plan.

Le vent agitait les crânes de son souffle. La porte gémissait tandis que les milliers d'ossements frottaient les uns contre les autres, comme pour user les liens de cuir qui les maintenaient en place.

Le vaisseau passa la porte et tous ses passagers observèrent un grand silence. Le navire avait presque franchi l'arche, quand un crâne se détacha du linteau et vint s'écraser sur le pont dans un grand fracas, éclatant en mille échardes.

Spellbinder écarta immédiatement les bras et prononça un sortilège court et incompréhensible. Les fragments d'os furent balayés du pont comme par un vent fantôme que personne ne sentit.

Raven, troublée, se retourna vers le sorcier, mais Jirrem leur criait déjà de regarder la caverne au flanc de la montagne. Elle était apparue comme par magie à l'instant où ils franchissaient le portail d'ossements. C'était une gueule béante, à la base de l'à-pic qui barrait le passage vers la dent dressée et neigeuse du pic le plus proche.

– Voilà la route qui mène à Belthis, s'exclama Karmana en bondissant dans les gréements pour mieux la distinguer. Ombre de Lune s'appuya au bastingage ; ses yeux étaient deux fentes, ses phalanges, blanches de serrer le bois.

Un bref éclat de lumière scintilla près de la caverne, mais personne ne pensa qu'il s'agissait d'autre chose que d'un reflet du soleil sur des arêtes de glace.

Ils amarrèrent le vaisseau des Loups contre des rocs noirs et glissants de verglas, puis, chargés de toute la nourriture qu'ils étaient capables d'emporter, les épées et les arcs en place où ils pouvaient facilement s'en emparer, la troupe de guerriers prit la direction de la caverne. Ils suivirent le sentier sinueux qui contournait les éboulis et les plaques verglacées. Raven, en tête, progressait à grandes enjambées assurées sur le sol perfide.

Le chemin commença à s'élever et ils perdirent l'abri relatif du lit de la rivière pour affronter la morsure de la bise. Elle soulevait leurs capes et leurs chevelures, leur faisait serrer les dents. Le froid semblait chercher chaque interstice de leur vêture, chaque faiblesse de leurs armures, pour s'en prendre à la chair, aux os et à l'âme par-dessous. Avec le vent, d'infimes particules de glace étaient arrachées aux hauteurs; comme une tempête de poudre de diamant, les rutilants cristaux tourbillonnaient autour d'eux, pour se loger dans leurs cheveux et se plaquer sur leur peau.

La petite troupe gagna graduellement l'ombre de la formidable paroi de roc et le redoutable vent retomba. De la neige tomba des sommets, une nuée fantasque sur le noir d'un orage imminent; la brève apparition du soleil avait depuis longtemps cédé la place à des cieux plus hivernaux.

La caverne bâillait devant eux : Raven la voyait ainsi, une grande gueule dans la montagne, étirée au maximum de sa taille par l'ennui. D'étranges rumeurs en sortaient : ni le vent, ni le froid, mais de simples cours d'eau et de calmes souffles d'air, repris et amplifiés par les vastes cavités de la montagne.

– C'est ici que se joue la dernière étape de notre expédition, déclara Spellbinder. Je confesse que j'éprouve une certaine appréhension. L'escalier doit bien faire un kli de la base au sommet.

Silver poussa un grognement de désapprobation.

– En arrivant là-haut, je ne suis pas sûr qu'il nous restera même la force d'insulter Belthis.

– Nous en aurons assez pour détruire le Crugoan, assura Ombre de Lune d'une voix calme.

Arreena, en tête du groupe, jeta un coup d'œil le

long d'une crête de rocs lissés de glace et se retourna pour lancer :

– Nous ne vivrons peut-être pas assez longtemps pour cela !

L'espace d'une seconde, Raven ne comprit pas ce que voulait dire la femme de Kragg ; puis une mince javeline de givre vint sonner près d'elle sur le sol inégal et éclata en échardes.

Arreena poussa un petit cri et plongea à l'abri. Raven hurla une mise en garde et la troupe s'égailla de tous côtés, épées au vent et capes rejetées en arrière pour libérer leurs bras.

Mille pas à peine les séparaient de la grande caverne mais, sous leurs yeux, un assemblage singulier de guerriers vint s'interposer, comme surgi du sol, entre Raven et son objectif immédiat.

On entendait craquer la glace à chacun de leurs mouvements. Des éclairs de lumière flamboyaient sur les plans polis de leur corps ; leurs cheveux et leurs barbes étaient pailletés de glace ; le souffle qui se changeait en brume entre leurs lèvres cristallines était du même givre que la chair glacée des guerriers de neige en faction.

Le soleil choisit de réapparaître à cet instant et les Guerriers de Givre flamboyèrent. Raven se protégea les yeux contre cet éclat aveuglant. Karmana secoua la tête, son épée s'abaissa. Personne dans la troupe, pas même Spellbinder, n'avait jamais vu de telles créatures.

– Ils semblent constitués de glace, fit remarquer Ombre de Lune, de façon assez superflue. Comment peut-on combattre de l'eau gelée ? Est-ce qu'une épée peut avoir une utilité ?

Karmana se rua brusquement en avant, suivie de près par Jirrem qui avait tiré ses deux épées et les agitait frénétiquement. Raven se raidit en observant les Guerriers de Givre qui avançaient sur les deux mercenaires.

Des lames de glace étincelèrent, dont l'acier bleu para les coups. La glace soutint l'impact, le choc sonna haut et clair. Karmana esquiva et dansa, les hommes de glace pivotèrent d'un mouvement fluide pour tenter de tromper sa défense. Raven vit des yeux liquides luire de plaisir, des cœurs de cristal transparent battre plus fort dans la glace de leurs corps.

Une fois, et une fois seulement, l'épée de Karmana trouva la « chair » : avec le son d'un vase délicat qui se brise, le guerrier se fendit de la poitrine au dos, fracassé en mille fragments. Puis ses adversaires redoublèrent leur assaut et Karmana perdit du terrain, son éphémère succès annulé à peine remporté. Jirrem livrait également une bataille splendide mais sans parvenir à percer le rempart d'armes et de corps brillants que présentaient ses ennemis.

Il porta soudain la main à ses yeux et se replia en hurlant vers Raven.

– Ils m'ont aveuglé ! s'exclama-t-il, et Karmana, les yeux mi-clos pour diminuer l'éclat des lumières réfractées, battit également en retraite.

Un javelot de glace fila en bourdonnant vers Jirrem, le frappa nettement entre les deux épaules et jaillit, son givre rougi de sang, pour dépasser sur la longueur d'un bras de sa cage thoracique. Le guerrier poussa un court hoquet de souffrance et trébucha. Karmana s'arrêta pour tenter de le remettre sur pied et le tira à sa suite tandis qu'un deuxième javelot rebondissait contre sa propre cuirasse, lui faisant pousser une exclamation de douleur.

Elle glissa et dérapa jusqu'à l'abri des rochers et Spellbinder tomba immédiatement à genoux pour adoucir les terribles souffrances de Jirrem. Le javelot s'était brisé et le sorcier en retira les dernières échardes des poumons du guerrier. Jirrem poussa un seul cri, puis ses yeux se fermèrent, sa main se crispa sur le sol près de lui et il mourut.

On entendit un son, une avalanche d'aiguilles de glace qui dévalait une pente gelée. C'était le rire des Guerriers de Givre.

Raven tira ses étoiles de jet de sa ceinture et les plaça entre ses doigts, prête à en faire usage ; l'épée férocement brandie, elle monta la pente au pas de course en hurlant des insultes aux monstres qui venaient de tuer Jirrem.

Mais un cri retentit derrière elle et elle hésita. Quelques secondes plus tard, Silver la rattrapait et l'incitait à regagner leurs rangs. L'ardeur et l'insistance de sa voix la firent obéir. Elle recula devant les Guerriers de Givre et, en quelques pas, rejoignit les bras de Spellbinder.

Serrés les uns contre les autres, les soldats de la petite bande observèrent Silver qui se dévêtait, défiant la température et ignorant le froid intense.

Les Guerriers de Givre s'approchèrent pour l'encercler, l'éclat de leurs corps blessant les yeux de Raven qui ne les quittaient pas.

Mais Silver, l'épée levée dans sa main gauche, écarta largement les bras. Instantanément, la blancheur de sa peau couverte de chair de poule céda la place à un halo argenté qui déferla le long de ses membres à partir de ses mains et de ses pieds jusqu'à envahir l'ensemble de son corps comme un singulier mascaret d'argent. Raven pouvait voir les muscles durs des jambes et du dos de Silver nettement dessinés, peut-être sous l'effet du froid, peut-être en prélude au combat, mais maintenant, ils coulaient comme du vif-argent, brillaient comme le plus pur acier de Tirwand, juste retiré de la forge et poli par le forgeron.

Les Guerriers de Givre étaient ainsi aveuglés par leur propre éclat et Raven regarda Silver faucher dans leurs rangs comme un paysan tranche les mauvaises herbes qui ont envahi des friches.

Les Guerriers éclatèrent, se fracassèrent en myriades d'échardes et de fragments glacés. Leurs hurlements aigus sonnaient comme un glaçon qui tombe d'un toit quand on en remue le chaume. Des bras, dcs jambes, des corps entiers se trouvèrent réduits en glace pulvérulente tandis qu'en Silver s'incarnait leur destruction, pour les anéantir jusqu'au dernier.

En quelques minutes, tout fut fini. Silver, hors de souffle, retrouva lentement une couleur plus humaine, debout parmi les débris de sa fureur, un amas de cristaux et de glace en dissolution dont l'eau de fonte fut bue par la terre tandis que le reste de la bande gravissait la pente avec prudence.

Silver se rhabilla.

Raven lui plaça une main sur chaque joue, afin de lui communiquer un peu de chaleur. Mais quand il l'attira vers lui pour la serrer contre son corps, elle ne le repoussa pas ; elle murmura une promesse qu'il fut seul à entendre, qui le fit tressaillir et reprendre une nouvelle fois ses reflets argentés.

Ombre de Lune avançait vers la caverne en appelant les autres à le suivre ; il ne fallait pas oublier que leur temps était compté.

Raven et Silver se séparèrent pour se diriger vers les gouffres d'ombre de la montagne et l'escalier dont l'immense pas de vis taillé dans le roc les conduirait au sommet.

16

> L'ordre et le désordre se fondent l'un sur l'autre. Un outil dont on se sert pour créer l'un ou l'autre doit être prêt à tirer parti des deux, indifféremment.
>
> *Les Livres de Kharwhan*

La femme pleurait doucement, presque sans bruit. Dans le coin qu'elle occupait, ligotée et dolente sur le sol de pierre dure, elle tenta de déplacer son corps pour atténuer la douleur… l'effroyable douleur… Son corps entier était recru de souffrance ; et pour cette femme, la souffrance avait été une sensation presque inconnue ; la douleur fugitive de la féminité, les maux silencieux de son corps qui se modelait durant sa croissance : à cela s'était bornée pour elle l'expérience de la souffrance. Mais cette douleur-ci… elle l'emplissait, la consumait, fulgurait de son ventre à sa gorge pour irriguer tous ses membres. Son esprit avait été aussi cruellement supplicié que son sexe et la souffrance la submergeait, en vagues successives. Et elle pleurait.

L'Homme Noir allait et venait, sans repos ni conscience. La puanteur qui l'accompagnait était suffocante ; des remugles d'excréments, et de sang, et de sexe ; l'odeur âcre et fétide d'un sexe d'homme, dont on a usé et qu'on n'a pas lavé, montait comme la sève dans une jeune pousse, s'exhalait de ses pores, une odeur écœurante de désir bestial. Son armure sombre était ternie, ses cheveux raides luisaient de graisse. Il se pencha sur la femme, son souffle passa sur elle et la figea de son arôme infect. Il rit, mais d'un rire vide, inhumain. Ses yeux étroits étaient mats, morts. Le hideux renflement de son bas-ventre était pour l'instant contenu, endormi et repu. Il ne tarderait pas à se redresser, noir et monstrueux, et la douleur reviendrait visiter la femme qui gémit en songeant à l'effroyable déchirement.

Le petit homme, assis, guettait sans bouger l'entrée de l'escalier dans la montagne. Derrière lui et son trône de roc, les neiges et les vents furieux d'un autre pays dansaient et rageaient sur la crête sans oser plonger dans la caverne. Il avait des yeux obscurs et le visage émacié d'un squelette. Des robes sombres le protégeaient du froid, mais ses mains tremblaient pendant qu'il observait la bouche d'ombre et qu'il écoutait monter les bruits de pas sur les degrés de pierre.

– Ils arrivent, marmonna-t-il. Ils arrivent… elle approche… Raven… Elle comprendra bientôt la témérité de son entreprise… et Spellbinder aussi… il approche… Oh ! Spellbinder, tu n'as jamais eu l'intelligence de détecter les pièges !… Je vais bientôt t'anéantir… comme Raven… je vais tous vous tuer.

Et une seconde voix parlait dans l'intense silence, une voix sortie d'ailleurs, une voix qui n'appartenait ni à l'Homme Noir, ni au petit homme, ni à la femme qui pleurait : *Il approche, il approche… il m'a suivi… mais il ne me reconnaîtra pas, il ne le faut pas… se pourrait-il qu'il m'ait déjà démasqué ? Non… non… impossible… il ne me reconnaîtra pas… pas dans cet hôte terrestre… il ne percevra pas ma présence…*

Et, par-dessus les infimes chuchotements, la femme

pleura en sentant que ses chaînes, sa douleur et la possession ne dureraient plus longtemps.

L'escalade avait été interminable mais, en traînant son corps recru de douleur jusqu'au dernier tour de l'escalier en spirale, agrippée de toutes ses forces à la paroi de pierre, elle sentit une bouffée d'air frais et l'odeur animale et putride d'un homme sale. Dès lors, elle sut que la mise à l'épreuve de ses forces et de sa détermination touchait presque à son terme.

Mais pour l'instant, Raven s'assit sur la pierre glacée, tira son épée et tenta de puiser des forces dans sa garde incrustée d'or ; une faible lueur venue d'en haut soulignait le poli de la lame. Elle caressa une seconde le métal en écoutant les autres monter à sa suite.

Elle avait progressé très rapidement et les avait abandonnés derrière elle ; ils négociaient encore des spires bien au-dessous de sa position actuelle. L'un d'entre eux, elle ignorait qui, l'avait suivie de près avant de perdre à son tour du terrain, mais elle pouvait distinguer le bruit de sa progression. Un des hommes, elle en était sûre, sans doute Spellbinder. Il serait le prochain à arriver, puis, derrière lui, le reste de la troupe parviendrait, à bout de forces, au sommet de l'escalier.

Raven savait qu'il leur faudrait du temps pour se reposer, qu'un tel luxe était peut-être impossible. Et sa soif de vengeance était trop grande pour supporter cette attente.

Quand elle eut pleinement recouvré ses forces et son souffle, Raven se remit debout, disposa la pointe meurtrière de son bouclier de manche en avant et crispa son poing gauche. Puis, l'épée soigneusement équilibrée dans la main droite, elle gravit la dernière volée de marches.

Elle suivit prudemment le boyau court, étroit et sombre qui conduisait à la caverne.

Elle jaillit dans la salle et adopta une posture de fauve prêt à bondir. D'un coup d'œil, elle avait pris la mesure de la caverne : vaste, une voûte basse, ouverte aux éléments. Devant elle, par l'embouchure de la grotte, elle vit des cieux nuageux et les pics gelés des montagnes couvertes de brume. La neige et le vent tourbillonnaient devant l'entrée sans que leur froid ou leur clameur ne pénètrent dans la grande salle, qui était chaude à la peau de Raven. Les éléments étaient tenus en respect comme par magie.

Une femme pleura doucement et Raven scruta les ténèbres de la caverne pour la découvrir. Elle s'avança vers la corniche et se retourna.

Une main la poussa ; elle trébucha, tourna sur elle-même et leva son épée juste à temps pour parer le coup féroce d'un homme qu'elle ne reconnaissait que trop.

Son rire était une insulte. Son odeur insupportable.

Donwayne le maître d'armes se tenait devant elle, et il riait en tentant à nouveau de la tuer.

– Cette fois-ci, s'écria Raven en ripostant, je vais me débarrasser de toi définitivement ! Finies les ruses, Donwayne, finis les tours de ton sorcier d'ami !

Une inquiétude l'assaillit : où était donc Belthis ?

Du sang jaillit du visage de Donwayne : l'épée de Raven lui avait profondément entamé la joue avant qu'il ne bloque l'assaut de la lame. Il eut un rugissement de bête. Raven éprouva soudain une inquiétude instinctive et commença à reculer sans cesser de ferrailler et de parer les coups, les oreilles assourdies par le fracas des épées qui s'entrechoquaient.

D'un seul coup, les raisons de son malaise lui apparurent clairement. Les yeux de Donwayne étaient ternes ; son regard était d'un vide terrible, un regard de cadavre. Il la fixait, son visage se déformait et saignait, il riait, son haleine pestilentielle montait jusqu'à la jeune femme.

Mais la soif du sang, le désir de donner la mort, n'illuminaient pas ses prunelles. Et ces yeux morts décontenançaient Raven. Elle n'avait pas l'impression de combattre un être vivant, mais un spectre, une ombre... Elle comprit, trop tard, Silver qui avait trouvé si difficile son duel contre le spectre d'Argor. L'entraînement d'un guerrier lui apprenait à réagir à chaque coup d'œil réflexe, chaque expression du visage de son adversaire. Combattre un homme au masque mort était une des prouesses les plus difficiles à accomplir.

Une seconde plus tard, son épée fut arrachée de sa main et sonna sur le sol de la grotte en direction de l'escalier.

Donwayne poussa un cri de triomphe et abattit un coup terrible et final vers la tête de Raven, avec l'intention de lui fracasser le crâne jusqu'à la nuque.

Elle bloqua la lame avec son bouclier de manche, poursuivit son mouvement et déchira de la pointe un sillon sanglant sur le menton et la poitrine couverte d'armure de son adversaire avant qu'il ne relève son épée pour lui asséner le coup de grâce.

Elle comprit que ce n'était qu'une question de secondes avant que son minuscule bouclier ne cède sous l'épée d'acier de Tirwand maniée par Donwayne. Lentement, elle recula vers le précipice qui s'ouvrait juste sous l'ouverture de la caverne. Le temps d'un fugitif coup d'œil derrière elle, elle aperçut une ligne de marches traîtresses taillées dans le roc, qui descendaient la face de l'à-pic. Mais l'abîme était vertigineux et le sol au-dessous, hérissé de pierre et de glace.

Une soudaine bourrasque crocha dans ses cheveux et ses vêtements, la cingla, l'aspira vers l'arrière. La barrière qui arrêtait les éléments venait de disparaître et la neige et le vent mêlés qui tempêtaient au-dehors s'engouffrèrent dans la grotte pour tenter de se saisir d'elle et de l'attirer vers le précipice.

Face aux assauts soutenus de Donwayne, elle piquait et parait de son bouclier de manche. Son bras commençait à la faire souffrir et elle désira avec ferveur un moment de répit. L'or de ses cheveux tombait dans ses yeux et couvrait son visage, et chaque coup de lame de Donwayne y tranchait des mèches virevoltantes.

Dans un coin de la caverne, Raven aperçut une forme sombre, debout, qui l'observait. Ses yeux brillaient et l'on voyait ses dents, découvertes par un sourire. Sans plus de détails, elle comprit instinctivement qu'il s'agissait là de Belthis.

Elle sut alors qu'elle était perdue, car, d'un seul sortilège élémentaire, le sorcier pouvait la projeter par-dessus la corniche et l'envoyer s'écraser au sol, à environ un kli plus bas.

C'est à cet instant que la personne qui l'avait suivie de si près dans l'escalier déboucha dans la caverne, se pencha vers l'épée de Raven et la lui envoya. Raven s'en saisit avec adresse, comme Argor lui avait appris à le faire, et porta à Donwayne un coup fulgurant qui lui ouvrit le cuir chevelu sous la bordure du casque. Pour seule réaction, Donwayne arbora un sourire.

Le nouvel arrivant bondit en avant et s'attaqua au formidable guerrier.

Raven fut stupéfaite de découvrir la silhouette souple et brune de Karmana qui passait devant elle pour intercepter le coup du maître d'armes.

– Laisse-le moi ! s'exclama Raven avec fureur.

– Recule, Raven. Il est à moi, maintenant, à moi, pour ce qu'il m'a fait subir !

L'épée de Karmana trouva sa cible et Donwayne poussa un grognement de douleur. Sa propre épée descendit vers la fille du Nord, dont le front se couvrit de sang à l'endroit où l'arme l'avait effleurée. Elle lança un coup d'épée en travers du ventre de Donwayne et l'armure se fendit, dévoilant un fin sillon rouge sur la chair.

Il se contenta d'en rire.

Raven, remise de ses précédents efforts, revint prendre position pour frapper.

Donwayne para un coup dangereux de Karmana et abandonna son cou sans protection ; aussitôt, Raven lança sa lame selon une courbe descendante, le fil de l'épée assuré de trouver sa cible dans la chair exposée. Elle cria de joie en voyant le moment du triomphe si proche, le cou de Donwayne tranché en un éclair…

Mais la lame de Karmana bloqua le coup et la fille du Nord hurla une seconde fois :

– Il est à moi ! À moi !

Et, une seconde plus tard, Raven, frappée par le plat de la lame de Donwayne fut projetée vers le précipice !

Elle tenta de retrouver son équilibre, sentit le sol se dérober sous ses pieds, son corps commencer à tomber par-delà la corniche. Elle tendit le bras et agrippa les cheveux de Donwayne avec l'énergie du désespoir. À l'instant où Raven tomba, Donwayne tituba au bord de l'abîme, puis bascula à son tour, ses doigts cherchant vainement une prise sur le roc.

Le vent s'empara de lui et le poussa vers la gauche et, dans sa chute, il vint heurter les étroites marches qui conduisaient au pied de l'immense paroi rocheuse. Il poussa un rugissement de triomphe avant de lever les yeux vers Karmana pour lui faire voir qu'il n'était pas perdu, mais qu'il s'était retenu et qu'il se préparait à assurer sa position sur les degrés de pierre.

Raven oscillait au-dessus de lui, accrochée au rocher par le bout de ses doigts, complètement désemparée. Il n'y avait pas de Silver au-dessous d'elle pour arrêter sa chute, cette fois. Ce n'était qu'une question de secondes avant que ses forces la trahissent et que ses doigts lâchent prise.

Karl ir Donwayne entreprit la descente des marches vers la vallée et Karmana poussa un cri de rage en voyant sa proie lui échapper.

Mais un dilemme déchirait la jeune femme brune. Raven, qui appelait à l'aide d'une voix faible, la vit secouée par un choix terrible, les yeux fixés d'abord sur Donwayne, puis sur Raven, comme si la décision à prendre était un pendule que le vent poussait de l'un à l'autre.

Elle n'aurait eu aucune difficulté à rattraper Donwayne et à l'achever dans sa fuite. Mais elle préféra tendre le bras pour aider Raven et la haler de sa position précaire jusqu'à la sécurité de la grotte.

Puis elle s'accroupit auprès de Raven, essuya la sueur et la neige qui couvraient son visage et sourit pour la réconforter. Soudain, il y eut un bruit de gifle. Karmana jeta les bras en avant avec un cri perçant en cherchant à retrouver son équilibre. Il n'y avait aucune prise à sa portée et une main invisible la poussa par-dessus le rebord de la falaise.

Muette sous le choc, Raven se retourna pour voir disparaître le corps de Karmana dans le gouffre glacé en contrebas, une silhouette sombre finalement invisible jusqu'à ce qu'un bref éclat rouge annonce l'instant de sa mort sur les rochers.

L'esprit confus, paralysé, Raven se remit debout en chancelant, portant le bout de ses doigts à une estafilade sur sa peau au-dessus de l'œil gauche. Le sang s'y était coagulé et gelé, mais la chair et l'os restaient douloureux au toucher.

En se relevant, elle put entendre que quelqu'un escaladait les dernières marches au pas de course. Mais l'homme qui s'approchait d'elle avec un sourire narquois était une considération autrement plus pressante, un danger imminent.

Vêtu de robes rouges, des bracelets d'or et d'argent autour des bras, une amulette gravée de runes pendue à son cou, ses cheveux blancs rejetés en arrière de son haut front bombé, ses yeux étroits, ses lèvres sèches qui attestaient de la fourberie et de la froideur de l'homme : Belthis, sans erreur possible !

Avant que Raven ait pu réagir, une main invisible, celle qui avait poussé la malheureuse Karmana vers la mort, l'empoigna. Elle se tordit et se débattit contre ces invisibles entraves, mais son corps était rivé en place. Transportée au bord du précipice, elle sentit le vent glacé souffler sur ses vêtements, dans ses cheveux. À moins que Spellbinder ne soit celui dont elle entendait le pas, Raven se savait perdue.

Belthis se tenait devant elle, les yeux brillant de rage et de haine.

– Cela aurait été splendide, grinça-t-il. J'aurais contrôlé un quart du monde et, avec les armées désormais sous mes ordres, j'aurais envahi les pays jusqu'à Xandrone, sans que personne ne puisse m'arrêter.

– Je t'aurais arrêté, moi, rétorqua Raven avec amertume. D'ailleurs, c'est déjà fait.

– Avec l'aide de Spellbinder, souligna Belthis d'une voix tranquille.

Sa voix était comme le sifflement du serpent, ses yeux comme le regard hypnotique et destructeur du reptile.

– Mais je ne saurais nier que tu es beaucoup trop dangereuse et que tu es parvenue à anéantir un grand rêve. Pour cela, tu vas mourir. C'est pourquoi je t'attendais, en sachant que tu me suivrais, que le vieillard à l'embouchure du fleuve de Glace t'indiquerait le chemin qui mène ici. Mais que peux-tu faire ? Tu es impuissante contre le sortilège qui te retient. C'est dans l'ordre des choses. Quand l'homme d'épée rencontre l'homme de magie, c'est le premier qui doit périr, a dit jadis un sorcier du Sud. Quand Spellbinder franchira ce seuil, je te projetterai dans le gouffre ; parce qu'il t'aime, il tentera instinctivement de te retenir avec son esprit et j'en profiterai pour le détruire, complètement et sans rémission. Ce sera tellement simple ; mais finalement, la simplicité est toujours la meilleure méthode.

Il avança vers Raven, puis tendit le bras et la gifla avec férocité sur chaque joue, en souriant.

– Je recommencerai. Sois assurée que je recommencerai, Raven, et que je réussirai. Je m'emparerai de la moitié du monde dans un premier temps, puis de l'ensemble. Mais quelle importance, après tout, puisque mon objectif est Kharwhan même ? Tout m'appartiendra, jusqu'en Ishkar, et Kharwhan sera encerclée. Je n'ai que faire de l'île-forteresse de Kragg, mais Sans Pitié, qui a si longtemps lutté contre Kharwhan, viendra me rejoindre. Nous réduirons l'île des Esprits avec nos armées. Et je contrôlerai l'objet de mes désirs, qui se trouve sur Kharwhan même. J'abandonnerai la terre à ces imbéciles de seigneurs de la guerre qui la convoitent. J'aurai ce qui m'importe vraiment… Kharwhan et son immense secret. Je serai maître de bien plus de choses que ton petit primitif n'en a jamais imaginé.

Il recula en percevant que Spellbinder allait surgir, et disparut entre les ombres, près de l'endroit où reposait le corps effondré d'une femme qui sanglotait.

Spellbinder émergea du passage, vit Raven et la regarda, rendu muet par la situation critique ; sous l'empire de son trouble, il courut vers le bord de la caverne.

Raven se sentit projetée dans le gouffre. Au même instant, elle vit Spellbinder courir vers elle, lever les mains et hurler un mot. Elle fut arrêtée net et suspendue dans les airs, au-dessus du périlleux précipice et de la dépouille fracassée d'une jeune femme qui avait appartenu aux Sept Tribus du Dubthag. Le vent la fouettait, ses cheveux battaient son visage. Des mains la tiraient vers le bas, d'autres la maintenant en suspens, deux sortilèges luttant un moment pour contrôler le frêle corps de la jeune femme.

Et Raven vit Belthis émerger d'entre les ombres avec un sourire de triomphe, son sort mûrement appris n'occupant qu'une portion de son cerveau, tandis que Spellbinder, qui tentait désespérément de sauver Raven, monopolisait toute sa conscience pour la retenir, flottant au-dessus du vide.

– Abandonne-moi, hurla Raven. Laisse-moi mourir ! Il est en train de se jouer de toi !

Belthis avait levé un grand sabre et se préparait à en frapper Spellbinder.

Mais quelque chose arrêta le sorcier qui se retourna, son visage dissous en un masque de terreur et d'horreur.

Raven se sentit lentement ramenée vers la caverne, puis ses pieds touchèrent la corniche du précipice et trouvèrent une prise sur le sol inégal. Spellbinder courut vers elle pour la serrer contre lui. Ils s'écartèrent du danger et rejoignirent le couvert de la paroi inclinée de la caverne.

Belthis hurlait de façon horrible.

Quand Raven leva la tête pour voir ce qui terrifiait le maléfique sorcier, elle découvrit Ombre de Lune, debout à la sortie du tunnel, une longue silhouette mince, au visage pâle et fin, ses yeux, deux fentes qui scrutaient la forme flétrie du sorcier. Ses mains pendaient tranquillement à ses côtés, il ne portait aucune arme en évidence, ne manifestait aucune tension ; pourtant, il tenait quelque chose, un objet vert, dans son poing gauche.

– Le joyau, murmura Spellbinder.

– L'araignée, corrigea Raven et un frisson la parcourut.

– Ce n'est pas possible ! hurla Belthis. Tu n'as pas pu me démasquer si vite !

Mais sa voix n'était plus celle du sorcier : cette voix aiguë, pleine de mépris et de haine, appartenait à un être dont la noirceur et la laideur surpassaient mille fois celles du sorcier exilé. Issue de la bouche, des tréfonds de l'esprit de Belthis, c'était la voix d'un être plus formidable, plus terrifiant que l'ennemi juré d'un Spellbinder soudain frappé d'épouvante, et qui n'osait pas intervenir.

Un simple sourire fut la seule réponse d'Ombre de Lune à la créature qui était Belthis. Quand Belthis leva les bras pour décocher un éclair de feu bleu étincelant vers l'étrange guerrier, Ombre de Lune tendit la main et se saisit de la foudre qui le frappait. La flamme magique coula comme de la cire et fondit entre ses doigts pour disparaître. Ombre de Lune rit puis, avec une grimace de mépris, il donna un coup de poignet en direction de Belthis.

L'araignée verte, déployée et prête à frapper, s'accrocha aux robes de Belthis et commença à avancer vers sa gorge.

Le sorcier poussa un nouveau hurlement, frappa l'araignée, lui jeta des sorts et des malédictions, mais sans effet. L'horrible créature montait inexorablement vers la gorge dénudée de Belthis et Raven se souvint des chélicères luisants de la chose, des mâchoires horribles de l'araignée qui pouvaient tuer un homme instantanément d'un seul effleurement par le venin dont elles étaient porteuses.

C'est alors que suivit un phénomène tellement stupéfiant qu'il effraya Ombre de Lune presque autant qu'il effrayait et stupéfiait Raven.

Le Crugoan commença à se débarrasser du corps de Belthis !

Comme un homme pourrait s'extraire d'une tenue trop étroite, le Crugoan se dépouillait de sa prison de chair et d'os. Des doigts noueux et tors émergèrent du crâne de Belthis, trouvèrent une prise et extirpèrent la partie supérieure du corps du Crugoan de son hôte broyé et fripé, qu'il écrasa et foula au pied comme des hardes.

Raven sentit son visage se glacer, ses membres défaillir en découvrant l'inhumain tortionnaire d'Ombre de Lune. Il possédait deux yeux, comme la plupart des êtres vivants, mais situés de part et d'autre d'un visage triangulaire, chacun sur une nodosité charnue qui leur permettait de voir en avant aussi bien qu'en arrière. Dans les mâchoires béantes luisaient des crocs jaunes, mais la langue qui léchait l'air était longue et flexible comme celle d'un reptile, munie sur sa surface de crochets et d'épines qui auraient empalé une petite créature en peu de temps. Sa chair était tirée sur son corps oblong et crevassé ; les os de ses membres distendaient et sou levaient la peau écailleuse comme autant de bosses et de difformités. Ses narines aplaties s'ouvraient largement et un fluide visqueux coulait de ses yeux et de ses lèvres tandis qu'il luttait avec la forme de Belthis qui se débattait.

Le sorcier affrontait une situation terrible. Son corps avait été écrasé comme aucun humain n'aurait pu le supporter, et pourtant, il vivait encore. Raven pouvait voir ses mains s'agiter et lancer un sort après l'autre, non pour détruire le Crugoan, mais pour conserver son corps en vie ; et la terrifiante créature continuait à retirer cette défroque de chair et d'os, repliant et fripant Belthis comme un vêtement de vieux cuir. La tête aplatie, les bras enfoncés dans le torse, le sorcier persistait pourtant à mouvoir ses doigts demeurés intacts et à survivre, même quand le Crugoan émergea sur des jambes courtes et cornées du cadavre qu'il avait rejeté et qu'il le projeta sans cérémonie par-dessus la corniche de la caverne.

Le cadavre ratatiné tomba de la grotte comme un chiffon ballotté par les vents, une poupée de tissu qui échappait, pour l'instant, à Raven et à Spellbinder.

Le Crugoan hurla ; l'araignée verte rampait sur son corps nu et se redressa pour planter ses chélicères étincelants dans le membre mou et flasque de la Créature Sorcière.

Mais une main osseuse gifla l'arachnide et l'enleva de son corps en un éclair. Ombre de Lune courut sus au Crugoan, l'épée brandie, et se pencha pour cueillir au sol l'araignée et la renvoyer sur le corps répugnant et à demi transparent qui se dressait devant lui.

Le Crugoan connut un instant de panique, juste le temps de chasser à nouveau l'araignée de son corps. Il vit Raven courir vers lui et, avec une expression qui ressemblait à du mépris, il l'empoigna par les cheveux et la projeta contre la paroi de la caverne, d'où, étourdie et endolorie, elle vit la bête se ruer dans le vide au-dessus du précipice.

Et disparaître aux regards.

Ombre de Lune poussa une longue plainte, se pencha et ramassa l'araignée. La créature se replia pour reprendre son allure de joyau et il la brandit devant lui, les yeux fixés sur elle.

– Si j'avais eu mes pleines forces ! hurla-t-il. Je l'aurais détruit !

Il retourna son attention vers Raven et lui jeta un regard noir.

– Je n'aurais pas dû rester si longtemps à tes côtés. J'ai commis une grave erreur. Maintenant, je dois le traquer dans un nouveau monde ! Oh ! Raven, Raven, ta soif de Chaos a signé ma condamnation !

– Non ! s'écria Raven, qui se remit debout et courut à Ombre de Lune.

Il s'écarta d'elle et la main de la guerrière le frôla.

– Je ne voulais que t'aider ! dit-elle.

– J'aurais pu le tuer ! Enfin, je l'aurais vu mort à mes pieds ! Ombre de Lune bouillait de rage. Mais j'ai mis mon épée et mon temps à ton service, et le temps a travaillé pour le Crugoan, pas pour moi.

Debout derrière lui, les larmes aux yeux, Raven cherchait fébrilement un mot, un argument qui ferait se retourner Ombre de Lune vers elle et lui sourire, quand elle vit le corps de l'être énigmatique devenir vitreux, transparent. Il secouait la tête en marchant vers la falaise.

La dernière chose qu'elle vit, avant qu'il ne disparaisse, ce fut l'acier lunaire de ses yeux gris. Il s'était retourné pour la regarder au dernier moment. Il s'effaça dans un éclair vert et argent. Les gémissements du vent semblèrent s'adresser à Raven ; elle crut entendre la voix d'Ombre de Lune lui dire :

– Pardonne ma colère, Raven, mais surtout, prends-moi en pitié, prends-moi en pitié.

Et puis, il n'y eut plus que la caverne où volait la neige, et Spellbinder qui la serrait contre lui, qui allait vers le précipice et regardait les brumes lumineuses se dissiper au sommet des montagnes.

L'un après l'autre, les compagnons de Raven avaient atteint la caverne, hors d'haleine et rompus par l'escalade.

Arreena se dirigea tout de suite vers l'endroit où reposait Krya, dans la douleur et le désespoir, et la caverne se remplit bientôt d'un bruit de sanglots, et des paroles de réconfort de la jeune mercenaire. Krya était désormais en sécurité. Dans quelques jours, elle retrouverait M'rystal. Son calvaire était terminé.

Raven s'avança vers le précipice et contempla les montagnes sous la brume et les solitudes glacées. Elle secoua la tête en songeant à Ombre de Lune, à son échec, aux accusations qu'il avait proférées.

– Je ne l'ai pas compris, dit-elle. Il a toujours dépassé ma compréhension. Pour quelqu'un qui détermine le cours du temps, qui représente le point focal des sphères et des événements, j'ai fait preuve de beaucoup de distance avec lui. Et pourtant… il m'a émue, Spellbinder. Il m'a profondément émue.

Le bras de Spellbinder autour de sa taille était aussi réconfortant qu'un chaud manteau par un froid cruel. Elle s'appuya contre son corps, absorbant sa force, se détendant dans le réconfort de son emprise.

– La sphère d'action d'Ombre de Lune était plus étrangère à notre monde que ne peut l'être Quwhon, lui dit-il. Bien entendu, tu ne pouvais pas l'intéresser aux efforts du Chaos. Bien entendu, il semblait différent de nous. L'espace d'un instant, deux mondes ont coexisté, ici, et leur interférence a suffi pour créer une situation de crise. Mais ne te fais pas trop de souci, Raven. Il n'était pas intégré à la trame des choses. Son influence sur nous restera négligeable.

– Comment oses-tu dire cela, s'indigna Raven en levant les yeux sur le sorcier, alors qu'il nous a sauvés tous les deux ?

Spellbinder ne répondit pas mais il leva les yeux et fronça les sourcils en regardant par-delà les montagnes.

– Après tout, poursuivit Raven, tu n'en sais peut-être pas autant que tu l'aimerais. Et tu ne connais peut-être qu'un fragment du destin de ce monde. Tu es peut-être autant dans le noir que moi.

Elle sourit. Spellbinder lui pressa affectueusement le bras.

– Peut-être, reconnut-il d'une voix tranquille. Tu en apprends plus sur moi à chaque aventure, Raven. Tu connais un peu plus mes points forts et mes faiblesses à chaque jour qui passe.

Son sourire ne s'adressait à personne en particulier.

– Ainsi vont les choses. Et la raison des choses, ajouta-t-il.

Raven voulait interroger Spellbinder sur Kharwhan, sur le secret que contenait l'île, ce secret que Belthis convoitait tant, savoir si son ami en savait quelque chose, mais Silver, debout derrière eux, s'écria :

– Regardez !

Ils scrutèrent les lointains. La brume s'était dissipée sur les montagnes, le jour s'éclairait et, au loin, ils pouvaient distinguer vaguement une terre étrange et inconnue, une terre de ravins et de pâtures, de vallées et de formes qui se déplaçaient aux confins extrêmes de leur champ de vision.

– Quwhon, déclara Raven. Elle m'appelle.

– Oui, renchérit Spellbinder. Moi aussi, je perçois son appel.

Il retourna Raven pour lui faire face et contempla ses yeux verts. Puis il tendit le bras et prit Silver par l'épaule et attira l'homme brun avec eux. Ils étaient debout tous les trois ; leurs silhouettes se détachaient sur l'éclat du jour et le mystère des lointains paysages.

Ils étaient encore perdus dans leurs pensées, se remémorant le passé et envisageant le futur quand une ombre passa sur le pays : la nuit les couvrait de son grand manteau d'intimité afin qu'ils n'aient plus peur de laisser la crainte apparaître sur leurs visages las et tirés.

Épilogue

Le vent hurlait sur le désert comme les bêtes de lune qui errent et chassent à ces heures les plus sombres de la nuit. Les tentes se gonflaient et tiraient sur leurs armatures de bois et d'os. Le sable dans leur ventre tourbillonnait et se déposait à chaque fois que la brise trouvait une fente ou une déchirure dans les peaux tannées et poncées.

Une lanterne unique jetait sa flamme vacillante sur le vieil homme et il regardait son ballet, en attendant peut-être que s'éteigne cette vie ténue. Elle jetait des ombres larges et animées et cette lumière incertaine animait et altérait les traits du vieillard. Chacune de ses rides, chaque pli, chaque fissure d'un visage qui paraissait sculpté dans la pierre devenait un relief spécial, gravé et peint d'une histoire propre.

À force de clignements, il avait chassé de ses yeux les dernières traces de soleil et de sable, et leur bleu naturel était éclatant.

Les jeunes guerriers s'étaient retirés sous leurs tentes pour retrouver les bras aimants de leurs femmes. Le seigneur de la guerre restait seul avec son invité, et l'observait.

– Et ce monde que vous avez modelé, avec Raven, Silver, et tous les autres forgeurs de monde, c'est celui où nous vivons. Si tu avais su le résultat de tes efforts, aurais-tu persévéré ?

Les yeux du vieil homme se rétrécirent, son visage se rida plus profondément encore sous le coup de la perplexité. Le seigneur de la guerre le regardait, impassible, et pour la première fois, le vieil homme discerna le poids de l'expérience et des années sur son hôte, aussi caractéristiques que des vêtements sur le corps d'un individu. Ce n'était pas un homme dans la force de l'âge, pas non plus un jouvenceau maigre et aux muscles durs ; c'était un homme âgé qui connaissait la vie et la mort et ne pouvait dissimuler sa lassitude.

– Je n'avais pas rêvé de ceci, reconnut l'étranger. Mais peut-être un plus grand rêve est-il encore à venir ? Ainsi vont les choses.

Le seigneur de la guerre sourit.

– Certes. Ainsi va le monde. Tes contes charment l'oreille et terrifient l'esprit. Mais ils ont quelque chose qui en fait plus qu'une histoire, plus qu'une légende simplette. Tu les dis avec l'émotion et les détails d'un véritable barde, mais tu évoques un passé révolu et un futur en gestation. Ceux qui t'écoutent se souviendront, sinon des mots et des noms exacts, du moins de la passion de ces temps-là.

Il rit, d'un rire mêlé d'amertume et de regret aussi.

– Tu as rêvé de ce monde et, désormais, nous rêvons du tien. Cela a si peu de sens, conclut-il.

Le vieil homme se remit debout avec raideur, ramassa le flacon de pierre à moitié vide et le tint serré dans ses bras. Il souriait.

– Garder les contes vivants dans l'imagination de ceux que je rencontre, voilà en quoi consistent ma quête et mon rêve, maintenant. Les rêves, comme ceux que tu fais, forment simplement un matériau de base. Mais un songe, au réveil, s'efface des souvenirs du dormeur. De même, tu t'apercevras que le rêve disparaît quand on le met au monde ; ce que tu construiras sera neuf, vierge et original. Et alors, même Raven pourra dormir en paix.

Il tourna le dos au seigneur de la guerre et sortit de la tente dans la froideur d'une nuit fouettée de sable. Au bout d'un moment, un chien hurla et les chevaux renâclèrent d'avoir été dérangés.

Au matin, le vieillard avait disparu ; la tribu n'y pensa plus, sinon pour se souvenir du conte fou et merveilleux qu'il leur avait narré.

DU MÊME AUTEUR

La Forêt d'émeraude
Presses de la cité, 1985
Mnémos, 2003

La Forêt des mythimages
British Science-fiction prize, 1984
World Fantasy award, 1985
La Découverte, 1986
Denoël, « Présence du fantastique », 1990
et sous le titre La Forêt des Mythagos
Grand Prix de l'Imaginaire, 2003
vol. 1, Denoël, « Lunes d'encre », 2001
« Folio SF », n° 185 et 186
vol. 2, Denoël, « Lunes d'encre », 2001
« Folio SF », n° 191 et 192

La Saga de Raven I
Maîtresse du chaos
Albin Michel, 1988
et « Points Fantasy », n° P1464

La Saga de Raven III
Le Dieu de glace
Albin Michel, 1989
et « Points Fantasy », à paraître

Lavondyss
1. L'Antique parage interdit
British Science-fiction prize, 1988
Denoël, « Présence du fantastique », 1990

Lavondyss
2. En territoire inconnu
British Science-fiction prize, 1988
Denoël, « Présence du fantastique », 1990

Le Passe-brousaille
1. La Chapelle verte
Denoël, « Présence du fantastique », 1996

Le Passe-brousaille
2. Le Chevalier vert
Denoël, « Présence du fantastique », 1996

Codex-Merlin
1. Celtika
Grand Prix de l'Imaginaire, 2004
Pré-aux-clercs Fantasy, 2003
« Pocket Fantasy », 2005

Thorn et autres récits
Denoël, « Lunes d'encre », 2003

Dans la vallée des statues et autres histoires
Denoël, « Lunes d'encre », 2004

Le Souffle du temps
Denoël, « Lunes d'encre », 2004

Codex-Merlin
2. Le Graal de fer
Pré-aux-clercs Fantasy, 2004

Earthwind
Mnémos, 2004

Le Bois de Merlin
Mnémos, 2005

Nécromancien
Mnémos, 2006

RÉALISATION : I.G.S. C.-P. À L'ISLE-D'ESPAGNAC
BRODARD ET TAUPIN À LA FLÈCHE
DÉPÔT LÉGAL : JUIN 2006. N° 86096 (35753)
IMPRIMÉ EN FRANCE

Collection Points Fantasy

P1438. Le Château du roi dragon, La Saga du roi dragon I
Stephen Lawhead
P1439. Les Armes des Garamont, La Malerune I
Pierre Grimbert
P 1440. Le Prince déchu, Les Enfants de l'Atlantide I
Bernard Simonay
P1441. Le Voyage d'Hawkwood, Les Monarchies divines I
Paul Kearney
P1442. Un trône pour Hadon, Le Cycle d'Opar I
Philip-José Farmer
P1443. Fendragon, *Barbara Hambly*
P1444. Les Brigands de la forêt de Skule, *Kerstin Ekman*
P1445. L'Abîme, *John Crowley*
P1463. Hadon, le guerrier, Le Cycle d'Opar II
Philip José Farmer
P1464. Maîtresse du Chaos, La Saga de Raven I
Robert Holdstock et Angus Wells
P1465. La Sève et le Givre, *Léa Silhol*
P1482. Les Rois hérétiques, Les Monarchies divines II
Paul Kearney
P1483. L'Archipel du soleil, Les Enfants de l'Atlantide II
Bernard Simonay
P1498. L'Araignée d'émeraude, La Saga de Raven II
Robert Holdstock et Angus Wells
P1499. Faucon de mai, *Gillian Bradshaw*

Collection Points

DERNIERS TITRES PARUS

P1350. Le Collectionneur de collections, *Henri Cueco*
P1351. Camping, *Abdelkader Djemaï*
P1352. Janice Winter, *Rose-Marie Pagnard*
P1353. La Jalousie des fleurs, *Ysabelle Lacamp*
P1354. Ma vie, son œuvre, *Jacques-Pierre Amette*
P1355. Lila, Lila, *Martin Suter*
P1356. Un amour de jeunesse, *Ann Packer*
P1357. Mirages du Sud, *Nedim Gürsel*
P1358. Marguerite et les Enragés
Jean-Claude Lattès et Éric Deschodt
P1359. Los Angeles River, *Michael Connelly*
P1360. Refus de mémoire, *Sarah Paretsky*
P1361. Petite Musique de meurtre, *Laura Lippman*
P1362. Le Cœur sous le rouleau compresseur, *Howard Buten*
P1363. L'Anniversaire, *Mouloud Feraoun*
P1364. Passer l'hiver, *Olivier Adam*
P1365. L'Infamille, *Christophe Honoré*
P1366. La Douceur, *Christophe Honoré*
P1367. Des gens du monde, *Catherine Lépront*
P1368. Vent en rafales, *Taslima Nasreen*
P1369. Terres de crépuscule, *J. M. Coetzee*
P1370. Lizka et ses hommes, *Alexandre Ikonnikov*
P1371. Le Châle, *Cynthia Ozick*
P1372. L'Affaire du Dahlia noir, *Steve Hodel*
P1373. Premières Armes, *Faye Kellerman*
P1374. Onze Jours, *Donald Harstad*
P1375. Le croque-mort préfère la bière, *Tim Cockey*
P1376. Le Messie de Stockholm, *Cynthia Ozick*
P1377. Quand on refuse on dit non, *Ahmadou Kourouma*
P1378. Une vie française, *Jean-Paul Dubois*
P1379. Une année sous silence, *Jean-Paul Dubois*
P1380. La Dernière Leçon, *Noëlle Châtelet*
P1381. Folle, *Nelly Arcan*
P1382. La Hache et le Violon, *Alain Fleischer*
P1383. Vive la sociale !, *Gérard Mordillat*
P1384. Histoire d'une vie, *Aharon Appelfeld*
P1385. L'Immortel Bartfuss, *Aharon Appelfeld*
P1386. Beaux seins, belles fesses, *Mo Yan*
P1387. Séfarade, *Antonio Muñoz Molina*
P1388. Le Gentilhomme au pourpoint jaune
Arturo Pérez Reverte

P1389. Ponton à la dérive, *Daniel Katz*
P1390. La Fille du directeur de cirque, *Jostein Gaarder*
P1391. Pelle le Conquérant 3, *Martin Andersen Nexø*
P1392. Pelle le Conquérant 4, *Martin Andersen Nexø*
P1393. Soul Circus, *George P. Pelecanos*
P1394. La Mort au fond du canyon, *C. J. Box*
P1395. Recherchée, *Karin Alvtegen*
P1396. Disparitions à la chaîne, *Åke Smedberg*
P1397. Bardo or not bardo, *Antoine Volodine*
P1398. La Vingt-septième Ville, *Jonathan Franzen*
P1399. Pluie, *Kirsty Gunn*
P1400. La Mort de Carlos Gardel, *António Lobo Antunes*
P1401. La Meilleure Façon de grandir, *Meir Shalev*
P1402. Les Plus Beaux Contes zen, *Henri Brunel*
P1403. Le Sang du monde, *Catherine Clément*
P1404. Poétique de l'égorgeur, *Philippe Ségur*
P1405 La Proie des âmes, *Matt Ruff*
P1406. La Vie invisible, *Juan Manuel de Prada*
P1407. Qu'elle repose en paix, *Jonathan Kellerman*
P1408. Le Croque-mort à tombeau ouvert, *Tim Cockey*
P1409. La Ferme des corps, *Bill Bass*
P1410. Le Passeport, *Azouz Begag*
P1411. La station Saint Martin est fermée au public *Joseph Bialot*
P1412. L'Intégration, *Azouz Begag*
P1413. La Géométrie des sentiments, *Patrick Roegiers*
P1414. L'Âme du chasseur, *Deon Meyer*
P1415. La Promenade des délices, *Mercedes Deambrosis*
P1416. Un après-midi avec Rock Hudson *Mercedes Deambrosis*
P1417. Ne gênez pas le bourreau, *Alexandra Marinina*
P1418. Verre cassé, *Alain Mabanckou*
P1419. African Psycho, *Alain Mabanckou*
P1420. Le Nez sur la vitre, *Abdelkader Djemaï*
P1421. Gare du Nord, *Abdelkader Djemaï*
P1422. Le Chercheur d'Afriques, *Henri Lopes*
P1423. La Rumeur d'Aquitaine, *Jean Lacouture*
P1425. Un saut dans le vide, *Ed Dee*
P1426. En l'absence de Blanca, *Antonio Muñoz Molina*
P1427. La Plus Belle Histoire du bonheur, *collectif*
P1424. Une soirée, *Anny Duperey*
P1429. Comment c'était. Souvenirs sur Samuel Beckett *Anne Atik*
P1430. Suite à l'hôtel Crystal, *Olivier Rolin*
P1431. Le Bon Serviteur, *Carmen Posadas*

P1432. Traité de savoir-vivre à l'usage des jeunes Russes
Gary Shteyngart
P1433. C'est égal, *Agota Kristof*
P1434. Le Nombril des femmes, *Dominique Quessada*
P1435. L'Enfant à la luge, *Chris Mooney*
P1436. Encres de Chine, *Qiu Xiaolong*
P1437. Enquête de mor(t)alité, *Gene Riehl*
P1438. Le Château du roi dragon, La Saga du roi dragon I
Stephen Lawhead
P1439. Les Armes des Garamont, La Malerune I
Pierre Grimbert
P1440. Le Prince déchu, Les Enfants de l'Atlantide I
Bernard Simonay
P1441. Le Voyage d'Hawkwood, Les Monarchies divines I
Paul Kearney
P1442. Un trône pour Hadon, Le Cycle d'Opar I
Philip-José Farmer
P1443. Fendragon, *Barbara Hambly*
P1444. Les Brigands de la forêt de Skule, *Kerstin Ekman*
P1445. L'Abîme, *John Crowley*
P1446. Œuvre poétique, *Léopold Sédar Senghor*
P1447. Cadastre, *suivi de* Moi, Laminaire…, *Aimé Césaire*
P1448. La Terre vaine et autres poèmes, *Thomas Stearns Eliot*
P1449. Le Reste du voyage et autres poèmes, *Bernard Noël*
P1450. Haïkus, *anthologie*
P1451. L'Homme qui souriait, *Henning Mankell*
P1452. Une question d'honneur, *Donna Leon*
P1453. Little Scarlet, *Walter Mosley*
P1454. Elizabeth Costello, *J.M. Coetzee*
P1455. Le maître a de plus en plus d'humour, *Mo Yan*
P1456. La Femme sur la plage avec un chien, *William Boyd*
P1457. Accusé Chirac, levez-vous !, *Denis Jeambar*
P1458. Sisyphe, roi de Corinthe, *François Rachline*
P1459. Le Voyage d'Anna, *Henri Gougaud*
P1460. Le Hussard, *Arturo Pérez-Reverte*
P1461. Les Amants de pierre, *Jane Urquhart*
P1462. Corcovado, *Jean-Paul Delfino*
P1463. Hadon, le guerrier, Le Cycle d'Opar II
Philip José Farmer
P1464. Maîtresse du Chaos, La Saga de Raven I
Robert Holdstock et Angus Wells
P1465. La Sève et le Givre, *Léa Silhol*
P1466. Élégies de Duino *suivi de* Sonnets à Orphée
Rainer Maria Rilke
P1467. Rilke, *Philippe Jaccottet*
P1468. C'était mieux avant, *Howard Buten*

P1469. Portrait du Gulf Stream, *Érik Orsenna*
P1470. La Vie sauve, *Lydie Violet et Marie Desplechin*
P1471. Chicken Street, *Amanda Sthers*
P1472. Polococktail Party, *Dorota Maslowska*
P1473. Football factory, *John King*
P1474. Une petite ville en Allemagne, *John le Carré*
P1475. Le Miroir aux espions, *John le Carré*
P1476. Deuil interdit, *Michael Connelly*
P1477. Le Dernier Testament, *Philip Le Roy*
P1478. Justice imminente, *Jilliane Hoffman*
P1479. Ce cher Dexter, *Jeff Lindsay*
P1480. Le Corps noir, *Dominique Manotti*
P1481. Improbable, *Adam Fawer*
P1482. Les Rois hérétiques, Les Monarchies divines II
Paul Kearney
P1483. L'Archipel du soleil, Les Enfants de l'Atlantide II
Bernard Simonay
P1484. Code Da Vinci : l'enquête
Marie-France Etchegoin et Frédéric Lenoir
P1485. L. A. Confidentiel : les secrets de Lance Armstrong
Pierre Ballester et David Walsh
P1486. Maria est morte, *Jean-Paul Dubois*
P1487. Vous aurez de mes nouvelles, *Jean-Paul Dubois*
P1488. Un pas de plus, *Marie Desplechin*
P1489. D'excellente famille, *Laurence Deflassieux*
P1490. Une femme normale, *Émilie Frèche*
P1491. La Dernière Nuit, *Marie-Ange Guillaume*
P1492. Le Sommeil des poissons, *Véronique Ovaldé*
P1493. La Dernière Note, *Jonathan Kellerman*
P1494. La Cité des jarres, *Arnaldur Indridason*
P1495. Électre à la Havane, *Leonardo Padura*
P1496. Le croque-mort est bon vivant, *Tim Cockey*
P1497. Le Cambrioleur en maraude, *Lawrence Block*
P1498. L'Araignée d'émeraude, La Saga de Raven II
Robert Holdstock et Angus Wells
P1499. Faucon de mai, *Gillian Bradshaw*
P1500. La Tante marquise, *Simonetta Agnello Hornby*
P1501. Anita, *Alicia Dujovne-Ortiz*
P1502. Mexico City Blues, *Jack Kerouac*
P1503. Poésie verticale, *Roberto Juarroz*
P1506. Histoire de Rofo, Clown, *Howard Buten*
P1507. Manuel à l'usage des enfants qui ont des parents difficiles
Jeanne Van den Brouk
P1508. La Jeune Fille au balcon, *Leïla Sebbar*
P1509. Zenzela, *Azouz Begag*
P1510. La Rebellion, *Joseph Roth*